中国专业作家作品典藏文库

中国专业作家作品典藏文库

王棵卷

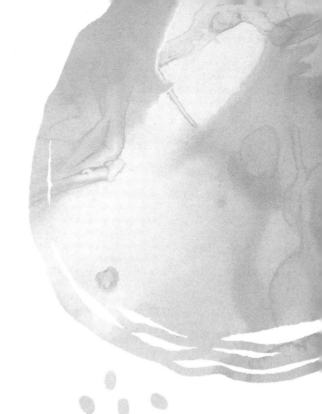

米粒儿的天堂

王棵／著

MILIR
DE
TIANTANG

中国文史出版社

目 录

1

如影随形

一

　　黎海没有见过小梓。十七年前，当他被某种声音折磨得寝食难安，不得已离开家乡之时，他的表姐还没有结婚。那是一九八九年，安庆铁路局的员工之间流传着一种闲话，说是那个名叫按文溪的女乘务员是个"花痴"。他们大体是这么说的，每次黎海的表姐随车当班，必定会有一个男乘客俘获她的芳心，几年下来，被她爱过的来自五湖四海的男人，数不胜数。一九九一年春天，一个皮肤黝黑、特别爱笑的东北乘客娶走了黎海的表姐。第二年，那男人死了。小梓躺在母亲的子宫里参加了父亲的葬礼。

　　黎海觉得，他是个极其注重自我感受的人。他最大的缺点，就是不懂得关心别人。任何有点生活常识的人都该清楚，作为一个遗腹子，小梓比一般的孩子更需要关爱，对爱的渴望使他易受伤害，而那些招之即来的受伤感会把他变得特别难伺候。黎海这样的人，无疑是小梓的天敌。让他和小梓一起生活，整个世界都会疯掉。但小梓很执着，他坐在网吧里，像一条缠在网中、伺机挣脱束缚的鱼，可怜巴巴地定神望着摄像镜头，对他未曾谋面的表舅说："哥哥，如果你讨厌我，我再回去，那还不成吗？"

黎海望着屏幕里那张稚嫩的、存留着一点婴儿肥的脸，突然想起了小梓的身世。他不知所措了，竟有一丝惊慌钻进他心头。他想，只要小梓这样不停地请求下去，他也就只能听任自己的同情心泛滥成灾。小梓果然没有气馁，他坐在那里，保持着无助的神态，向黎海的QQ发来一行又一行的字，顽强地等待黎海打开防线的最后一刻。黎海无力地靠到椅子上，垂死挣扎般最后问他："能告诉我，为什么必须到我这里来吗？"

"我在这里一天都待不下去了，我就是想出去。"

"我就是想出去。"

像一张砂纸，小梓重复的这句话贴着黎海的心脏"嗖"地划过一道白线。时间凝固了。

二

关于这次出行，小梓轻描淡写地向黎海透露了以下两个情况：

A：这无疑是一次地下行动。就连这世上唯一爱他的人——他自己这么认为的——在安庆小城待字闺中的他小姨，也将被他一视同仁地蒙蔽。"我去上海找我的小学同学玩。"这是他留在安庆的"最后"一句话。

B：由于这次行动的不可告人性，他不可能得到任何赞助。促成这次远足的资金总额仅三百六十元，这笔钱是他在网吧打工一个月的辛苦所得。他用搜索引擎在网上查过了，从安庆到上海，坐空调高速大巴八十元左右；从上海到湛江的火车硬座票二百五十三元。除去差旅费，他还能支配的钱大约是二十七块钱，他将买两个面包和两罐蒙牛酸酸乳作为途中三日的全部食物。"反正我在减肥，吃不吃东西都无所谓。"他晃着瘦削的肩膀解释道。

小梓利用三次上网的时间告诉黎海这两个情况。末了，他郑重其事地问："你知道该怎么做了？"黎海不解其意。小梓笑了，"笨，替我保密嘛。"黎海突然感到压抑。在发现自己已仓促揽下一副危险重担的同时，他觉得这事特别混乱。他暗想，在小梓的荒唐行动尚未付诸实施之前，他最该做的，是再一次拒绝。这回一定要拒绝得不留余地。但小梓的身世不合时宜地控制了他的情感。他想到一个十四岁的孩子将独自坐上三天两夜的车，去一个完全陌生的地方，这件事其实很有一种悲壮的意义。他蓦地冲动了，对小梓说："你去银行办个卡，我给你存上两百块钱。在车上多买点东西吃吧。"

小梓平静地说："那我现在就去办好不好？"

过了一会儿，他又问："湛江有海吗？"

在得到肯定的回答后，小梓说出一句让人摸不着头脑的话。

"网上说，地球上的生命起源于大海。是这样的吗？"他说，"我想去海里游泳。"

三

黎海没有把小梓要来的事告知陈珏。这是他的一个习惯：对于陈珏，他总抱有警惕。但出于慎重，他还是把她约了出来。在溢源香茶餐厅里，他眉飞色舞地告诉陈珏，最近的这几天，不知道怎么回事，他心情好得要命。晚上做梦，连续笑醒两次。似乎，一切都显得那么顺当。前一天晚上，他去买影碟，一共买了十二张，影碟店的老板竟忘了收钱。更为重要的是，他这些天的写作顺利得不可思议，简直是文思泉涌。他用一种大言不惭的语气对陈珏说："亲爱的，过会儿我该去买张彩票，一定会中大奖。"

陈珏草草吃了一杯奶昔，没等黎海吃完盘子里这只炸春鸡，她就烦躁地说：

"我一会儿去逛衣服店，你陪我逛还是去买彩票？"

她明白他会像多数男人一样，拒绝这个无聊的提议。

她无非想用最快的速度结束这个约会。

陈珏是这样一个人，当有人向她倾诉心中苦闷，以示其过得多么糟糕时，她会立刻变成一个充满责任感和保护欲的女侠，真诚地应景流泪，在力所能及的前提下，愿意给对方必要的资金赞助；如果那人是个帅哥，她正好还单身的话，她会在心里暗暗做好当晚向该"落难者"献身的准备。一旦那人喜形于色坐在她面前，不超过五分钟，她会单方面斩断对话。她热衷于充当拯救者的角色，绝不能忍受自己处于弱势地位，即便对方是他的男朋友。黎海之所以编了那套瞎话，完全是出于对她的了解。他相信，这次令她备受打击的约会后，未来至少一个星期，她不会来打搅他。

一个星期，这应该可以使他得出能否忍受与小梓一起生活的结论。作为一个惰性很强的人，黎海总是尽量避免生活的烦琐。这就是他用一种策略将他的女友暂时赶出生活专心应付一个不速之客的原因。

四

与黎海的想象差别很大，在视频里，他基本只见过小梓的脖子和脸。当真人出现在他眼前，他不能将视频里那个男孩与真正的小梓对上号。小梓的头很大，身体骨架偏小，整体形象偏卡通化。但他不是如今风靡一时的由漫画改编而成的影视里的美少年，看起来他更像某个衬托男主角的第三者。有一点与黎海的想象吻合：小梓具有这个年龄的男孩应有的青春气息。

"我长了一个痘痘，那么大。你看。"

在火车站去往黎海家的出租车上，小梓把额头往前伸过来，以证明他所言非虚。黎海坐在驾驶副座上，借着反光镜看到小梓郑重其事的脸。安徽的水土养人，镜子里黎海的外甥长着一张白里透红的脸，令黎海觉得自己已经很老很老了——他突然理解了陈珏的嫉妒心。小梓在后面发表他对这个南方小城的看法。这是个健谈的男孩子，至少，从表面上看是这样的。

黎海之前临时买回一张宽八十厘米的单人钢板床，他将它放在客厅的顶头。这当然是为小梓准备的。他每天都要写作，不可能将里屋靠近电脑的大床让给小梓睡。小梓的观察力敏锐得令黎海咋舌，才走进黎海这个一室一厅的房子不到一分钟，他就瞪着那张小床说："不会吧？你叫我睡这么小的床？哥哥。"

黎海希望在这个时候小梓喊他舅舅。在见小梓前，作为他们家族年近四十却仍像年轻人一样对网络具有强烈认同感的唯一的一个怪物，他意外获得了小梓难得的友情。代沟在他们之间消失了。连续两年，他们在网上用 QQ 真诚地聊天。小梓说黎海是个特别值得信赖的人——这大约也是他千里迢迢过来投奔黎海的原因——他还说，由于拥有多年"只身闯荡江湖"的经历，黎海特别令他敬佩。一度，黎海因小梓那个错乱的称谓而沾沾自喜，觉得自己相当具有魅力。但是现在，在与小梓真实接触几十分钟后，黎海的生存经验告诉他，他对小梓缺少必要的威慑力。当务之急，是跟小梓拉开一定的距离。

黎海对小梓说："从现在开始，你改口叫我舅舅，这是第一。第二，你必须睡小床。"

小梓像一个好球成癖的球员，飞快扔掉行包，脱掉鞋子，几步跳进里屋，爬上黎海凌乱的大床。

"我头一回坐这么长时间的车，累死了，现在没心情说话。我要先睡一觉。你中午不打算请我吃饭，舅舅？"

黎海下意识地慌了一下。小梓已假寐在他的大床上。过不多久，屋里响起轻弱的鼾声。他沉睡的姿态立刻暴露出他的身世——在黎海看来是这样的。小梓紧紧贴着墙壁，面朝里，像一只随时准备抵御侵袭的甲壳虫，抱着自己，一动不动的。黎海站在房门口，突然看到小梓脖上一条醒目的伤疤。他想起来了，大约去年某个晚上，他和小梓在 QQ 上聊天，当时小梓用一种玩笑的语气告诉黎海：他曾经拿起一把水果刀，试图割开自己的喉管。看来这事是真的。

就在这天晚上，黎海和小梓有了一次真正的交谈。这之后，连黎海自己都没想到，他对这个客人的态度发生了质的转变。

那是凌晨时分，小梓醒了。他爬起来，从里屋来到厅里，在黎海的床下席地而坐。黎海醒过来的时候，小梓已坐了多时。

在昏黑、静寂的房间里，小梓首先问了黎海三个问题：

"人类真的起源于大海吗？"

"宇宙是无边无际的吗？"

"生活会一直这么无聊下去吗？"

中间，他主观臆断地说出这么一个情况：

"我爸是得尿毒症死的。我肯定也会得尿毒症。网上说，这病遗传。"

不可思议地，这个孩子的话越来越抽象。在交谈的末尾，他跟黎海说，他总是觉得很吵，耳畔常有奇怪的声音，叫他干这个干那个的，令他烦恼和惶惑。当然，这些声音是不存在的。

"你明白我在说什么吗？"

黎海哑然，错愕不已，惊坐起来。

五

黎海专门去了趟超市，买了十几斤吃的东西，上好佳薯片、美好时光海苔、达利园蛋黄派、旺旺咖啡冻、维生素奶糖、蒙牛酸酸乳、康师傅冰红茶……他还百年不遇地去了趟海产品批发市场，买了大虾、马鲛鱼、蚝、沙虫、指甲螺等不下十二种海鲜。回来后，他将两大袋食物扔到小梓面前，自己屁颠颠地跑进厨房。黎海要做一顿相当棒的海鲜大餐，让这个梦想被海鲜撑得走不动道的可怜孩子大吃一顿。昨夜的交谈使他洞见了这孩子的孤独和脆弱。他像陈珏一样，心里"哗啦"一下长出大片保护欲望。

小梓坐在沙发上看电视。好几个台都在播《武林外传》，黎海觉得这是一个挺逗人的电视剧。但再搞笑的情节都不能使小梓笑出声来，尽管他嘴角一直保持着笑意。对于地上那堆食品，小梓没有惊诧。他只是潦草地看了黎海一眼，礼节性地冲黎海舔了舔牙齿。黎海认定，小梓此际心里盈满了幸福感。只不过，他这样的孩子疏于表达。黎海正在厨房里忙乎着，一个硕大的脑袋探进厨房。

"电视太没劲了。我可以用你的电脑上网吗？"

黎海擦净手，拥着小梓进了里屋，边示范边提醒小梓记住在表舅这里上网怎么插电源、接通网络传输器和开机。小梓两手紧搂黎海的左胳膊，脸蹭着他的后背，悄声说："太开心了。我是不是想上多久网就可以上多久？我还从没痛快上过一次网呢。家里没电脑。在网吧里，网卡用一会儿就没钱了。"

小梓兴致勃勃的样子惹人怜爱。黎海摸摸他的头，许可他的请求。小梓一把将他推开，迫不及待地握住鼠标，打开了浏览器。

"还可以玩游戏吗？"他转头嬉笑着问黎海。

黎海点头。生平第一次发现自己可以做一个仁慈、大度、和蔼可亲的父亲。

"嘿嘿，上黄色网站也可以？"

小梓脸上的兴奋令黎海隐隐激动。他希望他能看护住这种表情，使它不至于在没人培植的时候从小梓脸上消失。有那么一会儿，黎海觉得以前误解了自己。他并非是一个绝对注重自我感受的人。他的爱心始终蛰伏在心底，它们只是在等待时机喷薄而出。

黎海拉小梓起来，叫他先吃饭再上网。小梓就是不起来，说："你给我把饭端过来嘛。"

六

黎海给陈珏打了个电话，暗示他们已经好些天没做爱了。陈珏像一个母亲终于逮着机会在儿子面前发号施令似的，疲沓沓地对黎海说："那你就过来吧。"

去陈珏家的路上，黎海破天荒心甘情愿地买了一大束玫瑰花。这个小梓到来第三天的下午，他发现自己是那么爱陈珏。认识陈珏一年多来，他总在挑她的毛病，有时他甚至觉得，她是一个那么讨厌的女人，他之所以还一直和这个卖保险的女人保持关系，完全是由于他太无聊了，而这个口才出众的女人又总是很主动。或者说，他任由他们的关系延续下去，完全是因为一种惯性。然而这个下午他觉得自己错了。事实是，他的生活太单调了，以至于他把全部情感都寄托在陈珏身上，使他对她求全责备。而当他的部分情感被分流至别处，陈珏身上的毛病就被忽略不计了。

他把小梓到来的事告诉陈珏。陈珏眼睛一亮，"我这几天还在想，是不是买只狗回来养着玩。看来不用了，让他来陪我玩吧。你房子小，他也可以到我这儿来住啊。"

厌恶感排山倒海回到了黎海身上。他说："住你这儿？他十四岁，已经成年了。"

陈珏说："你不是说一个小孩吗？我还以为他七八岁呢。好玩吗他？"

黎海突然觉得，陈珏是无可救药的。他们的关系必定只是一种可笑的惯性。他忍不住夸大其词地说：

9

"小梓好玩极了。在娘胎里父亲就死了。三岁不到，他妈就改嫁。这是个跟了哪个男人就对那男人死心塌地的女人，为了讨得继任丈夫的欢心，她宁可将孩子丢在娘家。小梓一直认为自己是个孤儿。他心里藏着一个可怕的畸念，就是希望自己的母亲认为他已经死掉。小学没毕业，他就拒绝去学校。从八岁开始，这孩子就有自杀倾向。"

陈珏没有瞠目结舌。她连一丝惊讶都没有，有的只是激动。

"确实太好玩了。他在哪里？叫他出来吧。我去买个礼物送给他。"

谁也别指望陈珏会按常理出牌。

黎海只好带陈珏回来。小梓正在里屋玩游戏。陈珏朝着他走去，神色蓦地凝重了。她小心翼翼地坐到小梓身边的床沿上，笑容可掬地凝视他。小梓玩得正起劲，没理会这个不声不响坐过来的陌生女人。陈珏向黎海望过去，好像在回答他说"这孩子确实可怜"。她欠身站起，悄然走到客厅。黎海冲着小梓的背影说："小梓，先停停。过来给你介绍个阿姨。"

一会儿小梓出来了，拘谨地站在里屋和卧室之间。

没等黎海介绍，陈珏已经说话了。

"你多大了？看起来好帅啊……跟我们在一起，你会很开心的……喜欢吃肯德基还是西餐？阿姨请你。"

小梓趁陈珏上卫生间的机会，嘟囔道："以为我是个小孩？二百五才喜欢吃肯德基——女人都不是好东西。"

他回到电脑前坐下，又飞快地跑到黎海身边，跟他耳语。

"她是你女朋友？哥哥，你没闻到她有口臭吗？"

陈珏后面真诚的邀请当然遭小梓婉拒。他们将小梓留在家，出了门。路上黎海想逗一逗陈珏，对她说："我外甥好像挺不喜欢你的。"

陈珏的火说上来就上来。

"这个怪孩子长得太丑了，别再让他见到我。"

七

小梓说，他心里深埋着一个计划。现在他要第一次将它公之于世。

"我一定要变得很有钱很有钱，让那些伤害过我的人后悔。"

他说，他一直在等待时机将这计划付诸实施，现在看来，时机到了——他指着黎海的电脑说："亲爱的哥哥，我从小就希望拥有一台电脑哦。有了电脑我什么都可以干，很快我就会变成有钱人。哥我爱死你了，有了你的电脑，我就可以开始赚钱啦。等我赚到钱，我要给我的小姨买一辆红色的跑车。买一套大一点的房子给你住。哥哥，你是个很好的人。原来我只爱小姨，现在，我爱两个人，一个是小姨，一个是你。我想小姨了。但是，赚不到钱，我永远不去见她。宝贝哥哥，你有没有想过要追我小姨呢？要是你们俩结婚，我就太开心了。噢，近亲是不可以结婚的。"

黎海理所当然地把小梓的计划当成痴人说梦，对此一笑置之。但另一个方面，小梓的规划让他看到了一个孩子的进取心。他由此认为，小梓是个能让人看到希望的孩子。他莫名其妙地想到了很多年前的他自己。他觉得作为一条血脉线上诞生的不同时期的两个人，他和小梓，在内心需求上，有着某种共性的东西。这就是小梓的到来让他感到充实的深层原因吧。他甚至产生一个念头，想真正收养小梓，做他的父亲。既然小梓不喜欢安庆，在他这里感到愉悦，而小梓也让他感到快乐，他黎海何不白捡一个儿子呢？和前妻生活的四年间，他们拒绝要孩子——这可能也间接导致他们的分手——随着年龄的增长，黎海的想法全变了。他觉得有一个孩子，看护他、疼爱他、培养他，这对人的一生来说，才是最有意义的事。但这些想法没在黎海心里待多久，他就退缩了。小梓一天二十四小时地霸占着他的电脑。黎海无法在想写作的时候写作，想睡觉的时候，小梓把键盘敲得啪啪响，打乱了他的作息。不知不觉间，黎海发现，他的生活被小梓钳制了。

黎海实事求是地对小梓说："你不可以没黑没白地玩电脑。你得空出电脑来，让我工作。该睡觉的时候不睡觉，我也没办法睡。再有，成天玩电脑，那不是玩物丧志吗？"

小梓说："老大，拜托，你用电脑写作是工作，我用电脑玩游戏，那也是我的工作啊。你不能老想着你自己工作不顾我的工作是不是？我现在已经玩到××币了。我的事业进展得很顺利，你忍心让我半途而废吗？"

黎海对电脑不在行，对游戏更是一窍不通，倒是听说过玩游戏也能变出真正的钞票，但他从不认为这是正事。小梓的话令他不以为然。他又不想抹杀他对生活的任何积极性。他不知道再用什么说法把小梓从电脑前赶下来了，只好听之任之。

八

　　小梓来的第五天，黎海带他去了趟湖光岩。坐在湖边，碧蓝的湖水倒映出黎海苍老的脸，他转头看小梓脸上的稚气，发了好长一会儿呆。三十五岁过后，黎海变成了一个极易黯然神伤的人。这些年来，这已经成了一个困扰他的问题。就在坏情绪再次突袭黎海的这一天，他坐在小梓的身边，突然失去了理性思维的能力。他失去控制地对小梓说了一句话："小梓，不如，你改口叫我爸爸吧。"

　　小梓的反应令黎海觉察到这个孩子的奇特。仿佛一早就知道黎海会这么说，小梓镇定自若地站了起来，说："好啊，爸爸，我渴了，给我买瓶脉动吧。"

　　他们沿着湖边往旁边凉亭里的饮料摊走的时候，小梓提醒黎海："做爸爸就要负起爸爸的责任。"

　　黎海没把小梓这句话当回事。他们来到不远处的工艺展览店，小梓盯住玻璃柜里一只长约半米的玳瑁，惊奇地问黎海："这不是乌龟吗？跟活的一样。"

　　黎海告诉小梓，这是海龟的标本。海龟属珍稀动物，国家禁止捕杀它，把它制成标本做商品出售，也只有湛江这种天高皇帝远的地方才有这种东西卖。

　　小梓在柜台上趴了好长时间，后来还是黎海拉他，他才恋恋不舍地离开。但接下来一个多小时，小梓变了个人似的，不管黎海和他说什么，他都保持沉默，令黎海费解。

　　从湖光岩回来的车上，小梓终于开口了。他望着车窗外边，喃喃喃地说："没有人爱我，没有一个人爱我。"

黎海不知道小梓这是怎么了。这个突然变得怪头怪脑的孩子把黎海搞烦了。下了车，小梓对黎海视而不见，快步地沿马路往前走。黎海追上他，问他怎么了。小梓瞟了他一眼。

"你真是个不开窍的人，还做爸爸呢，不知道给儿子一个惊喜吗？"

黎海突然明白小梓刚才那一大段时间为什么憋着劲不说话了。他要黎海把那个玳瑁买下来送给他。我的天！那可是标价上万的一件东西。到了他小梓这里，变得这么唾手可得。黎海当即向他说明，这件东西多么贵重，并不是他这种阶层的人可以随便买来买去的。他以为小梓明白这个道理之后，会放弃先前的想法。然而，黎海大跌眼镜。

快到家的时候，小梓突然放慢了脚步，对黎海说："那你今天都做爸爸了，不打算买点东西给儿子吗？"

黎海停下来，吃惊地看小梓。后者已经走到前面，头高高撑着，背影看起来相当淡漠。那种样子仿佛意在告诉黎海：我已经给你指点迷津了，你再执迷不悟，那就是你的问题了，你自己看着办吧。或许黎海想得太复杂了，但他没法阻止自己这么想。莫可名状地，黎海产生了一种被要挟的感觉，被一个孩子胁迫。他生气了，厉声喝住小梓：

"往回走，我这就带你去买。"

小梓转身，速度快得惊人。向黎海跑来的同时，脸上的笑容哗啦啦撒向四面八方。他一头攀住黎海的上半身，奶声奶气地问："想送我什么礼物？想好了吗？爸爸。"

黎海带小梓去了国贸。在这个湛江最大的商城里，小梓看中了一款 MP3。黎海像还债一样面无表情把这个东西买下来，以为这事就结束了，但小梓的需求完全超乎黎海的想象。接下来在小梓的"指点"下，他们买了一副太阳镜、一串坠着狼牙的藏银项链、一把谭木匠梳子、一个象形枕头、一副用来搞怪的暴齿假牙。小梓对黎海隐而不发的恼怒视而不见，黎海整整跟他在街上、店里店外，转了两个小时。入夜，小梓闭了大灯，在微亮、轻柔的床灯下，躺在床上把玩那些东西。黎海觉得他在这一天才真正对这个孩子有所了解。

找了个借口，黎海去陈珏那里过夜去了。

九

黎海请陈珏分析他这个人到底是怎么回事。他举小梓的例子，真诚地向陈珏剖析自己。他是这么说的：照理说，作为一个长辈，当他获知小梓将瞒住任何人离家出走时，他该站到小梓姥姥（即他的三姨），及所有会因小梓的出走而惶惶不安的人的立场上，阻止他这次过激行为。至少，他黎海该私下里把这事和小梓姥姥通个气，可他在这件事上，竟扮演了一个合谋者的角色。这说起来不可理喻。黎海问，是不是因为多年前他也曾黯然离家出走，而对小梓惺惺相惜。当他看到一少年意欲像他年轻时那样投奔一条未知的梦想之路时，他特别激动，下意识地向这孩子施以援手，以便使他在走上这条不归路的起始顺顺利利。他问陈珏："我这个人是不是特别抽象？"

陈珏端庄地笑了。"什么抽象不抽象的。"她说，"你这是典型

15

的作家心态。无非是，你看到生活中将出现一件突出的事，你想把它拉到你身边来，感同身受，为你下篇小说积累素材。作家都是变态的。你才做了这么件小事——变态得还远远不够。"

陈珏说的是她自己，不是黎海，这个钻牛角尖在生活中不停找"事"的人是她，而黎海永远认为作家首先要做个正常人。陈珏喜欢以自己的思维来破译一切人的行为动机。她不是没有能力去理解他人，而是不具备站在他人立场上思考问题的素质。黎海开始后悔向她剖白自己。他不是不知道她是个什么样的人。

在他们认识的起始，黎海曾经对陈珏说，他总是感觉到身边充满了噪音。它们不定时地在他耳边响起，构成他生活的烦恼之源。陈珏当时就高高仰起脖子，大声笑了。

"我明白你想说什么。但我觉得这种感觉，只应该出现在十七八岁的小孩身上。你都快四十了。"

在那个时候，陈珏忘了黎海是作家，具有务虚的习惯。如果她是个心理医生，她永远只会向患者证明一件事：对你的任何提问，我都能根据我的需要给你一个具体的答案。而她最根本的需要就是，向别人证明她比你懂人生，比你懂人心，比你知识丰富，反正她就是比你厉害。跟这样的人说话，结果只有一个——你的脑细胞一个个被她强奸致死。无论她是有意，或无意，她都是个热爱侵犯乃至打击别人智力的女人。她身上这种遁于无形的入侵习惯太歹毒了，就算她有再多的优点，也无法使她变成一个美好的女人。瑕不掩瑜这个词用在陈珏身上是可笑的，她的存在对这个善意的词汇是种嘲弄。

现在黎海觉得自己是个控制力很不好的人。明知道跟陈珏交心的结果只是受挫，却愣是往枪口上撞。

陈珏那边却说个没完了。沿着她刚才对黎海的分析不断延伸，她最后对黎海说的一句话吓他一跳。

"目标要定得高远，这样就不会因为生活小节而烦恼了。"

黎海再次对她无话可说。他庆幸没有把今天游玩湖光岩过程中发生的事告诉她。如果他对她说，通过和小梓进一步的接触，他隐隐发觉有什么事不对劲时，她一定会用一种很直白的方式告诉黎海：

"我早料到了。我看到这孩子的第一眼，就预见到以后的任何事情。"

黎海想，他只有独自面对小梓，不要再期望任何人来替他分担未来可能出现的纷扰。向不合适的人倾诉你脆弱的一面，无异于引狼入室，使自己的精神面临被蹂躏的险境。黎海没有这种自虐的癖好。就算憋死，他的嘴也必须警惕地闭住。

他在陈珏的床上睡了一夜，感觉很虚弱。

十

从陈珏那里回来，已经是上午十点多钟。打开门，黎海看到昨天买的那个象形枕头躺在客厅的地上。小梓面对着电脑方向，蜷缩在床边。电脑里发出奇怪的动静，却关着。黎海上去一摸，显示屏热得发烫。正疑惑着，肩膀给拍了一下。一回头，差点给小梓吓死。小梓将昨天买的暴齿假牙嵌在嘴里，黑眼珠全部收进眼睑里，鼻子缩得皱纹密布。

"电脑坏了。"小梓从嘴里扯出假牙，又放进去，像只瘟鸡一样，发了句牢骚，"你这个破电脑。"

黎海吃惊非小，"什么时候坏的？你昨天晚上一直在玩？"

"刚坏——你开门的时候。你这电脑胆子比我还小，一听到钥匙声，就去西天了。"

"你上黄色网站了？"

"你能上，我也可以上啊。你那么凶干吗？"

黎海火冒三丈，去开机，果然坏了。要是硬盘里的文章和资料给捣没了，他就该崩溃了。这小子果然是个丧门星。黎海慌乱地打开抽屉，找到了几个维修电脑的号码。打电话的时候，小梓低头坐在床上，像个练打坐的白痴小道士。黎海边打电话边吆喝他："行了，别在那装委屈了。我找人来修。修完了你要再搞坏，就别想再玩。"

小梓很勉强地撇了撇嘴，说："对不起了，爸爸。"

二十分钟后，电脑公司来了一个维修员。还好，只是中了个新病毒，攻击了系统。花了两个小时重装一次系统，恢复了正常，资料和文章都还在。

维修员刚走，小梓一跃而起。

"赶紧赶紧，耽误了好几个小时。让开，我要工作了。"

黎海震惊且恼怒地看着这个孩子，而小梓的游戏事业说开张就又开张了。黎海望着电脑屏幕上重新如火如荼的奇幻世界，大吼一声：

"下来！"

小梓后背抖了一下，转过身，看着黎海，脸色惨白。黎海泄气了，控制着自己，说："小梓，别玩了好不好？"

小梓面色凝重。沉默了一瞬间，他认真地说："你知道我现在玩到什么级别了吗？我很快就可以挣到一大笔钱。我打算给你买双增高皮鞋。这是我的一个秘密……"

　　这孩子无药可救了。黎海强迫自己恢复平静，抛下他去了客厅，坐在沙发上想对策。小梓误以为黎海原谅、理解他了——来自游戏软件里的枪声、惨叫声，再次充斥房间。

　　这事显然闹大了。黎海没法跟这孩子在一起生活，除非他什么也甭做，什么也甭想。他余怒未消地离开家，去步行街的花坛上坐着。酷暑天，街面上堆满了衣冠不整的陌生人，令黎海倍感孤单和烦躁。他听到一个声音在命令他：撇掉这个孩子。想了足足一个小时，他站了起来，往回走。

　　小梓还在玩。黎海开始他的表演。

　　他慌里慌张地进了里屋，一顿乱找乱翻。小梓忙里偷闲地问黎海这么急吼吼地找什么。黎海没时间回答他似的，火烧火燎地进了客厅，很响亮地摁了一串不存在的号码，接着对着忙音不停的电话大声说："明天就去吗？缓一天都不行？好吧……那北京见。"

　　他进屋，对那个被电脑迷疯的背影说："小梓，明天我得去北京了。有个剧本，要去谈谈。"

　　"去几天？"

　　"也许三五天，也可能好几个月。没准头的。"

　　小梓停了下来。"你看你，这么忙。"

　　"我走了，你可以在家待着。"

　　"我不会做饭。"

　　"我很难说什么时候回来。"

19

"那我走吧。"小梓不假思索地说，"安庆我是不会回的。我去海南玩几天吧，或者深圳？福建？我再想想。兴许我玩几天后，你就回来了呢。也说不定我在外面找到了工作。嗯，也许我可以去长沙小姨的男朋友那里，他说过希望我去他那里玩的。不知道，我不开心了。"

黎海不安了。小梓身子一斜，靠到书柜上，变得异常冷静。过了许久，他喃喃低语：

"下次还不知道什么时候再来这里呢。说不定我们再也见不着了。我可以提一个小小的要求吗？"

"嗯好。"黎海说，"小梓……"

"我特别喜欢地球仪。我走之前，你可以给我买一个吗？要这么大的。"

当晚，黎海带小梓去书城买了个地球仪。天快黑的时候，他们往回走，途经一个大排档，坐下来吃饭。小梓爱不释手地转动地球仪，后来，他叫了起来。

"哥哥，你发现没有？从湛江到安庆，相当于巴黎到莫斯科的距离。以前我们隔三个国家那么远。"

小梓定定地盯着地球仪，夕阳照在他脸上，黎海觉察到小梓脸上至少有三种情绪组合起来的表情，而这种表情的背后，是与生俱来的落寞——在黎海理解是这样的。黎海把头别开去，忽然感到特别孤独。他觉得做人是件特别不好玩的事。他站起来，走开去，躲在角落里，眺望小梓及他手上的圆形物体。

几分钟后，他回到小梓身边，如释重负地对小梓说："刚刚又接到电话，去北京的事，取消了。"

十一

　　未经小梓同意，黎海给小梓姥姥打了个电话，告诉她，小梓在他这里。黎海年近七旬的三姨理所当然地感到讶异，但她比黎海想象的要坦然许多。"替我们多管管他。"小梓姥姥客气地对他说，"麻烦你了。"接着她的嘴变成了关不拢的闸门，关于小梓的许多"劣迹"第一次涌进黎海的耳朵。她说这孩子是牛投胎，犟得就跟头牛一样。她倒霉，养完了大的，老了还要来养小的。让他回到他妈身边，他死活不乐意。非但如此，他跟他妈死对头似的。谁也不知道他妈怎么开罪他了。"他妈一提到这孩子就落泪。"小梓姥姥在电话里唏嘘不已，黎海能想象她老泪纵横的样子。"我这个女儿命不好！"她说的是小梓他妈——"去年非要扔掉铁路上的铁饭碗，借了一大笔钱，她哪会做生意，赔得精光啊。"小梓姥姥最后心有余悸地说，"海，你说说，这是个什么孩子，他拿起刀就往脖子上捅，就因为那天他妈拿走了他小时候的一张相片。幸好那是把劈蚌的刀，砍不死人……"

　　他愿待，就让他多待些时候——这是小梓的姥姥对黎海的嘱托。这个电话之后，将小梓尽可能地拴在黎海身边，竟然成了一个任务。

　　事实上，黎海很少给他的三姨、舅舅、叔叔之类的亲戚打电话。别说他们，就是他同样年近七旬的父母，黎海也很少与他们交流。这么多年了，出于一种自卫的本能，黎海尽可能避免与家里人距离太近——当黎海知道他们太多的事，他们会不停向黎海诉苦；而当他们知道黎海更多的事，黎海会不停被盘问。黎海需要一块属于自

21

己的干净的、单独的领地，尽量与任何人无关。那些打着亲人标签的人恰恰是与你领地最接近的人，你一不留神，他们就可能大摇大摆地进来，在里面为所欲为。你不想那块地盘被侵犯，战术只有两个：第一是不停地说谎，与他们周旋；第二是彻底与他们划清界限。黎海的惰性使他无法掌握第一种战术，他只好选择与家人格格不入——这就是黎海多年来的一种生活状态——他游离在很多必要的关系之外，浮在亲人们无法洞见的空气里。

所以，对于小梓，及小梓家庭的变故，黎海原先只知道一个三句话可以总结的梗概。小梓姥姥今天的这番话，对他倒是个提醒。不过这种提醒对黎海来说已无关紧要。既然他决定给她打这个电话，说明他已决定理智地对待小梓到来这件事。

对于接下来和小梓的生活，黎海基本上做了这样一些必要的安排。

首先，在与小梓姥姥通话后的第二天，他去工农路的二手交易市场花三千零五十块钱买了一台七成新的康柏笔记本电脑。他把客厅里的电视柜往外挪出半个拳头的距离，腾出一个插座，将他的二手电脑摆在茶几上。黎海对小梓说，从今往后，里屋的电脑归他，床归他，即里屋是小梓的全部天地。而客厅则是黎海的。作为一个思维开阔的人，黎海愿意接受小梓玩电脑是工作的说法，对此，他不加干涉。但他希望小梓也尽可能不扰乱他的工作，小梓所要做的无非是在夜深人静"工作"的时候关起房门，关掉音箱，戴上耳机，就 OK 了。对这一点，小梓没有任何异议。

其次，小梓要承担起一些家庭内部的工作，比如，黎海和他轮流打扫屋子的卫生。小梓还要学会做一些简单的食物，防止黎海不在的时候，他饿死在家里。

最后，小梓不必再叫黎海爸爸了。也不许叫哥哥。黎海仅仅是一个有权利和义务管理小梓的长辈——他的表舅。

黎海选择一种很正式的方式和小梓做了这次交谈：关掉电视、电脑，排除一切干扰。一个令黎海未料到的情况，就是在这次交谈结束后发生的。小梓趴下来，从床底下掏出一个盒子，叫黎海打开看看。呈现在黎海眼前的是一双增高鞋。

看来小梓的游戏事业还真与人民币挂上钩了。

"喜欢我给你的'惊喜'吗?"小梓说，"舅舅，你要是再高十公分，天下女人任你挑。上次那种女的，你想要的话，一抓一大把。她真的有口臭，我闻到了——你闻不到吗?"

十二

让小梓这样一个刚刚有点发育迹象的孩子理解黎海和陈珏的关系，那简直太难了。小梓不会知道，人活到一定时候，感情并不是完全由自己说了算的。人的身体里有一个洞穴，里面藏着诸多魔怪。多数时候，它们沉睡着。当它们醒来，感情就乖乖成为一颗棋子。在黎海的生活中，陈珏算什么呢? 他们从不谈未来，连过去也不谈，只是合作。这些年来，黎海走得越来越远，将生活中的多数人撇在了身后。能够填补他感情空白的，只能是陈珏这号特异的女人。陈珏，作为中国第一代独生子女，这个在家人过分的溺爱中茁壮长大的中国小皇帝中最接近皇帝的一个人，直到年近三十，依然完好无损地保持着天性。她的生活里只有她的精神领地。如果说黎海现在

23

的状态是返璞归真，那么陈珏就是从另一条与黎海不同的道路上奔跑到人群之外的人。他们在远处稀薄的空气里相逢，这就是他们的组合过程。这就是黎海虽然不停地厌恶、躲避、抗拒陈珏，却依然与她如影随形的秘密。

与小梓"约法三章"后，黎海的生活忽然变得润滑起来。作为一个历来写东西很慢的人，他创造了个人写作史上的一个纪录。用五天不到的时间，完成了一个四万字的中篇，自己还感觉相当满意。值得庆祝的是，他和陈珏的关系达到了一个前所未有的融洽度。有一次，他甚至像一个情窦初开的少年，憧憬起他和她的婚姻。尽管这只是一个稍纵即逝的念头，但在他来说是少见的。数年前，他就立志不再钻进婚姻这种俗套里了。

但这种平和、温暖的情形只持续了七八天。小梓出状况了。看来这七八天里，黎海有点得意忘形了，以至于忽略了小梓。等那个一脸警惕的女孩突然出现在黎海的家里，他才醒觉：这几天里，小梓把房门关得紧紧的，瞒着他做了很多事。

算起来，这已是小梓到来半个月后了。黎海去了趟广州，跟一个有意给他做书的书商见了次面，第二天，回到家是下午四五点光景。在门外黎海就听到屋里有很大的声音。打开门，黎海才发现声音来自电视。他的碟子散落在地上，电视屏幕上正放着《千与千寻》。房门紧闭，黎海一推就开了。出现在眼前的画面完全超出了黎海的接受度。

小梓在床上呼呼大睡。睡觉的并不止他一个人。一个骨瘦如柴的女孩与他交叉躺在一起，一个头在这边，另一个头在那边。他们没听到黎海进来的声音，外面的动画片太吵了。黎海吃惊地瞪着他

24

沉睡的外甥和那个不速之客，一时间以为走错了地方。他不明白他走后的一天一夜里，他的家里到底发生了什么翻天覆地的巨变。他愣在屋子中间，像是有电钮操纵着似的。突然间，那女孩的眼睛睁开了。黎海从来没见过这么深邃的眼睛。一个小女孩的眼睛凌厉到那种程度，是罕见的。这女孩至多十三岁，皮肤黑得发亮，脸小得只剩下眼睛了。她明显被吓住了，但她一声不吭。片刻之后，她伸出手来，大力地拉了小梓一下，眼睛始终瞪着黎海。小梓醒了，腾地坐了起来。他们俩居然准确地握住了对方的手，并坐着，盯着黎海。黎海感觉他们的眼神特别滑稽。

"我去把电视声音开小一点。"

女孩噌地蹿下床，跑出去了。说一句话只用了别人说三个字的时间。

黎海正想跟小梓说"没事的，你们继续玩"之类的客套话，只听外面的大门"咣"的一声响，那女孩离开了。小梓跳下床，追出门外。

黎海听到楼梯里传来小梓破锣般的声音："李锡倩，你别怕，他就是我舅舅，人特别老实……"

十三

小梓是这么向他"特别老实"的舅舅介绍那女孩的：

"她也是个孤儿。比我大三岁（十七？难不成黎海当时眼睛花了？），她家是遂溪乡下的。你知道遂溪吧？我不知道。听说是湛江下面一个县，好穷的。很巧啊，她也是过完年到湛江的。你知道龟老板不？听说是湛江最有名气的凉茶店。她就在那里打工，三百五十块钱一个月。我觉得她特别逗。我给你学她说话哈，'你拿摸远跑到酱缸来的呀？'你知道'拿摸'是什么意思，'酱缸'是什么意思吗？就是'那么'和'湛江'啊。笑死了。湛江人说话舌头跟煮熟了一样。舅舅，可以吗？我把你上次买的那个漂亮枕头送给她了，她相当喜欢（他模仿宋丹丹撇嘴的样子）。她住集体宿舍，我昨天去过她那儿。八个人一间屋，上下铺。"

黎海对小梓言谈间显而易见的快活劲儿丝毫不感兴趣。他想他们必然是在网上认识的。除了网络，没有别的渠道。他打断小梓，去收拾被他们弄得一团糟的屋子。小梓黏在黎海身后。这时的他特别愿意和黎海掏心掏肺。

"她是我女朋友啵。"

这句话还不够惊心动魄。下一句，在黎海看来，就幼稚得惊人了。

"我马上可以挣到很多钱，在湛江买房。为了李锡倩，我要尽快买一所房子。"

黎海在心里提醒自己：跟一个小孩子辩论是没有意义的。但他的嘴巴没法关住，不该说的话脱口而出。

"在我这个年纪，我认为钱是很难挣的。"黎海说，"小梓，你马上可以挣很多钱——拿什么去挣？"

"钱有那么难挣吗？我才来半个月，不就已经挣到好几百块钱了吗？以后哪，我就做电脑技术员。这个工作能挣好多钱的。"

黎海笑了。

"那么多计算机专业的本科生都不好找工作，你……再说你连学都没开始学呢。"

小梓学着黎海笑的样子也笑了。

"我在学啊。我不是天天在用你的电脑学吗?"

黎海一时无话。小梓还在说。

"学完了我可以去小姨男朋友那里打工。五六千块钱一个月。蛮好的吧?"

黎海用力地点了点头:

"到时别忘了也给我买所房子。你说过的。"

小梓吸了吸鼻子。

"你啊,不跟你说了。"

黎海目不转睛地盯着小梓的瞳孔,看到自己变形的脸的投影。在某一瞬间,黎海感觉到,因为他外甥的存在,他的生活变得恍惚了。

十四

黎海觉得他是厌恶小梓的。这种厌恶由湖光岩工艺店里那只名贵的玳瑁引发,之后,随着他对这孩子了解的增多,慢慢累积。他厌恶的是小梓那些没有经过人工斧正的诸多天性,起先是他对一只玳瑁的占有欲,接着是他不加节制的玩性,然后可能是他的幼稚或是别的什么。但这些厌恶感一直被黎海内心某种根深蒂固的个人需要包容了。

黎海并不知道他能容忍他到何时,这似乎不是他能说了算的。而事实是,他的容忍能力非常有限。仅仅在意识到他是在容忍着小梓时，黎海就控制不住地爆发了。

他爆发的形式，是向陈珏做了一次可怕的倾诉。他将这段时间里，出现在他和小梓之间所有微妙的矛盾向陈珏做了一次彻底的回顾。理所当然地，陈珏痛快淋漓地教训了他一顿。她花了足有两个小时的时间"开导"黎海，其间，"我就知道""是""不是""当然""绝对""傻"之类的词被陈珏频频使用，令黎海不得不在接受她肆虐演讲的同时，再一次忏悔自己的自制力太差。陈珏的嗓子终于出现了干涩的症状，她这才变成了一个最温柔体贴的小女人。

"你不是爱吃烧烤吗？观海长廊那边刚开了家爱尔兰烤肉店，我请你去大吃一顿吧。"

那烤肉店的自助烤肉的确不错，而陈珏在那个中午向黎海展示她体贴的一面，又令黎海渐渐感到踏实和享受。他吃得特别饱。出了烤肉店陈珏开心地向他宣布，她要送一件礼物给他，三百块钱之内，他可以向她索要任何东西。他们去步行街逛了一圈。没容黎海发表意见，陈珏就说服他买了一套阿迪达斯的肩上缀有红条格的蓝色休闲运动装。黎海觉得这套衣服穿在他身上有点轻佻了，但陈珏觉得他穿上很帅。没办法，他只好穿着它招摇过市。陈珏挽着他的胳膊，不停伸出手来摸一下新衣服，自得其乐。

"你陪我去买条狗回来吧。"陈珏建议。

傍晚时分，她在下岗工人一条街的猫狗市场上，选中了一条纯白色的长毛狮子狗，欢天喜地地一路抚慰着她的新宠回家了。

"就叫它陈小海吧。"

还没到家，陈珏已经给狗起好了名字。这名字的来由与黎海有关。

"你叫黎海。它的名字就是小海。我姓陈，我的儿子就该叫陈小海。"

黎海把那狗打开看了一下，原来是条小公狗。

"男人都是欠收拾的。我会把我儿子收拾成世界上最像男人的男人。"

陈珏向黎海宣告她的宏图大志。黎海听到阿迪达斯与他身体摩擦的声音。他以为是自己一下子没忍住，偷着乐了。

十五

小梓变得鬼鬼祟祟，经常把门关得紧紧的，没日没夜地玩电脑。还郑重交代黎海，进屋前要先敲门。原先他并不怎么上街，现在出去的时间变多了。差不多平均一天三次，每次时间都超过一个小时。一个蹊跷的情况是，家里的来电频繁了。很显然这些电话与黎海无关，都是冲着小梓来的：每次电话铃一响，小梓就抢在黎海前面冲过去。接下来他变成了一个情意绵绵的男人。他倚着或躺在沙发上，用最低、最糯的声音对着话筒说话，内容多数不堪入耳。有时候他滚动起来，在沙发上扭来扭去，喉咙里发出怪异的声音，似笑又似呻吟，令黎海起鸡皮疙瘩。有一天他出去了很长时间，回来后鼻翼上多了一颗米粒大的银色嵌珠，发型变得很时尚，部分头发挑染成橘黄色，看起来虽然有些怪异，但凭良心说，还真给他添了两分帅气。

黎海狐疑了两天，很快认定自己觉察到了小梓的秘密。那个遂溪女孩再也没来过。必定是她对他黎海有什么看法，或者别的什么原因，反正她就是不愿再来他家，而坠入情网的小梓便只好利用电话倾谈和频繁的外出探望来取悦自己的初恋情人。随他去吧，黎海想，小梓这么乐在其中，总比成天在家里无事生非要令他清静。

小梓来湛江快一个月的某个下午，黎海从街上回来，打开家门后，他听到紧闭的房门里传来很大的呻吟声。他敲门，里面的呻吟继续着，一点都没受到敲门声的影响。黎海从电视柜里拿出备用钥匙打开房门，一下子就呆住了。

小梓背对着门的方向，头上箍着耳机。他放了一首节奏很快的音乐，音量开得很大，不用耳机都可以听得清清楚楚。他几乎一丝不挂，身上唯一的外物是一条红色领带。这领带是黎海和前妻结婚时用的，他一直当作纪念放在一只盒子里。这只盒子应该在他衣柜里很隐蔽的某个角落，要让他自己找的话，一时半会儿的，也不一定找得到，不知道这个小蠢货是怎么找到的。

此刻，小梓的身体正随着音乐上下起伏、左右扭动着。黎海的领带成了小梓最耀眼的道具。他以电脑屏幕上的摄像头为轴心，提着领带角，时快时慢地拉动它，一会儿用它收紧喉咙，做出窒息的样子，一会儿完全将它解开，使之变成体操运动员手上游动的彩带。黎海握着门把，怔在门口，心想，他这外甥疯了，疯了，彻底病态了。

小梓身体的敏感度很高，突然意识到什么，猛地拉下耳机，转过身，像条刚蜕壳的螳螂，张牙舞爪，向黎海扑来。黎海一个趔趄，被小梓推出门外。"呱嗒"一声，门被小梓从里面锁死了。

不到三分钟，房门打开，小梓穿了短裤和背心，汗涔涔地走了出来，又飞快地跑进洗漱间。过不多久，他甩着湿漉漉的头发，躲

30

着黎海的注视，走出洗漱间，脚跟抽筋了似的，咯噔噔地奔到沙发上，把抱枕扯过去，蒙住那个大脑袋。

"你疯了！像什么话嘛！"黎海过去一把抢走他手里的抱枕，在小梓高高跷起的小腿上，狠抽了一下。"那个李什么倩把你搞疯了吗？啊？"

"哎呀！她叫李锡倩！"小梓侧躺下来，用头撞了撞沙发靠背，又扑腾坐起来，梗了梗脖子，上齿咬着下唇，眼睛上翻着，一眨不眨地望着黎海，用一种忧郁又恼恨的眼神回敬黎海说："抗议，她哪里不好了嘛。总比你那女朋友好——口臭女王。"

"荒唐！"

"你要怎么样吗？说啊你说啊！打死我？来呀黎大侠！来打呀！反正我早就不想活了。嘻！"

十六

黎海错了。只能说，一个人要向另一个人隐瞒什么，那是很简单的事。以黎海的智力之所以被蒙蔽，也许是因为他一直觉得小梓还是个孩子，一个孩子再夸张也夸张不到哪里去。但小梓这些天来的秘密作为却夸张得令黎海惊骇。

几天后的一个上午，他们正在家里睡懒觉，敲门声响起来了。黎海脑子混沌着打开门。出现在他眼前的是高矮胖瘦不等的四个陌生男人。"这个ID号是你的吗？"年龄稍长的男人站在最前面，向黎海亮出一张卡片——说是一张纸也可以，上面是一行结实的数字。黎海不太明白他在说什么。后面那个黑壮的圆脸小伙补充了一句：

"就是说，你家里是用这个号码上网的吗？"他还冲黎海笑了笑。黎海把床头柜上的眼镜拿过来，仔细看了看，那的确是他的上网号，他认可了。

"我们是公安局的。"年龄稍长的那个，显然是组长，或是他们的"代表"，向黎海亮了亮警官证。

四人鱼贯而入。接下来，他们言简意赅地跟黎海陈述并核实了一些情况。黎海听到中途才明白这个家里发生了什么事。确切地说，是最近大约半个月来，他这个上网号码成为网络色情表演的工具。黎海清楚，这个表演者当然是小梓。他竟然应聘成为某个色情网站的值班"男优"，那天下午被黎海撞见的那个场面，不过是小梓的一种工作状态而已。还有那些莫名其妙的电话，都是五湖四海的那些小梓在网上认识的具有恋童癖倾向的无聊女人打来的。最近的扫黄打非，公安局的网络侦察部门侦破到那个色情网站，主办者和替该网站服务的所有人员，在近几天里，已经或正在落网。

小梓，这个混账东西，他可真行。原来这就是他自信满满的挣钱渠道。这就是他的未来，他的狗屁李锡倩，他的房子，他送给他小姨的红色跑车。黎海气愤而惊惧地坐到沙发上。四个陌生人紧随而上，左右站在黎海身边。他们说话的同时，关紧门的里屋一点动静都没有。但黎海知道，小梓已经醒过来了，并且就躲在门后偷听。如果他没醒过来，里面不会那么静。黎海脑子乱了，无法思考对策。那男人开始对黎海做最后的核对：

"家里几个人？"

"两个……多数时候是一个。"

"都上网吗?"

"不,就我一个人上。"黎海很奇怪自己混乱的脑袋,此际,为什么突然这么条件反射地护住了小梓。"他还是个孩子,我坚决不让他上网的。"

"哦!""代表"睿智的眼神迅速落向里屋门,"可以打开门,让我们看一看吗?"

黎海的心变成了开足马力的发动机,但不得不打开了房门。奇怪的情景出现了,床上空无一人。警官们只潦草地向里面打量了一眼,退回客厅。黎海狐疑地关门,门关上的最后一刻,他看到床下的象形枕头,看来小梓躲在下面。

"那孩子不在家?"他们装作漫不经心的样子问黎海。

黎海木然道:"出去玩了。"

回答完,他匆匆望了一眼那象形枕头,猛地被一种由愤怒、自责、伤感、痛苦复合成的情绪击中了。他狂躁地关了房门,推了身边某个警官一把,撇开他们,大步走了起来,不知道要往哪里走。"你们想干什么?警察有什么了不起?乱抓人吗……"他像个发高烧的病人那样胡言乱语起来,连他自己也不知道在说些什么。"滚!滚开!你们……"

他们面面相觑,都笑了。"代表"拿出另一张"纸"给黎海。黎海仓促看了一眼,是一张什么单据,他挥手就打飞了它。

黑壮的年轻人骂了句什么,上前用拇指和食指捏住了黎海的下巴。另一个人扭住黎海的手,他的手凉了一下,他低头,看到一副手铐。

十七

黎海从来没被收容过，也从未设想过会进入这种地方。对他来说，这是奇耻大辱。他都要崩溃了，恨着自己，恨着别人；也许不知道在恨谁。在收容所的这个夜晚，他的情绪低落到极限。他做了一堆梦，其中两个被准确记住了。第二天一早，陈珏带着钱来"赎"他时，他正待在幽暗的禁闭室里，惶惑地回味着那两个梦。

第一个：黎海梦见父亲失踪了。母亲站在安庆街头，跟他两个姐姐、一个弟弟以及他，回顾父亲失踪时发生的一件怪事。母亲说，父亲失踪的第二天，他单位来了一男一女，请母亲不要担心，说父亲只是去沈阳出差了。母亲却将信将疑。她敏感地认为，父亲有可能被人谋杀了，来的这两个人，正是这桩谋杀案的主谋。

第二个：黎海梦见他回到中学操场。集合哨响起，同学们开始列队。个子矮小的黎海抢站到第三个，有同学迅速把他扒到一边。他愤怒地跑开，向队列后走去，孤单地站在队列的末尾。

黎海想，第一个梦显然在说，父亲老了，再活也活不过多少年，同理，母亲也如是。这是否说明，这么多年来，他一直处于某种自责当中？他游离在亲人们无法洞见的空气里，寻找着自己的理想家园，与此同时，也逃避了作为一个晚辈、一个儿子应当尽的本分。他愧对年迈的双亲。

那么第二个梦，是不是在说，他一直被别人侵略着，或者说，他总是惧怕着别人的侵略呢？而这，成了他情绪的翻覆之源。

黎海很抑郁。两个逼真的梦搅得他魂不守舍，他情绪落到低谷。

他绞尽脑汁，想弄懂它们确切所指。陈珏在说话。她的声音响在他耳边，他听得似是而非。他们来到了常去的溢源香茶餐厅。黎海的思绪部分回到身边，他听到陈珏说：

"你多大岁数啦？怎么越活越不懂事了。人家查到你了，找上门来罚你的款，你认罚就是了，犟什么犟啊？你看你把事弄的——收容所里舒服吧？这回的体验很特别很爽吧？真是个傻子。要不是我，你看你怎么收场。我觉得你怎么像个小孩啊。陈小海都比你理智。我要像你这么不理智的话，一个保险都卖不出去。你不知道，我每天出去跑保险，会遇到多少事。什么样的人都有的，有一次……"

黎海感到急火攻心。一口气淤积在胸口几百年了，牢笼在前面，他要像豹子一样冲出去。他望着陈珏，嘴唇哆嗦个不停。他拍着桌子，突地站了起来，指着陈珏，语无伦次。

"你——陈珏，你别在这儿自以为是了。你懂什么？什么都不懂。可你总是自以为什么都懂。你把自己想得比谁都厉害，可实际上呢？你什么都不是。我告诉你陈珏，你说出口的每句话都很在理，都好听得要命，可做起来，你什么都不行——你说的、做的完全是两回事。你是真正的语言的巨人、行动的矮子。你就是个自大狂。知道吗？我一直想告诉你一句话。现在我告诉你，除了你自己，全世界都知道你是一个多么可笑、顽固、自以为是的女人……"

黎海斥责着陈珏。她始终盯着他的眼。她在克制，这显而易见。她用一种真正强悍的力量控制着自己，使她在面对一场突如其来的狂风骤雨之时，能屹立不倒。她竭力维持着平静的表情，做出谦和的样子，"倾听"这段看来必然是她有生之年她听到过的最伤她自尊的话。渐渐地，她由内而外真正地平静起来。那是一种与生俱来的坦然和淡定赋予她的冷静。她笑了，很有分量的笑——任多大的风暴都无法吹跑它。

"你说完了吗？"趁着黎海喘息的片刻，她及时制止了他，"如果没说完，就继续。要是暂时没想好还有什么要说，那，下次找时间，再听你的高论。嗯？"

黎海沉默了，虚弱无比。他低下头去，听到陈珏在用一种比任何时候都完美的嗓音叫服务员过来买单。服务员过来了，她拿出紫色钱夹，检查点菜记录，和服务员讨价还价。末了，抽出一张百元大钞，递给服务员。一切都有条不紊。

早晨的餐厅食客寥寥，不够嘈杂。不久服务员拿着一堆找赎回来。陈珏接过这些散钱，将它们撸直、抻平、叠在一起，塞进钱包。终于做完所有事，再无表演的余地。她按着小腹，优雅地，错身走出卡座。等黎海盛怒又愧疚地抬起脸，她已快速走出门口——离开的同时，没忘留下一串放肆的大笑。

十八

"你才是个自以为是的东西！"

"你幽闭、自哀、自怨、自怜、自找没趣、伪善、难以取悦、不识好歹……是一堆无可救药的垃圾！"

"你非常非常的无知和无趣。"

"你不过是只可怜虫！"

……

陈珏的大笑所要告诉黎海的，或黎海可以借由这短促有力的笑声体会到的，便是这些话。黎海怒不可遏。过了一会儿，他大声叫服务员过来，买了一只杯子。在茶餐厅食客们惊惧的目光中，他使出吃奶的力气，将杯子砸向地面。

十九

黎海没骂小梓。奇怪，当他打开家门，看到小梓诚惶诚恐地从沙发上站起来，他一点生气的念头都没有。他的心情是平静的，也可以说，是空洞的。他什么也不说，径直去了里屋，囫囵躺在了床上。他觉得困，只想痛快睡一觉。小梓变得少有地懂事，把电视声音调到很小很小。黎海昏昏沉沉地睡了过去，不知过了多久，他被一种极谦卑的力量推醒了。小梓站在床旁，欲言又止：

"对不起……"

黎海冲他挥挥手，背过身，重又睡去。

"我知道你烦我了……我……"

小梓的声音滞重起来。黎海想，小梓理解错了。他只是突然在这一天感觉特别疲乏，不想说任何话，他想心思空空地在床上睡上一整天，就像从前小梓未在这个家里出现，他独居时经常干的那样。但小梓显然将黎海的沉默理解成了淡漠。他粗重地呼吸了两下，带上门，出了里屋。黎海再次醒来，是被小梓的声音喊醒的。

"我走了……喂，我走了！"

黎海飞速扭头，看到小梓背着他来湛江时的那个红色旅行包，站在门口，一脸伤感。他跳下床，去抓小梓。后者早有防备，一手握住门把手，用力扭开。在黎海尚未起步的时候，小梓已把自己关在门外。

黎海终于怒了，顺手拿了鞋架上的一只拖鞋，打开门，向楼梯扔去。

"滚吧!"他吼道。

拖鞋沿着楼梯骨碌碌往下滚去，小梓已不见影踪。黎海砰地关了门，在屋里踱步，不知道该向谁撒气。他思绪混乱，懒得做任何事，便重新爬上床，似睡非睡地躺着。有一会儿，他想到了小梓——就对自己说，小梓是不会走的，这不符合他的行事逻辑。

可小梓的行事逻辑又是什么? 这其实又是个值得深思的问题。后来，黎海终于意识到事情的严重性，他清醒过来，慌神了，迅速出门。

小梓没走远，他坐在离黎海家约一站地远的十字路口。黎海上去拉他。小梓反手推了黎海一把。黎海烦了，瞪着小梓。他看到小梓脸上被风干的泪迹。但此刻，小梓的眼睛里已无一点伤悲，有的则是些黎海不解的内容，复杂、晦涩，也吓人。小梓就这样望着黎海，直到黎海再次过去拉他的胳膊时，一句类似烂片对白的话出场了。小梓说:

"我在这儿坐着，等你来追我。我对自己说，我给你十五分钟时间。可是……"他抬起手腕，向黎海扬了扬手上的电子表，"刚好，时间过去十六分钟。"

黎海又好气又好笑。小梓站了起来，向马路对面跑去，奇快无比，差点被快车道上的一辆出租车撞倒。等黎海追到马路对面，小梓已在二十米之外。天热得能叫人昏厥，阳光像少年仇恨的目光，灼热无比。黎海看到小梓迎着密密麻麻的阳光，向他这边转身，定定站着，遥望他的表舅。黎海从未见过如此复杂的表情。他整个儿僵了，感觉有桶冰水从他头顶直浇到脚底。完蛋了！他想，他已经成为一道伤疤，一道被小梓隆重刻进记忆深处的伤疤了——这就是小梓的表情要向黎海表述的深意。

黎海颓然站在那里，考虑该不该追上去。小梓跳上一辆摩的。摩的拐了个弯，拖着长长的尾气风驰电掣般远去、消失。黎海知道小梓身上有足够的路费，当然是这些天来他自己"赚"的。他不用为小梓的安危操心，他所担心的是小梓的心思。他还站在马路边考虑着，该不该把小梓追回来。他沿着人行道往前走，下意识地拿出手机拨陈珏的电话。三次，陈珏都不接。黎海收回手机，继续走。途经步行街的入口，他的脚步被一个非比寻常的中年男人绊住了。那男人站在步行街的入口处，口中喝嚷着，吸引行人的注意。在他的脚前，是一个约三十厘米见方的灯箱。黎海不由走近去，俯看灯箱：

　　　本人原为专业文艺团体歌手、导演、钢琴演奏家、贝斯手、美工，世道沦落，本是专业演员的我遭人暗算，被迫流落街头，成为一个浪迹江湖的民间艺术家。今天，我流落到贵地，向广大爱好艺术的朋友们献艺，欢迎大家真情赞助……

黎海转到灯箱的另一侧，看到的是一则广告：

　　　诚招女学员，免收学费，要求姿容出众，年龄18至26岁之间。有意者请致电×××××××。

那男人先前在清唱庞龙的《两只蝴蝶》，现在换成了超级女声主题曲《想唱就唱》。此人长得不是一般的丑，完全可以用奇丑无比来形容他的尊容。更令人愤懑的是，他唱得太难听了。那五音不全的嗓子简直就是鸭子养殖场。

黎海看着这个毫无自知之明的男人抖动着他的脚尖，将高亢、尖厉、普通话极不标准的声音强行刺入路人的耳膜，他被这男人的自恋或睁着眼睛说瞎话的胆量震撼了。他围着男人转了两圈，开始慢慢把手伸进裤兜。终于，他找到一张很久前不幸得到至今仍无法花出去的五十元面值的假币。他拎着假币的一角，在男人因期待而迅速充血的目光中走过去，将钱丢进他脚前的不锈钢钵子里。他看到男人向他颔首，可笑地向施舍者展示他下贱的自尊。他跟男人握了握手，后退着走了，心里觉得此举无异于蹂躏了整个世界。他感到快意。

（原载于《十月》2007 年第 5 期）

米粒儿的天堂

黄昏来临时，他不紧不慢地给米粒儿洗完了澡。超市十点关门，但这并不是他不着急的理由。事实上他也可以不去超市，冰箱里从来都存着足够三天吃的食物。米粒儿此刻很沉默，这使她显得非比寻常。给她穿睡衣时，她扯着嗓子大叫起来。

"强奸啦！"

他没理会她，三两下囫囵将她塞进睡衣。将她抱出沙发后，无意中他向窗外望了一眼，那棵吊瓜树似乎从来就没有晃动一下。远处有道霞光穿透楼群向这边匍匐过来，那树有三分之二被照亮成铁锈色。他一手把米粒儿夹在腋下来到卧室，将窗帘全部拉开。刹那间整个卧室都浸泡在黄昏色调丰富的光影中。米粒儿一直在挣扎，又是笑又是叫。

"求求你了！不要强奸我好咩？"

他小心给米粒儿盖好毛巾被，只留了她的头在外边。他眼睛还盯着那棵树。很快他发现那树根本没什么值得研究的，他又将目光移向树后高耸的楼群。米粒儿还在继续她的电视剧模仿秀。

"咯咯，再敢强奸，我就喊人啦！"

41

过了会儿，见他无动于衷，她换了另一种类型的电视剧台词。

"皇上，臣妾肚肚饿了。"

他去剥了只栗子，回来掰成两半送到米粒儿嘴边。米粒儿从被窝里伸出一只小手，接住的同时，小声而一字一顿地说：

"谢万岁。"

他仍没被她逗乐，但为了让这个感染了电视病的孩子立马闭嘴，他装作忍俊不禁的样子，亲了她一口。米粒儿脸上立刻露出得逞后的得意，注意力集中到栗子上，一小口一小口地吃了起来。他拉开抽屉，往裤兜里揣了点零钞，迈步出门。手刚放到抓锁上，米粒儿厉声喝住了他。

"站住！"

他转过身，终于感到有些吃惊。米粒儿嘴角沾着些栗子渣，两只手紧紧抓住毛巾被，眼睛格外黑亮地瞪着他。

"我想跟你谈谈。"她一骨碌坐起来，用大人的手势向他挥了一下手，示意他坐到床边去。他饶有兴味地坐了过去，试着将她塞回毛巾被。她不容置疑地推开了他，"你不爱我的。是不是？"

她罕见地严肃，令他觉得她的话是经过考虑的。有什么严重的原因值得一个四岁的孩子如此认真地问出这样一个问题？他集中了一下注意力，抓住她的小手，微笑地望着她，示意她说下去。她却不再有下文。像所有缺乏逻辑的小孩子一样，她只是将说过的话又重复了一次。

"你就是不爱我。"她又补充了一句，"我想了一天了。"

他突然对她充满了兴趣，尽管与此同时他深知这种兴趣来得毫无必要。

"为什么说我不爱你呢?"

她极认真地嘀咕,"你经常看妈妈的照片。出去不带我,你自己去看妈妈。"

他老半天才弄明白她想说的意思。米粒儿想说的是,你看,你那么喜欢看妈妈的照片,看完后自己一个人出门。你非得单独出去干什么呢?是和妈妈幽会。推及前面她那句莫名其妙的结论,在这个寂静的黄昏,他女儿要说的意思是:爸爸,你成天出去找妈妈,却从不带我一块儿去,所以你不爱我。

他到这个时候才发现,孩子心头确实横亘着一个严重的疑问。他坐了许久。黄昏即将过去,窗户外面变得影影绰绰。他打开灯,缓缓坐回到床沿上。说点什么呢?总得给孩子一个解释。他抬头深深打量她。她似乎要睡了。

"爸爸不带米粒儿出去,是因为爸爸有时候不得不把米粒儿放在家里,这事跟妈妈没有关系。米粒儿,我不是跟你说过了吗?我们再也见不着妈妈了。懂了吗?"

"噢!"米粒儿翻了个身,闭上眼睛。不甘心似的,在即将睡着的最后时刻,她奋力将眼睛睁开一条缝,嘟囔了一句,"我懂,妈妈去天上了,你自己去天上看妈妈。"

他去超市买了一斤小西红柿、一箱酸奶、两包雪米饼,还有鱿鱼丝、杏仁、果脯之类的食物(都是米粒儿爱吃的),路过肯德基又进去买了四个鸡翅,接着往回走。路灯将小城照得亮如白昼,他手里鼓鼓囊囊的白色方便兜特别刺目。时间尚早(这是针对睡觉而言的),他决定绕远路回家。

经过那幢镶有大钟的政府大楼，他停了下来，举目盯住那钟。这一天是公元二〇〇六年十月三十日。如果把时间划分得具象一些，那么这是他妻子暴亡六个月后。对于时间，他总是听之任之。这个习惯并非由来已久，但他又确实不知始于何时。有时他会在突然间觉悟到：时间，是必须珍视的；作为一个人，得时刻给自己制定目标。每当这种警示出现在脑子里，他立刻变得手足无措。

米粒儿通常半夜两点前不会醒，他毫无立刻回家的必要。他在广场边站了一会儿，越过广场，沿着马路往前走。约莫走了两三里路，他一屁股坐到一间歇业的商铺外，专心观看夜色中路过的女人、女孩。坐了将近半个小时，打远处走过来一个女孩，他定睛望了她一瞬，一阵悸动紧紧抓住了他。女孩走来、走过去的这十来步间，他迅速看清了她身上令他欣赏的主要生理特征：细长的单眼皮眼睛、紧绷且光洁的椭圆形的小脸、健康的肤色、紧致到丰满但毫无累赘之感的身材。在她快要隐入夜幕之前，他的心跳速度几乎达到平常的两倍。想也没想，他站起来，快步跟了过去。

女孩斜挎一只帆布包，始终低着头，走得快极了。他对女孩并没有任何不良企图，也不可能有，他只是享受这种可以真切感知到青春和美丽的感觉，所以他与她保持至少五十米的距离，跟了约十几分钟。后来女孩转了个向，拐上一条斜坡上的路。这路是专门去技工学校正门的。看来这女孩是技工学校的学生。那学校的后部，就与他的住房一墙之隔。尽管他的住处与技工学校后部的那幢宿舍楼仅数米之遥，但中间横着一长道围墙，且那墙太高，上面还有铁丝网和经年的荆棘、藤蔓，所以那学校对他来说是另一个世界。女孩很快进了学校的门。他站在从未深入过的技校大门口举目四顾，突然毫不犹豫地改变了跟踪下去的打算。而对那"另一个世界"的窥探欲望，瞬时充满他整个身心。

他揣想着自己住处的方向，选了一条两边大树抱顶的路，在学校院子里走了起来。他选的路是对的，不几分钟他就看到了日常只能在家里眺望的那幢宿舍楼。把视线转九十度角，立即又看到他家那幢楼。

很多时候他躲在窗户后面，眺望技工学校的宿舍楼。这楼很大、很高，划分成三部分：以四楼为限，上面住女生，下面男生，又在西段隔出上下一列，为教工宿舍。他家在四楼，正好位列宿舍楼中段前方，故而他每每站在窗后，几乎将全楼的动静尽收眼底，既能看到女生在不小心被风吹开一截的窗帘后上网、吃零食，又能看到男生们站在阳台上洗澡，将一盆水从头顶浇下去。不经意的时候，还能看到某个教师模样的高个儿、健壮的男人将不同的女孩在他狭小的房间里举过头顶转圈。那楼与他家直线距离不超过十米。最相邻几个宿舍里的男孩女孩，他都能看清他们脸上的痦子。他在这里住了六年了，从他隐没在窗后的视线里流过的男生女生换了好几拨。时常，他在街上漫步，就看到一张再熟悉不过的年轻的脸。而对方必定是不认识他的，他的窗玻璃从外面看过来不透明。如果他一直够谨慎的话，学生们一定不知道对面那幢商品房的某户人家的窗后站着一个男人。

在这种难以避免偷窥学生的生活中，他偶尔也会设想：假如换一个位置，站在那宿舍楼往这里看，将是什么感觉呢？他总有这种好奇，但六年来从未付诸实践。这个夜晚，他突然就站到了这个位置，眼看着六年来的好奇即将解密，他竟丝毫没有激动。

但情况马上急转直下。当他爬上与自己住处直线距离最近的宿舍旁的楼梯，发现了一个意想不到的情况：从这里看他家，视野要更为清晰。这一点不可思议，但细想想却又完全可以理解。换一个位置来看待他整日穿行其间的住处，竟带给他极为不同的感受。一些讶异爬上心头。他想到，事实上六年里他一个人偷偷观望着学生们的生活，而自己却更为清晰地置身于成百上千的学生眼皮底下。他惊讶的倒不是自己可能不小心被学生们窥探过隐私。他不觉得自己的生活有什么值得让别人大惊小怪的，也没什么值得刻意掩饰的。他惊讶的是自己在这个夜晚得到了一种乐趣：换一个角度观望自己生活的乐趣。至少在这个夜晚，他感觉这种乐趣比生活中的任何娱乐或必须去做的事都能令他提神。

　　他竖起耳朵听了听，没听到他家里有任何声音，米粒儿睡得很安稳。伫立在夜色中的他的房子的窗户黑洞洞的，显示出一种深邃的静谧感。除了新的视角带给他的新奇感受之外，另外让他好奇的是对米粒儿的想象。站在高墙阻隔的咫尺之遥想象米粒儿熟睡的情形，这感觉很新鲜。

　　他迫不及待地想知道白天站在那儿看他家是什么感觉。第二天却一个事接一个事的，令他脱不开身。先是给一个年轻的女客拍了组个人写真。那女客特别自恋，要求一个接一个的。接着一个一块儿长大的哥们过来给他通风报信，说位于城市广场的楼盘要开卖了，那楼前景无法限量，极适合投资，问他有无兴趣赶紧去订一套。十二点钟，他正打算收工回去给米粒儿做饭，一个从前在影楼给他上班的老阿姨鬼鬼祟祟地走进来给他做媒。那姑娘是延安路上开花店的。老阿姨竭力鼓动他去和花店女店主见一面。他迟疑了一下答应了，说那叫女方下午到他店里来简单打个照面吧，他最近忙，恐怕没空去她那儿见她，也没时间在哪个酒吧、茶楼隆重约见。等老阿姨走了，稍稍静下一分钟，他就对自己定下的这个会见产生了畏惧。静下来的时候，这类难免别扭的见面总令他疲于应付。瞅住一个闲空当，他快速出了店门。

　　早上他出门的时候，刻意把玻璃窗和窗帘全部拉开。还小心把两扇窗户的帘都在高处卡住，以防米粒儿拉上它们。现在他快步来到技工学校，沿着那条大树抱顶的路，走至昨晚站着的宿舍楼的那段楼梯。他站了几秒钟，就往上爬去，直爬到这宿舍楼的九楼。他开始俯视他家那楼了。秋日的天空出奇地高，太阳也比其他时候要亮。相比之下，眼前的楼房一副呆滞、安于现状的样子。把视线收上来往别处看，目力所及之处的那些楼房似乎都是那副亘古不变的模样。他放慢脚步低头走到刚才站立的楼梯，拿出手机，拨响了他家的电话。耳畔传来米粒儿奶声奶气的一声"喂"。

　　"米粒儿吗？我是谁？"他将目光牢牢地钉在他家窗口，"又在看《星光大道》？你看的这期好像是重播，以前我们看过的。"

　　"是看过的啊。我最喜欢看阿尔法唱新疆歌了，他真好笑。"米粒儿突然咦了一声，"爸爸，你怎么知道我在看《星光大道》？你在家里吗？"

　　"坐着别动，别找啦，我不在家。"

　　米粒儿兴奋起来，"那你怎么能看到我？"

　　"我怎么就不能看到你啊？电视里的超人叔叔可以看到任何他想看到的人，爸爸当然也能。哎，小心点，别老在沙发上蹦，万一没蹦好摔到地上怎么办？"

他瞥见从教室、饭堂、街上回来午休的男学生纷纷从他身边走过，他们中的大多数都回头狐疑地审视这个明显不是学生的男人。他觉得自己心里正生出独享某种秘密的喜悦。猛地，他发现他已经处在激动中。米粒儿现在学着他惯常的样子，把电话机抱到怀里，极有兴致地站靠在沙发上。她不会想到，他就站在对面宿舍楼上。从生下来起，那楼对米粒儿来说就是另一个世界。

"那也可以看到妈妈吗？"

他怔了怔，"那当然。"

米粒儿郑重地说："爸爸，妈妈怎么还不回来呀？你帮我跟她说，她给我养的小乌龟长大了。"

他抬头望天空。因为是秋天，或因为台风未来两天可能要经过这里，空气特别干燥。他使劲儿地对米粒儿"嗯"了一声。米粒儿开始撒娇了。

"爸爸，你可以告诉我你怎么能看到我和妈妈吗？我怎么就不行？"

他几乎要大声对着窗户喊一嗓，但忍住了。激动还停在胸口。"这是爸爸的小秘密。"他说，"好玩吗？"

"好玩极了。"米粒儿尖声高喊。

吃饭时米粒儿不停缠着他，问他是怎么看到她的。他从米粒儿顽固的问询中欣喜地发现：关于这个问题的讨论在未来一段时间将持续地跳跃在他们父女之间——只要他能够将这"秘密"守住，或有心情将这个他们间的"秘密"经营下去。他仿佛看到一条快乐的纽带来到他与女儿的生活。对此，他感到满意。

下午他正在给十几个结伴来拍学生证照片的工学院的新生照相，还差三个就要拍完的当儿，那老阿姨真的领着一个姑娘进来了。他这才想起上午预订下的事。加快速度给这群学生拍完，他很随意地陪她们在门口的桌子边坐了下来。像是为了证明对此类事务的精通，老阿姨言简意赅、含而不露地快速给他俩简单介绍完，就一步三回头地走了。他忽然发现，和从前好几次一样，这次他又把事情弄草率了——坐在店里，沐浴在几个员工的目光中，和一个陌生姑娘进行一次心照不宣的会见，这事情挺考验人的临场应变力。好在这姑娘是个自来熟，一上来就没冷场。

"听秦阿姨说你照相照得不错。哪天请你帮我照几张。"

"行啊。"他以专业摄影师的观察力快速扫了她一眼，发觉她长得像任贤齐。"我来看一下该怎么拍你。我觉得你看起来挺有活力的，应该可以把你往性感里拍，拍成西班牙女郎那样的。"

"说着玩的呢。你喜欢西班牙吗？"

"嗯，其实欧洲的国家我都挺喜欢的。我喜欢历史比较悠久的地方——咱们伟大的祖国我也挺喜欢。"

"西班牙是欧洲的吗？不是的吧？"

他看着女版任贤齐充满自信的眼神，走神了，拿不准该怎么往下说。终于，还是向她笑了一笑。

"笑什么？"在他迟疑的短暂过程中，她一直敏锐地盯着他。"我说得不对你可以直接指出来啊，你这么一笑显得你挺阴，搞得我心里挺没谱的。我是不太有文化，但你也不见得有文化吧？"很是突兀地，她笑了起来，笑毕用一种宽容大度自内而外释放后才具有的表情无辜地望着他。"你问我喜欢哪儿是吗？西藏吧。国外的，我喜欢看美国大片。我这个人不喜欢出去的，总感觉害怕。待在家里最好不过了。我都不懂为什么那么多人喜欢旅游。我一个朋友——你别多想，是女的啊——你知道吗？她连续一个月……"

底下她说什么，他是无论如何没耐心听下去了。他回过头，三个员工赶紧把视线转向别处。他压低嗓门，寻找礼节性取悦她的词语，"看得出来，你是贤妻良母型的。"怕她接茬，他马不停蹄地问她，"我去里面打个手机行吗？门口这边信号不好。"

"请便。"她警惕地刹住嘴，硬邦邦地说。

他躲在化妆间里，明知道不赶紧出去不合适，但他无法说服自己心平气和地走出去和这个姑娘继续聊，于是就待在里面不停地想着出去还是不出去。等终于走出来，他看到门口的桌子空在了那里，三个员工尽量克制住不对他笑。他走出门向马路上望了望，如释重负，却又怅然若失。

七点钟，他照例给米粒儿洗完澡，敦促她上床睡觉。这孩子天一黑就犯困，而他每晚要两点后才有睡意。他们父女的生物钟极不一致。七点到两点这七个小时期间，无疑是属于他一个人的。他不喜欢看电视，也厌倦了和朋友们出去玩。于是如何度过这段时间变成了一件艰辛的事。

上床前他仔细检查米粒儿的头发、皮肤，都很正常。米粒儿这段时间身体一直挺棒。三分钟不到，米粒儿睡着了。他蹑手蹑脚关了卧室门，去厅里躺在沙发上看书。后来扔了书出门了。沿着人民大道往东走了三四里地，又原路返回，到家后取出手机看到两个未接电话，一查是老阿姨打过来的。他把座机取到近旁，给老阿姨回电话。没容他开口，老阿姨快人快语地说：

"我刚才给你打电话就是想问问你感觉怎么样。我先没给她打，给你打了。你没接，我等了几分钟就给她打了。我还真是没想到她看不上你。我走了以后你们都聊了些什么？她怎么说看到你第一眼就对你特别不感兴趣？我跟你说小刘，以后再有这种好事你得注意一点。再怎么说你是二婚，还拖着个病孩子。你没什么可挑的，知不知道？"

他在想那个女任贤齐。至少在下午这次突如其来的相亲过程中，以及相亲后听完老阿姨谈及那姑娘的现在，他觉得研究一个人远比相亲这件事本身更对他有吸引力。他笑着谢过老阿姨，挂了电话。但忽地，不必要的沮丧爬上他心头。实际上在前面沿人民大道散步的过程中，他曾设想过，如果跟女任贤齐谈谈他站在家对面的宿舍楼里跟女儿做游戏给他带来的那份窃喜，不知道对方有没有能力感同身受。现在他感到心里有比傍晚更多的话。他进了卧室。米粒儿睡得很沉。他没来由地感觉到，他们父女间隔着很大一片时空。把窗帘拉开一小段，他看到楼前那棵吊瓜树在黑夜里更显肃静。他又把头贴到冰冷的窗玻璃上，看到楼角下几棵散尾葵在夜暗中显得张牙舞爪。他回到客厅，决定给 H 打个电话，尽管这不见得有什么意义。

H 像等他这个电话很多天了，听起来给他感觉是这样的。

"我正在想着，这个时间有没有人请我吃夜宵呢。你忙吗最近？"

他飞快地去洗了把脸，套了运动裤和 T 恤衫出门了。在工农路老汤牛杂店，他要了十五块钱牛杂坐在那里等 H。温暖的南方秋夜里，满大街都是可供消夜的排档、烧烤摊和糖水车。四季不分的亚热带气候因为缺少那种季节更替的规律提示，总使他这样的人变得懒得去急争、求取什么。这已经成了困扰他的一大弊病。他补课似的迅速回想 H 的长相，怕过会儿她来了不能一眼认出来。

算来是两个星期前，他和 H 以今天下午和女任贤齐会见的形式和目的会面，之后 H 主动给他打过一次没超过两分钟的电话，他没怎么当回事，这事好像就中止了。今晚他的电话将这个说消失随时可以消失的生活线索又重新接上。H 只比他晚五分钟就到了，她是走过来的，看来她家就在牛杂店附近。他们寒暄片刻，他莫名其妙地、挑衅似的对她说：

"我跟你说过没有？我有个四岁半大的孩子，女孩，生下来就有病。你可能没听说过，叫苯丙酮尿症。大人得服侍她一辈子的。"

H 听完很平静，既没表现出吃惊，又没出现退却之意，但更没有从脸上流露出对此事更多的兴趣。许久过后，他在一种不可理喻的说话欲的驱动下，跟她说了下午和女任贤齐的故事，包括他好几次远远追随那些青春、美丽的女孩以驱逐自己身上无所不在的暮气，诸多他生活中的隐私和半隐私，他蓦地发觉 H 身上有一种定力。具体什么样的定力他还说不上来。而等他发觉了 H 身上这个特别大的特点时，他又惊愕地发现，他在 H 面前特别难藏住话，甚至她是个很容易让他说过头话的人。一次性说那么多话，加起来差不多是往常半年的说话量，他马上感到喉咙、胸腔，甚至整个身体，都呈疲倦之态，要虚脱似的。他及时告诫自己住了嘴。他们之间却没有出现超过三分钟的沉默。H 说：

"你很怀念你前妻。她一定相当不错。"

他用一段说完后马上后悔的、很不地道的话，作为对她的回答。

"我妻子是很漂亮——不见得是大家认为的漂亮，我觉得很漂亮就够了。当然了，我很怀念她。我和她不是因为别的分开的，是因为生和死。我们感情很好，从来不吵嘴，连争执都没有过。如果不是因为车祸，我一定会和她在一起一辈子。她太好了，是个无可挑剔的女人。"

"嗯。"

"很难有谁像她那么好。当然好的人还是有的，但要花时间找来找去，大海捞针一样。我懒得费那么大的劲，没有这个力气了。"

这段话真有点挑衅的意思了。因为他觉得 H 身上那种定力非同小可。既然他约她出来还真不是特别想和她发生点什么，他不如弄清楚这个姑娘到底是怎么回事。

H 微笑着，点点头，"我理解。"

他在一种慢慢到来的极度放松中，沉入了自己的思绪。后来他脸上浮出疲惫之色。他倒在椅背上，眼睛落到 H 身后棉絮般模糊一团的城市夜景，缓缓地说：

"我经常做一些莫名其妙的事，脑子里老有怪念头。但我又不觉得自己老了，我心态还年轻。你看，我刚才特别难受，想找个人出来说说话。但等我出来后没多久，我就想回家了。还真不是因为担心我女儿，是什么原因我自己都不清楚。"

"看得出来，你很爱你女儿的。改天有没有那个荣幸请你把她介绍给我认识？"

他终于想到，她身上的定力是宠辱不惊、委曲求全，以及认定一件事后坚定不移的处世态度。与他这样一个敏感、犹豫不止的人

53

相比，他们的性格真是差别太大了，完全相悖的，是两极。但正因为绝对的相异所导致的永远存在的化解力，使他们的相处不可思议地和谐。时候尚早，他猛地决定带她去家里看看米粒儿。

米粒儿把两条手臂枕到脑后，定定地望着H。很快她不再看H，伸出手来示意他抱她。他将米粒儿抱起来。米粒儿紧紧搂住他的脖子，怯生生地瞥了H一眼，迅速把头藏进爸爸的肩窝，再不抬起来。

他这才意识到，深更半夜带一个陌生女人回家，对一个竟会怀疑爸爸独自去和妈妈幽会——连自己的妈妈都会妒忌的小女孩来说，是多么的欠考虑。为什么他总是那么没有计划性。他马上开始哄米粒儿重新睡觉。米粒儿却顽固地拱在他怀里，两个眼睛比白天还要亮，像是谁突然赋予了她监视任务似的。不久他意识到米粒儿开始她的拿手好戏了。她支使他去客厅，等H跟出来，她又小声命令他回卧室。H再跟进来后，米粒儿又嚷着要去客厅，如此不下五个来回。后来大小三人在客厅停下来。他坐在沙发上哄米粒儿睡觉，H尴尬地站在他们前方，间或说一些试图使米粒儿活泼起来的话。米粒儿与H的对峙却变得明确了，她开始对H翻白眼。H在他们旁边坐了下来。米粒儿扭着，跳坐到他与她之间，挺着小胸膛，目视前方，一手紧拽住他的手。

"第三者插足。"

米粒儿突然大声说了一句。他与她面面相觑，会意地大笑起来。米粒儿在他们的笑声中跳到地上，找到遥控器打开电视，调到很大声，又跑到地中央，举臂、扭胯，跳起舞来。跳了一阵她蹦蹦跳跳地拉开门去阳台上拿了小乌龟来，告诉H，它叫小银子，并得意扬扬地强调这名字是她起的。

后来气氛似乎不再那么僵持，他们随便说笑了约半个小时，H告辞。他打的将 H 送到牛杂店附近的和朗新居，回来后发现米粒儿已经睡着了。

凌晨三点，米粒儿被尿憋醒了。这时分，他才刚有点睡意。他把米粒儿抱到卫生间给她把完尿，一边把一边嗅了几嗅，气味好像没什么反常。回到床上，半醒状态的米粒儿突然扯直了嗓子哭闹起来，他怎么安抚都没用。他放任米粒儿哭闹下去，自己拿了个指甲钳一屁股坐到床下面搬起腿剪脚指甲，一边无所事事地等米粒儿哭完。米粒儿哭得更凶了，她开始要妈妈。在她尖厉的声音里"妈妈"二字越来越频繁地出现。终于她还是闹够了，抽泣着爬到他身上，细声细气地问：

"爸爸你不是可以看到妈妈吗？帮我看看她在干什么好不好？"

他凝神望着女儿，并越过她的头顶看窗外混沌的夜空。现在，十一月的第一天已然来到，这一天和别的那些天没什么两样。白天电视台发布信息说，太平洋面上向西北方向开进的台风拐了个弯，现在正去往这边西面的一个城市。他深深地看了米粒儿两眼，装模作样地闭上眼睛，把手放在胸口，"妈妈在睡觉。她还跟我说，叫米粒儿也赶紧睡。"

米粒儿乖巧地回到床上，自己盖好被子，睡了。他也关灯睡觉，感觉脑子里的空白比内容要多许多。

他趁中午带米粒儿去附属医院，给她做了一次例行检查，都正常。米粒儿生下来就被告知得了那种怪病，由于持续用药，四年多

55

来，她的身体从来都没出过诸如头发变白之类的状况。一年四季，她看起来和正常孩子没任何不同。他并没有因此掉以轻心，每个月头，一定会带她去医院全面检查一次。他总担心哪天米粒儿突然变成一个花白头发的小女孩，或者在他不经意的时候从这个世界消失。

从医院回来他带米粒儿去了影楼，她太缠人了，他想想还是把她送回去了。和往常一样，把她关在家里让她跟一堆玩具和电视玩。下午店里没怎么有事，他这个老板兼摄影就待在这并不大的店里修相机。四点钟的时候，他收到 H 的短信。H 问他要不要一起吃饭，顺便她要把买给米粒儿的一些东西捎给他。

前面下过一阵急雨，门外吹进来的风很清新。他感到一阵心慌。现在他的生活明确出现了一股推动他的力量，这股力来自一个有意于他的姑娘。他掂量了一下，仍感到有点力不从心。但另有一种若隐若现的惶恐令他无力抗拒。他到底还是给 H 打电话了，约了六点在天堂鸟西餐厅。挂了电话他心里没来由地飞过一阵轻微的悸动。

H 怀抱两个玩具娃娃、一个装满小食品的方便袋，等她进了天堂鸟把东西在他眼前一件件晃过，他看到了一条微型丝巾，甚至一枚少见的同样微型的米色发卡。他望着 H 将它们在她身边的椅子上放稳当，等她抬头看他，他会意地向她笑了笑。心里有些感动，尽管他克制住没在脸上流露出来。这次 H 很健谈。也许像她这种搞人力资源的姑娘特别懂得什么时候该倾听，什么时候该让自己显露锋芒。

"昨天，你跟我说那些话时我挺奇怪的，但后来想想我就觉得你这个人特别坦诚。另外我就觉得，一个男人那么怀念过世的妻子，你挺重情义的。在你家，我注意到一些细节，你家里特别整洁、干净，称得上纤尘不染，一点不像一个没有女主人的家。还有你和你女儿的感情……怎么说呢？就是那个意思吧你知道的……"他极有兴趣地听着，用一种探寻的目光期待她把未表达清楚的话说完。她有点不好意思了，笑了笑，"嗯，反正，就是挺让人感动的。"她停了停，"你这个人还蛮好的，虽然有时候多愁善感，不太像个男人……还是……挺好的。"

他叫服务员过来额外点了一瓶红酒，稍后他含了一口酒在嘴里细细品味，慢慢咽下去，都不再说话。他觉得不说话也挺好的。又坐过十来分钟后，他把脚向她那边伸过去，用他的小腿绕住她的，上面他的眼睛直勾勾地盯住她。她勇敢地正视他欲火中烧的眼睛，最后还是没招架住，笑吟吟地、轻缓地别过头去。就在她这个动作之后，他感觉他与她以迅雷之速心心相印。鉴于他对自己的了解，他知道如果他不加珍惜的话，这一刻很可能在下一分钟到来时发生蜕变。他得抓牢这种激动，以防它在下一分钟溜走。他怕错过了这一分钟，就再没力气邀请她去做点什么事了。人不一定要为了意义去做事，有时做什么只是因为做了比不做要好一些。他扭头往窗户外面看。天马上就要黑了，但依然在等着什么似的，疲惫不堪地亮着。他脑子里突然冒出个主意，并因此前所未有地激动起来。

"我们走，快走！"

他稀里哗啦把她买给米粒儿的那些礼物收起来，手忙脚乱拿起桌上她的包塞到她手里，大叫着请服务员赶快买了单，拉起她咚咚走出了餐厅。

"去哪里？"她气喘吁吁地大声问。

在出租车上，他目光炯炯，跟她说了他昨天的游戏，他与米粒儿之间的游戏。末了他问她能不能体会到他心里的奥妙。她兴趣大于理解，但已进入了他正在导演的氛围。他又问："今天我们俩共同来玩这个游戏怎么样？你陪我。"

她不置可否地点点头，甚至孩子气地咯咯笑了。现在他俩在学生们不解的纷纷注目中站到了先前便于观察他家的楼梯上。他镇定了一下，拿出手机拨响家里的电话。等米粒儿的声音在耳边响起，他已经静下心来。他叫米粒儿去把厅里的灯和窗户都打开。米粒儿娇小的身体包裹着一团亮光再次出现在窗口的电话机旁时，他轻声对她说："米粒儿，爸爸又看见你了。"

米粒儿喜不自胜地尖叫起来，抱着话筒从沙发上跳到地上又跳上来。

"爸爸，真好玩，真好玩！"

他在电话里像个大男孩似的咔咔笑了两声，接着问米粒儿："想看到爸爸吗？现在。"

"快让我看。"

他把手机关了，放进裤兜，人往前凑了凑，嘴贴近这宿舍楼的不锈钢镂空护窗，用最大的声音对着他家的窗户喊米粒儿。米粒儿理所当然地、惊疑地在家里举头四顾。他又喊了一声。米粒儿望到了这里，怔了怔，忽地拍着手笑着叫着，喊了起来。路过的学生纷纷停下脚步，有的学生从窗口伸出头来观望。H扯着他的衣襟，尴尬地向无所不在的学生们笑。他已经激动得将一切置之度外。现在他把H推到了前面，将那些礼物拎到她手够得着的地方。他先交给她一只卡通猫，对她耳语道：

"昨晚的不算，今天我正式、隆重地把你介绍给我女儿。"

H若有所悟地接过他递给她的猫，举高了，挥给米粒儿看，嘴里下意识地问她好不好看。米粒儿大声说好看好看。她将他递给她的东西一一举高，挥舞着。在米粒儿一声高过一声的欢叫声中，她也兴奋起来。学生们开始起哄，最后他捉住H的两只空手，对她眨了眨眼，说："我女儿今天爱上你了。"

　　夜幕垂下来了，吹过一阵和暖的晚风。他看到远处的楼宇散立在城市的四面八方，像一群心有期待的灰白色天使。

　　他们一起回去帮米粒儿洗了澡，送她上床。H还拿了床头的童话插图本给米粒儿念了一则故事。米粒儿睡着后，他们来到大街上。他和H沿着人民大道走出去很远。经过政府大楼前的广场时，两个人手拉在了一起，站在那里看一群老太太跳扇子舞。不久他们改变方向，走进另一条狭窄的小街散步。沿途摆满了卖水果、糖炒栗子、折价衣饰、糍粑、甘蔗、糖水小食等各种各样东西的摊位。他们默默地穿行其间。他觉得自己像一滴水，无声无息地融于熙熙攘攘的世界。在这个夜晚，他有点想知道她心里在想什么。

　　十一点钟，他带着她回了家。米粒儿睡得很好。他把这间卧室反锁住，去收拾空了很久的客房。他请她先去洗澡。她好意地让他先去。他去了，在浴室里待了比平时多的时间。他洗完了围着浴巾出来，看到她正倚在床上，眼前举着一本过期杂志，似看非看的，困了的样子。

　　她洗着的过程中，他趴在床上，很是迷糊了一阵。作为一个过来人，他不应该紧张，但他还是紧张了。迷糊的过程中，他老是感觉有什么东西在黑暗的某处瞪着他，令他无所适从。

他们开始了。他不得不坦率地提示她：

"我可能需要多一点的准备时间。"他问她，"你可以帮我吗？"

她在黑暗中温和地说，"我也是的。"

他听了这一句后若有所思。时候尚早，不见得要那么快进入正题。他笑着说：

"那我们相互帮助吧。"

（原载《人民文学》2007 年第 6 期）

海面平静

黄昏是沉闷的。倦怠像一种病毒，渗入了海岛。胡利不容置疑地向那个身影走去。那人站在齐膝深的海水里，背对着海滩。黄昏使海面上的一切都变成了剪影。胡利想问问这个人一动不动地待在那儿干什么。不是由于好奇，在这个奇特的海岛上，没什么值得大惊小怪的，她只是想找个人说说话而已。

没有风的天气里，脚步声变得特别的响。那人扭头向胡利望了一眼，转身朝她这边走来。胡利注视着水面上晃动着的越来越近的人影，断定这个人会乐于接受她的搭讪。她抬起头，吃惊地发觉这时分海上潋滟的波光模糊了人的性别。"你是——男孩，还是女孩?"

那人侧着身在她面前站住，没回答她，只快速瞥了她两下，又避之不及地移开视线。

这是个男孩，只不过头发太长，又过于瘦小和年轻，没来得及使唇上的绒毛变成胡髭。胡利在倏忽之间窥见了他的羞涩和局促，觉得他这个样子非常可爱。她不由微笑起来，暗暗发觉那些在心头郁积了多日的烦躁消退了许多。

"我们——走走?"

男孩低着头，但没有一点拒绝的意思。他赶在胡利的前头，沿着沙滩的一个方向走了起来。发觉自己走得快了点，他停下，等胡利跟上来，才与她并排着往前走。他的乖巧和善解人意，令胡利获得一种久违的温暖。黄昏在深入，夜很快会果断地吞噬大海和这座孤岛，记忆和伤痕会在长夜里苏醒，蠢蠢欲动，让人倍觉苦闷，倍受煎熬。胡利下意识间惊悸了一下，忽地变成了一个聒噪的女人。

"你刚才站在那儿干什么？"

"不干什么。"

"你有十七？"

"我十九了。"

"你是个女孩，对吧？"

胡利三言两语间就摸索出一套可以使得她与这个男孩的交谈变得有趣的方法。她利用几分钟前的那个瞬间黄昏带给她的误解，故意认错他的性别。他果然中计了，羞涩到不敢与她直视的地步。他束手无策的样子使他看起来有种介乎于男性与女性之间的怪异之美。她暗自笑了。

他们慢慢往前走。她不停地问他话，他从不问她什么，但绝不怠慢她的任何一个提问。他面对一个女人时的审慎和顺从，与他这个年龄的其他男孩没有什么两样。长年的海岛生活并未在他身上烙下特别深的印记——在他的回答中，她了解到他十一岁辍学随父母举家迁至这个岛，已在这里生活八年了——这一点使胡利对他刮目相看。

海面在视野里慢慢缩成一团，黄昏快要过去了。他们停在一块礁石下面，不约而同地把目光投向渐至斑驳的夜空。海岛的夜晚安静得令人生疑。胡利说："我该回去了。"

男孩说："到我那儿去坐坐吧。"

在茂密的羊角树与抗风桐之间，匍匐着一排黑瘦、矮小的房子，这便是男孩的家了。它所处的位置，恰在男孩先前站着的海滩的正上方。树太密，挡住了胡利的视线，她当时没发现它。男孩熟络地跨过一棵倒下的树干，踢开一段废弃的铁蒺藜，停下来转头用目光向胡利示意目的地到了。一枚灯泡摇摇欲坠地挂在房前一棵树的枝杈上，灯下一个五十岁左右的女人正坐在矮桌边，抱着一只筒形不锈钢碗，往嘴里扒拉着饭菜。看到男孩身后的胡利，她停下咀嚼，张开鼓鼓囊囊的嘴向胡利笑了笑。男孩对女人置之不理，往屋檐下的另一堆高大的桌椅走去。胡利紧跟着他，扭头向那女人回以微笑，女人却已经埋下头去，专注于她的晚餐。没有风，海岛的夜晚却仍然凉意逼人。胡利随男孩坐进那堆桌椅间，小心翼翼地向女人挥了挥下颌，小声问男孩："那个是你妈？"

"是我舅妈。"

男孩漠然地垂下眼，把身子摊开，半仰半侧着在胡利对面的长木椅上躺了下来。胡利看到他的肚脐在身体的屈伸间挣脱衣摆跳了出来，像一只懂得适时登场的酒窝，搅乱了夜晚的清静。她把视线举高，眺望灯泡之上高大疏朗的树冠。男孩一个挺身，坐正了身体。他深深呼吸了一下，"我几个舅舅、叔叔家，都在岛上。我们家族，全迁到岛上来了。"胡利注意到，他说到这一情况的时候，声音里出现了一种与年龄极不相称的低沉。她第一次发觉他是个心事重重的男孩。

"你就待在岛上，一直？"

"前年，我出过一次岛。回到老家那里，一个亲戚也没有，找不到人玩。还回去干什么？"

"那你喜欢待在岛上吗？"

男孩发出一声讪笑，这使他与先前那个海滩上的羞涩男孩判若两人。他似乎并不忌讳别人听到他接下来的牢骚，从他突然抬高的嗓音看，胡利甚至觉得他是在故意大放厥词。

"时间待长了，要变态的。白天还好，晚上太难熬了，没有事做。"

胡利瞪着他。他表情淡漠，令她无法竭尽全力去体味他话里的深意。她回头张望身后那排房子，它破败且脏，让人难以置信这就是一个男孩寄身八年的所在。男孩不再说话了，他再次摊开身子躺下。那女人已经结束了晚餐，将碗筷收进了屋子，此际正握着扫把在打扫房间的空地。除了扫把有节奏地摩擦地面的声音，这世界只剩下寂静了。

一个男人从灯光照射下的树的甬道里闪了出来，担着两筐东西。他的脸始终朝向胡利，身子却快速拐了两个弯，与两个筐一起进了屋子。胡利不能确定他刚才是看着她的，他的眼睛像在泥浆里泡过似的，混浊得与脸融为一体，让人无法了解它们的行动。他是男孩的父亲，还是舅舅、叔叔中的一个？胡利把尾随着男人背影的目光收到躺着的男孩身上。她看到他一只眼半睁着，盯着她的锁骨。不期而至的四目相接后，他慌忙把两只眼全部打开，目光快速避向桌底。坐在灯火下面，无法确定夜是否完全降临，这未知感触发了胡利的想象欲，她忽然对这个海岛家族产生了兴趣。

担着筐的男人空着两肩走出来了，左手托着一只焦褐色的饭钵，右手却提了一根粗长的烟筒。他快步向胡利所在的这堆桌椅走来，将饭钵摔似的掷到桌上，旁若无人地把插在桌下的一张椅子拉开，重重地坐下，上体弯到与地面平行，埋首吸起烟来。男孩翻了一下身，背对着桌子和男人继续躺在那里，胡利这次在他翻身之际看到了他瘦硬的细腰。她盯着男孩打满锁眼的帆布腰带愣了一会儿神，又茫然把脸转向抽烟的男人。他们间的互不理睬令她无所适从，她咽了口唾沫，润了润嗓子，对着那男人的背影打了个招呼。

男人直起腰，吐出一口浓烟，面无表情地看了看胡利。这次因为距离够近，胡利看到了他的眼珠。他混浊的注视令她骇然。那眼神在她看来太凶蛮了。她鼓足勇气再次跟他打了个招呼。他依旧无动于衷。胡利怀疑他听不懂普通话，更无法与她交谈，这是他用沉默应对她的真正原因。她说服自己坚持着坐在这里。海岛的夜静得瘆人，附近树上鲣鸟在巢里挪动的声音清晰可辨。她被这静谧打动了，习惯性地摸出手机，想发条短信，跟某个人说说这个不寻常的海岛之夜，以及她脑海里被夜晚触发的思绪。但在这地方，手机无疑是废物。她把手机重新装入口袋，看到男孩一直在观察着她摆弄手机的手。

"我得回去了。"胡利冲男孩笑笑，又不得不向那黑漆漆的男人摆摆手，站起来推开椅子往来路方向走。男孩半坐了起来，一手撑在椅子上。他没有说什么，也没有站起来送她，只是匆促地向她望了一眼。胡利走到另一棵树下，看到那里铺着一张黑色的渔网。她停下来，低头看了两眼，转身走了回来，"我明天可以跟你们一起出海去看看吗？"

男孩没听懂似的瞪着她，飞快地用手拍了拍桌面，使那男人抬起头来。男孩咕噜噜说了一串胡利听不懂的土话。那男人也用土话说了两句什么。胡利及时掏出钱夹，匆忙把里面的大小纸币一把全抓了出来，向那男人扬了扬，并对男孩说："我给你们钱。"男孩没看她手里的纸币，他跳起身来，扣着脱落的一只衣扣，快速说："我们早上六点走。你见过我家的船吗？就是下面那条，你看到的吧？你六点钟去那儿。"

天气晴朗，船挣扎在离小岛三海里处网鱼。小岛现在变成了细细短短的一条绿带，在起伏、晃动的海面上虫子一般随目光蠕动。胡利坐在船尾，一手紧抓住船舷，防止身体失去平衡掉到水里去，又寻机不停地往身上抹防晒霜。男孩光着上半身，灵巧地踩着船舱里的垫板跨过来，把自己的毡帽扔给胡利。昨晚那男人正是男孩的父亲，今天他始终坐在船头，专注于网鱼。坐在船上向四周望去，海显得凌乱和鲁莽，令胡利胆战心惊。天空像一个颐指气使的梦中神灵，有条不紊地用它的空旷和明亮催人晕眩。正午的时候，男孩说他们要休息一个钟头，打个盹。老少两个男人眯缝着眼靠着船舱午休起来。胡利没有睡意，盯住男孩和他父亲的脸，猜测着他们生活中更多的情形。男孩睡到中途，醒了过来。也许他根本没有睡着。他往胡利这边靠了靠，主动问起了胡利为什么会出现在这个小岛上。

胡利告诉他，五天前，这岛上的驻军探测到近旁一个荒岛上有船停靠，部队以为出现了敌情，迅速出动登陆艇赶往那岛。他们发现的，是一个探险爱好者。探险者不知这片海域里的岛礁都是军事敏感要地，不明就里地租了一条渔船登上了荒岛。结果当然是一场误会。他们遣返了渔船，将探险者带回了这个岛，准备待下一班交通船来的时候，按程序把她送回大陆。胡利说，那个不明就里的探险者就是她。

男孩蒙头蒙脑地望着她。看起来他对前几日发生在岛上的这件事并不知情，这让胡利感到意外。照她所想，在那么小的一个岛上，应该发生一点事就人人皆知。看来岛上那十来户渔民和驻扎于此的一个营的部队，彼此间并不密切交往。这男孩生活在如此孤立的小岛上，但他真正的生活范围却只有一个小岛的几分之一。

阳光打在男孩的肩上，胡利看到的是少年人怎么晒都生机勃勃的麦色肌肤。再将目光移到男孩的父亲身上，她看到的是一种饱经海风和阳光摧残的枯槁、老硬和冷滞。刹那间她从眼前的对比中洞见了男孩的未来。

胡利说："你真的就永远待在岛上了吗？"

"我没地方可去。不待在岛上还能去哪儿？"

男孩的声音很大，一下就吵醒了他的父亲。后者突然圆睁二目，上下唇有力地交错着，厉声说了句什么。毫无疑问他在叱骂男孩，这让胡利醒觉刚才的问话太过愚蠢。也许男孩日夜都在等待一把开启愤懑的钥匙，胡利做了一件特别不合时宜的事。男孩在父亲怒气冲冲的声音中站起身，向海浪间奋力吐去一口唾沫。他们不再说话。胡利在父子短暂的交战中发现了一点微妙的线索，她觉得自己快要进入这个男孩的内心世界了。

父亲再也没停过叱骂。胡利听不懂叱骂的内容，便已经因那锐利的语气心惊了。她害怕起这个干瘪、阴戾的黑男人。男孩却用行动表达了他对那些训斥的不屑，收网的时候，他故意漫不经心地把网收乱，任随某条本该扔进舱里的鱼挣脱他的手心，跳回海面。父亲的情绪升级了，他一步冲过来，差一点被颠进海里去。一只手掌在明媚的阳光里飞起落下，男孩的脸上出现一道道白色的掌印。胡利失声惊叫。

驻岛部队晚上要放一场电影。傍晚船靠到沙滩，他们分开之前，胡利背着男孩的父亲问男孩去不去看电影。男孩仍然沉浸在下午的冲突导致的坏情绪中，这也是胡利邀请他看电影的原因。胡利的邀请，显然正中男孩下怀，他一天未见笑容的脸上灿烂了一下，快步回家准备去了。

放电影的地方，是部队用来收集雨水的水泥空场。其实只是把岛上最大的一台电视抬出来，用 DVD 机播放一部在大陆早已过气的大片。胡利在片子开始后不久来到放映点，男孩已早早候在那里。部队的三四十个人全集中了在一起，纵横有序地在水泥场的正前方端坐成一个大方块。男孩远远站在水泥场后部的一棵抗风桐下面。这个夜晚有一点风，星月之下，时而会飘过几块云的碎片。男孩穿了件短袖衬衫，上面解开了三个扣子，露出胸心的玉坠。他刚洗过澡，身上竟还洒了香水。夜幕中他的脸像一只刚脱离母体的鸵鸟蛋，丰润、洁净、热气腾腾。胡利问他为什么不走得近一点去看，他的肩膀、脖子和头一齐快速摇抖起来，脸上露有怯意，眼睛里却有向往。他这种反应让胡利觉得他对部队充满敬畏。胡利对部队不存在这种感觉。滞留在岛上的这几日，她早已与部队混熟了，大约这岛上并不常有年轻女性出现，官兵们都对她很和蔼客气，她也乐得跟他们不拘小节。她当然不用顾虑坐近部队有何不妥。但她还是陪着男孩远远在树底坐了下来。

　　来自碟片的人声和配乐向这边传过来，听起来却很遥远，这带给胡利一种奇怪的感觉。她站起来，踮了踮脚，目光越过水泥场外的团团树影投向远处，海就在几百米的远处，但在这里无法看到它。胡利重又坐下来，过了一会儿她含蓄地跟男孩提起下午的冲突。他话出口之前先支吾好几下，明显不打算正面谈及这个，但似乎又有种无法抗拒的力量逼得他滔滔不绝起来。他说："那有什么，我也打过他呀。难道就只有他可以打我吗？"他竟然笑了一声，"但现在我不爱还手了，没有意思。"

　　胡利觉得她真的要走进这个男孩的内心了，她屏住呼吸。男孩说："他们看不惯我，我还看不惯他们呢。他们我一个都看不惯。我一听到他们说话就别扭，就想笑，一看到他们的样子就烦。我讨厌跟他们在一起。我每天晚上都要去海边站两个小时，我不想看到他们。"他慢慢换成那种滞重、缓慢的嗓音，一声高一声低地说，"可不跟他们在一起，跟谁在一起呢……我夜里睡觉老做梦，梦见掉进了海里。海下面黑得吓人，我一个劲地往下掉。这种梦我做了好几年——要是那时候我坚决不来岛上就好了，可以把书念下去。现在晚了，没有文化，回去找不到事做，晚了。"

　　最后这句略显老成的话，让胡利不适。她知道自己并没有发言权，因她对这海岛并不真正了解，看到的只是浮光掠影，但她还是急不可耐地驳斥他了，"你才多大啊？什么都不晚。你要真不喜欢待在这里，就上去啊。学什么都来得及。"

　　他根本没听她在讲什么，只顾沉浸在自己的思绪里，"我前年回去，真不好玩。没有一个亲戚朋友可以走……有一天，我站在村子里，感到特别孤单……还是在这里吧。这里钱花不出去，每天给部队卖点鱼，挣点钱……老了，就有一大笔钱。到那个时候回去养老好了。"

一只蚊子叮在了胡利的耳根上，胡利毛骨悚然地举手挥走了它。她不可自抑地在想象中看到时光以数十倍的速度运转，一个年轻的男孩沿着一条笔直的隧道直挺挺地往前走去，在隧道尽头，一个形容枯槁的老者蓦地转身向她展示他呆滞的面容。她为这种想象难过。海岛的夜晚那么单调，她在昏暗的夜色下打量男孩，突然间前尘往事纷至沓来，令她情绪低落。

有个人从前面那个大方块中大踏步走了出来，片刻之后一个健硕的老兵站在他们面前。他认出了胡利，冲她点了点头，把目光转向男孩，低声而威严地问他来这里干什么。男孩毕恭毕敬地站起来，手忙脚乱地在口袋里掏来掏去，手里出现一盒烟，他抽出一支，嬉皮笑脸地往老兵手上塞，嘴上说："我来看电影的呀。"老兵没接他的烟，跟来时一样迅速走了，临走时一字一顿地向男孩发布了一个禁令：注意别大声喧哗，别往地上乱扔瓜皮果壳。男孩望着老兵的背影，有些怅然地坐下来。胡利吃惊地回顾他刚才难得表现出来的取悦人的样子，觉得不可思议，却听到他眺望着老兵的背影说："他们走路的样子好帅啊。"又自言自语似的说，"他们就喜欢弄成这个样子，不让人接近，其实他们都挺好的——有一年岛上三个月没下一滴雨，他们还把省下来的水分一些送给我们呢——要是他们不那么严肃就好了。"胡利意识到，在这岛上，有男孩喜欢的人，他们就是这些因职业需要不得不对他们之外的人敬而远之的守岛军人。

胡利得到消息，说是再过两天，就有交通船来岛上。她因这个消息发了好长时间的呆。消息是看电影的第二天晚上部队通知给她的，此外，那个给她捎话来的兵还随口向她透露了岛上刚刚发生的一件大事。那兵说，岛上有个渔民家失踪了一个孩子，昨晚到现在，快二十四小时了，一直没出现。孩子的父母实在没办法报告了部队，请部队帮他们找一找孩子。胡利脑海中立即出现了那个男孩，除了他还会是谁。

　　她急匆匆地赶往那排黑瘦的房子，男孩的父亲和亲戚一个都不在家，全动身去找男孩了。胡利回到部队的招待房，又跑出去找到先前那个给他捎信的兵，问那兵部队派哪几个人去找人了，她想跟着找人的队伍一起去找男孩。那兵说这个他做不了主，岛上任何行动都要营部来决策。她只好找到了营领导。在营部局促的房间里，营长和教导员问她和那男孩有什么关系，为什么非得跟着去找人。他们用笑容掩饰住怀疑的样子，使她只得放弃了。她又无所事事地在营部坐了一会儿。在此期间，她从这岛上两个最高指挥官那里听到了一些关于那男孩的事情。

　　他们说，鉴于这方海域的特殊性，在这个岛上没有小事。岛上的人但凡有一点反常，便要被列为不稳定因素，重点观察。这男孩就是一个重点观察对象。他们从渔民那里了解到，这男孩有暴力和自残倾向。据说有一次他和自己的叔叔动起刀来，另外的一次，他晚上从床上爬起来走到沙滩上，用沙子把大腿搓得鲜血淋漓。接下来他们又说起了岛上曾经发生过的另一件事：去年也有个人失踪了，是他们的一个战士。他们在岛上拉网式找了一夜，没找着，第三天退潮的时候，在礁石夹槽里，有人发现了失踪者的尸体。事故发生

71

原因，到现在都没有定论。普遍的说法是，这战士夜里失足掉进了海里。

胡利心里掠过一丝奇怪的疼痛感，她回到招待房，坐在房间里体味部队领导的潜台词，脑海里闪跳着那个下午男孩与他父亲冲突的场景，以及男孩与他的所有家人格格不入的孤傲表情，她对这男孩满心担忧。夜里，她像所有容易失眠的女人一样，思维活跃得离奇。海岛的深夜静得使人耳鸣，她嗫着自己生活中的烦恼，揣想着男孩的生活，用前者做类比，尽可能地去体悟男孩的心境，后来她在自己的推理中，看到了许多怪诞的情节。在这些情节中，男孩无一例外都是生活的牺牲品，他待在一个自己厌恶的环境里，挣脱不开，又时时有挣脱的冲动，这个环境里的人，又总会用一些神秘不可知的方法侵扰着他的身心。她甚至想象在这个性别严重失衡的孤岛上，这男孩成为族中男人的玩物，而这正是男孩向亲人和自己暴动的根本原因。第二天一大早，她急急赶到营部，询问昨晚的搜寻有没有收获。营长说，真是奇了怪了，岛就那么一丁点儿大，他们连已知的几个树洞都搜过了，就是不见男孩的踪影。胡利脑袋嗡地一响，从营部走出来。早晨海风清冽，天空虚高，树叶水淋淋地泛着青光，她走到沙滩上坐了下来。等太阳开始刺得睁不开眼时，她捡了一只硕大的海蚌化石回到了招待房。又有一个兵过来跟她说，交通船登岛的日期已经确定了，明天晚上到，后天早上走。她忽然惊慌起来，对那个兵说："能不能不走，能不能不走啊？"说完她意识到提了一个多么傻的请求。

她在静谧的部队午休时间整理着自己的行包，后窗户突然响了一下，那男孩竟然出现了。他下半个身子没在树下稠密的野菊花丛，

72

脸贴在窗玻璃上，示意她打开窗。接着他从窗户跳进了她的房间，脸上持久地挂着他这个年纪的男孩恶作剧后惯有的自喜的笑，他的第一句话就让她想笑。他问："听说全岛的人都在找我？"

他的身上没有风餐露宿的痕迹。她问他："你躲在哪儿了？"

"我要是说出来，全岛的人都知道怎么去躲了。"他一脸严肃。

"你快回去吧。"

他难得促狭地笑着说："要不，你去跟部队报告。让他们送我回去好了。"说完沉吟在那里。

她看着他，毫无道理地就走了神。男孩却因她的注视回到了她第一次见到他的羞涩样子。他垂下头，把两手插进裤袋里，又拿出一只手，用拇指和食指捏了捏鼻头，蓦地举起头来，挺用力地绷开眼睑，使两个黑眼珠子紧紧对准她的眼睛。"听说船快来了，你要走了吧？"没等她回答，他快速向门口走去，"我回去了，我还是自己回去吧。"

驻军在交通船到达的当晚，给随船到来的客人，以及明天要跟着离岛的人举行了一场锣鼓表演。这是一个惯例，小岛离大陆太远，来客到这儿多数只是一生一次，没有隆重的仪式不足以表达人们的丰富感情。岛上的人及交通船带来的人全出来了，聚集在水泥场上。胡利远离人群，站在水泥场的边上。要离开这个小岛了，她却前所未有地心慌意乱。

部队让所有的战士都穿着撕掉袖子的海魂衫，下穿海蓝色迷彩裤，脚蹬高帮军靴，一人手里举着一面鼓和一个鼓槌，中间有个战士，举着一根金属指挥杆，他是锣鼓队的指挥手。在指挥手刚劲有力的指挥下，战士们敲击锣鼓的同时，有节奏地牛吼着，豹子般腾跃、落地，演练出各种队形，气势之壮，令胡利蠢蠢欲动。黄昏是绚烂的，鼓声和战士们的喊叫使绚烂的黄昏有了律动。一只接一只的鲣鸟被惊得四散飞去，又大胆地贴着树顶飞落在并不远的树上站住。胡利感受到一种久违的兴奋，她站在围观的人群里，禁不住猛烈地拍起手来，两脚使劲跺着地面。

有人向她蹭着脚靠过来，挟着一股令人疑惑的体温，紧紧站在了她身旁。胡利刚要回头，却感觉到有只手迟疑地碰了碰她的手背。她转过头去，看到那男孩。他此刻有着一双类似白鼬的眼，微微泛红。他正瞪着她。她什么也没想，一把抓住他的手，高高举起。鼓声如注，她抓着那手狂乱地挥动。男孩大力喘着气，木讷地站在她身边，任随她把他的手扯来扯去。后来她把手放下来，他们的手依旧握着。

男孩的手开始动了，像笨拙却不安分的幼鱼。胡利感觉到他的手指曲了起来，指肚轻柔地顶在她的掌心，它们开始蠕动，把胡利的掌心当成了琴面，慢慢地抚摩着那些琴弦。不久，他抽离了手指，用薄窄的手掌裹住胡利的四指，那手掌开始发力又松开，松开后再度发力。胡利在狂风暴雨般的鼓声中突然失去了听觉，她吃惊地感受着正爱抚着自己右手的那只手，慢慢激动起来。许久之后，她猛地扭过头去，与男孩四目相对，像有一道闪电划过黑夜。她反手紧抓住男孩的手，拉着他跑出人群。

他们坐到了沙滩上。星空下的沙滩像一条布满皱褶的灰色绒布，令胡利想到了生活的蜿蜒曲折。她一直让男孩拽着她的手，或许说是他们的手彼此紧紧相握。男孩不说话，鼻腔里呼出浊重的气息。

74

他比任何时候都谨小慎微地坐在胡利身边。他开始有所行动了。胡利的手被他捧了起来，他张开滚烫的嘴唇，一口吮住了她的手指。他吮了许久，又把她那只手熨开，领着它攀上自己的脸。他两手挟固住她的手腕，使她的手掌紧紧贴住他瘦凉的脸。

胡利迷乱地望着前面因混沌而驳杂的海面，心里催促着男孩下一步的举动，只听男孩轻声说："说不定我哪天会上去玩，要是我去找你，你会见我吗？到时候，我该去哪里找你？"

她一个抽搐，手从男孩的脸上掉了下来。退潮了，身周的这块绒布越来越大，使她更清醒地联想到生活的曲折。她在干什么呢？一场疯狂的海岛艳遇并不是她所需要的，她来到这大海，只是想解决困扰自己的某些问题，她可不想让生活横生枝节。

男孩望着她，夜空下他一脸的狐疑和无措。胡利想，这男孩也许爱上她了，对他这种处境的男孩来说，这不是没有可能。她紧张兮兮地站了起来，听见男孩跟上来的脚步声。暗夜里变得活跃的小沙蟹扑喇喇在她的脚下四散逃奔，她飞快地想着对策。他们几乎围着小岛转了一圈，在先前坐着的地方，重新坐了下来。她开始给男孩一个交代了。

"我想告诉你一个秘密。"她一脸肃穆，语调悲伤，"他们都以为我是个探险爱好者，其实我到海上来，哪是探险哟。我只是想去一个荒岛看看，待上几天而已，我没有去过那种地方，这是我很小时候的一个愿望……我想实现这个愿望，在我还活着的时候……我活不了多久了……你知道血癌吗……"

她看了看男孩，后者理所当然地露出她所期望的错愕表情。她快速低下头去，用阴影藏住她脸上的愧疚。没有什么绝症存在，她不过是一个被情所伤、为情所困的凡俗女人而已。她来到这大海，无非是想借用一个远离俗世的环境来思考一些问题。现在突然出现的这个谎言，那只是她的灵机一动。她想用这个谎言使男孩在短暂的时间里拥有一个将悲欢离合一网打尽的完整爱情。他们当然再不可能见面，因为在她的诱导下他很快就认为她已经死了，他将在未来漫长的孤岛生活中，日夜回忆这个与他短暂相逢的女人，回味那昙花一现的爱情。对一个人来说，爱情何其重要。这个必将用一生去面对孤岛生活的男孩，他也该得到爱情。现在他有了。她因这些自圆其说的推断获得些许拯救者的骄傲感，最终如释重负，坦然抬起头来。她撸下腕上的兽骨手链，交给他。男孩犹豫地将手链接过，扑闪着内容庞杂的眼睛望着她。

他们一先一后站起来，往岸上走，在树的甬道里分开，往各自的住处走去。海岛用亘古不变的宁静，吞噬着他们心中的秘密。

（原载《文学界》2007 年第 8 期）

喉咙痒兮兮

早晨醒来，我喉咙疼。

我对着镜子张大嘴，发现喉咙的洞口处似乎有条虫子在蠕动。我取出镊子伸进喉咙用力去夹虫子，夹到的却是喉咙一块软组织。我喉咙的疼痛更加剧烈。就在这时，我从镜子深处发现有个人在偷杏。

他站在院内唯一那棵杏树下，仰着头，手里举着一根黑漆漆的竹竿，身子一跳一跳。他的脖子特别长，这使他胸前那块湿漉漉的不知道是汗渍还是口水渍的东西特别醒目。

他捅杏的动作十分老到，这一点足以证明他不是第一次偷杏。杏树枝繁叶茂，竹竿捅进去如石沉大海，没发出丁点儿声响。一树的杏被捅得七零八落。

我大喊一声，住手。可我的喉咙却像旧风箱一样，只沉闷地发出一连串含混不清的噪音。这时我才意识到我的身上发生了一件怪事：我不会说话了。

但我一时来不及深想这事。我毫不犹豫地抓起搁在窗台上的剃须刀，向偷杏人掷去。剃须刀准确地从他背上落下。

偷杏人转过身。我看到肖鹬惊慌失措的脸。他隔着晨曦从容地向我的屋子方向看了一眼，拣起地上的剃须刀，一溜烟跑了。

直到现在我才醒悟，那个清晨，我做了件蠢事。我干吗要那么激动地掷出我的剃须刀呢？我的喉咙那么疼，自己这边已自顾不暇，又何必去管什么杏不杏的事。换言之，杏偷不偷掉，被谁偷掉，跟我又有什么关系？

现在后悔为时已晚。紧要的是，只一眨眼的工夫，偷杏人肖鹬已经不见。

我的女友依云中午推门进来时，我正郁郁躺在床上想心事。她拍拍我的后背说，你怎么了？我想翻身告诉她，喉咙疼，你给我去药房拿点消炎药吧。可我连翻身的力气都没有。依云像只受伤的刺猬一样出了门。她在铁皮门外向我发出警告，下次跟你说话，你再爱理不理，咱俩就分手。

睁开眼已是第二天清晨。昏昏沉沉睡了一天一夜，我的脑子一片空白，但身体有了些力气。我摇摇晃晃地下了床。

我打开窗子。我又发现了那个偷杏的人。

这次，他的手里多了两只黄色方便袋，偷窃的动作比昨天还要熟练。

杏都熟透了，黄的，橙黄的，黄得煞是好看。我看到无数好看的杏在空中挣扎着落入肖鹬的方便袋。一树的杏已消失多半。

我的喉咙火烧火燎地疼。很久以来，我们这个院子里的人默默地维护着杏的成长，日复一日地看着它们长大，长成令人欢欣鼓舞的样子。我们心里都有一个默契，都在期待有一天共同分享这一树熟透了的杏，一咬一口酸水。可是谁也想不到，这个人却几乎把我们的杏都偷光了。

我要制止他。

我悄声关了窗子，在窗后观察着这个偷杏贼，思考制止他的对策。

这次，我多了个心眼，没有向他掷东西。看着肖鹬拎着满满两方便袋杏走回他屋子，过不多久，我跟着进了他的屋子。

走进肖鹬的屋子，我一眼就看到了两袋杏，它们正躺在床底下。肖鹬举着一个杏，往嘴里送去。我的到来令他讶异。他有些尴尬，说，这么早？

我的喉咙像风箱一样难听地咻咻着（鬼知道我怎么不会说话了）。我站在肖鹬的屋里，面对着他，两只手像两个惊叹号一样在空中比比画画。

肖鹬歪着头，看了我一会儿，一副不明所以的样子。他的长脖子往前探了一下，眼睛盯住我的嘴。你怎么了？他问我，你的喉咙怎么了？

我不耐烦地劈了一下手，顺手抓过桌上的纸和笔。我写道：肖鹬，你偷了我们的杏！

肖鹬把头凑到纸上，看了好一会儿。他说了一句我想都想不到的话。

我偷了杏？我怎么可能偷杏呢？他哈哈笑了起来，笑完还咬了一口手中的杏，直视着我，你说话可要讲证据。

证据？真好笑！证据不就在你的手上和床底下吗？

我瞪了他一眼，在纸上写道：证据就在你的手上和床底下。

写完后我没好气地把纸推到肖鹬面前。肖鹬把头凑到了纸上。

我看到他脖子上有一根青筋动了一下。他眯起眼,微笑起来(那是一种看起来很无邪的微笑)。

那怎么能叫证据呢?我手上有一个杏,床底下有一袋杏,那就证明我偷了杏吗?连傻瓜都知道,街上卖杏的多的是,这几天可是收杏的好时候。

肖鹞的声音甚是好听,是那种令人着迷的男中音,如果我不是亲眼看见了他的偷窃行为,这么好听的声音一定会使我相信他的狡辩。

肖鹞的狡辩让我愣住。我没料到肖鹞会来这一手,这不是睁着眼睛说瞎话嘛,还说得这么振振有词,世上竟有这种人,这么擅长抵赖。我的喉咙干得一塌糊涂。我很难受,一时不知该做什么。

我就这样站着,最后竟开始讨厌自己。我对自己说,也许你根本不该管这件事。如果要管,应该当场捉住他才是,人赃俱在,看肖鹞还怎么抵赖?

走出肖鹞屋子时,他竟从床底下掏出两个杏塞到了我手里。他说,大概你昨晚做了什么不好的梦,你真的是弄错了——尝尝我买的杏吧。他的声音好听得天衣无缝。

正如我刚刚所说的那样,既然我已管上了这件事,就应该当场捉住肖鹞才是。

肖鹞那么爱吃杏,树上剩余的那些杏他一定不会轻易放过,他还会继续偷杏的。等你再去偷的时候,我一定当场抓住你这个贼。

以我的推测,鉴于当日我对肖鹞的质问,他起码要收敛几天后再来偷杏。出乎我意料的是,他竟然隔日早上就在杏树下出现了。

这个肖鹞,他是太没脑子,还是太嚣张了?

无非是左顾右盼了一小会儿，肖鹋又开始了。

这次，仅仅捅下第四个杏的时候，肖鹋便发现了悄悄站到他背后的人。

我，用手指着肖鹋。

我想肖鹋应该知道我想说什么。你还说你没有偷？看你这次还怎么抵赖！

奇怪的是，肖鹋又笑了。

这么早啊你？他没事人一样厚颜无耻地说。

我怀疑自己听错了。

旋即我被肖鹋平静的神情激怒了。想必我的怒火冲垮了始终横亘在我喉咙里的东西，我听见一声从自己的喉咙里涌出的吼叫。

我的声音不高，但足以惊动这个院子里所有沉睡的人们。

肖鹋手中的杏被我的吼叫惊落到地上。仿佛我之前的失语是由于他下了毒药，而此际他对于我恢复了声音这事觉得不可思议。

我看到许多屋子的窗户里探出了脑袋，住在院子里的人都吵吵嚷嚷地向杏树下跑来。其中有我的女友依云。他们仿佛今天才看见树上的杏已经消失了一多半似的。他们向杏树这儿围过来，一忽儿抬头望望杏树，一忽儿低头望望树下斗鸡般对峙的我和肖鹋。他们窃窃私语。杏怎么少了这么多，谁干的好事？

我在众人对杏的议论声中胸有成竹地盯着肖鹋。哼！肖鹋，我在心里对他说，我是已经给过你改过自新的机会的，所以这并不怪我——这下好了吧。

我向肖鹋走去。我环视着众人，我的目光意在告诉他们，谜底很快就会出现，过不了三秒钟，我就会向你们揭发：就是这个道貌

81

岸然的人，肖鹞，他一直在偷着我们的杏。

怪事再次降临：我的喉咙又发不出声音来了。

我一时呆住，肖鹞打量了我一下。仅仅打量了我一下，他的脸上又露出我熟稔的迷人微笑。

微笑过后，他扒开我，这使他可以站得跟大家更接近些。是啊，他说，多么好的杏，怎么却被人偷了。嗯，我也是才发现杏少了的呀，真是太不应该了。有些人真是太可恨了。说完这些话，他的眼睛颇具深意地向我瞥了两下。哈哈，他仰头大笑。

我一时搞不懂肖鹞要做什么，我只是无法相信这话是从肖鹞嘴里吐出来的。

好笑的是，肖鹞脸上挂着一副惋惜的表情，好像这杏是被别人偷掉的，现在是他，即将向大家揭开谜底。只见他像模像样地摇着头，摇到右边的时候，他的眼睛被什么东西触动了一下，定住了。我顺着他的目光向地上看去，看到一把剃须刀，一把吉利牌剃须刀。我想起来了，那天早上肖鹞揣走了这把剃须刀。可它又是什么时候跑到地上来的呢？这真是让我始料不及。

众人疑惑不解，肖鹞用一种发现新大陆的语气夸张地大叫一声：剃须刀！

在他的惊叫下，人们用目光盯牢地上的那把剃须刀。然后，就像我们在电影里慢镜头中常见的那样，所有人将目光齐刷刷地转向我。

在这个院子里，只有我才用这种人工剃须刀。依云曾经叫我去买电动剃须刀，最好是飞利浦牌子的，然而我不喜欢。我曾经同许多人说过，只有人工的剃须刀才可以剃出男人的阳刚气。现在这把突然出现的剃须刀预示着什么？换句话说，肖鹧想用这把剃须刀向大家说明什么？

我恍然大悟，明白了肖鹧的居心。肖鹧！我想说的是，到此为止我才领教到这个人的厉害。

肖鹧在众人的目光中走向我。我的喉咙已经疼得不能再疼了，它让我悲哀地发出无声的叹息。肖鹧在众人的目光中走到我身边，关切地握住我的手。你怎么了，好像喉咙得病了，是不是上火了——有些水果是热性的，火气太大，吃得多了就容易上火。你们说，是不是这样的啊？有的水果是不能吃太多的。他边说边眉飞色舞地向周围的人挤眼。

肖鹧的声音真是太好听了，充满磁性，每一个音节都带有一个陷阱，这么好听的声音让人无法怀疑。

我的女友依云是从人群中跳出来的。她跳出来的时候，地上一块突出的硬土绊了她一下，于是，她看起来是向我扑过来的。你你你……她指着我，一副怒火中烧的模样。又仿佛是在向大家表白。她尖叫着对我说，你怎么是这样的人？我要和你分手。她满脸挂泪，拨开人群，跑了。

未料到会这样，连依云都误解我。

我从人群中奔跳出来，去追依云。我在她背后无声呐喊。依云！你听我说啊！这是误会啊。

这时我听到身后肖鹧的呼唤：喉咙疼可要多吃药哦，多吃点药就好了哦。竟然是十分关切的声音。

我真想用一块屎把耳朵堵住。

人们摇着头纷纷走开。人群散去，院里很静。我喉咙的疼痛已蔓延至全身，我正被疼痛折磨得死去活来。

我垂着头走回自己的屋子，颓唐地扑倒在床上。

不知多久以后，我又听到了那个磁性的声音。

肖鹉的声音竟是朝着我的屋子来的。

肖鹉。哼！我想说从前我从来没有厌嫌过这个人，就算他最初在杏树底下偷杏的时候，我无非也只是想帮他改掉那种可耻行径而已。肖鹉却来了个恶人先告状。肖鹉的恶劣行为使我觉醒。所以现在，我讨厌肖鹉，这个有着迷人嗓音的谎言家。

屋外肖鹉的声音响得聋子都听得见。只听他大声喊道，哎呀，嗓子痛就应该多吃药的嘛。我送药来啦！

他那么大声是意在让全世界的人都听见他的善良。果真有人赞美他了。我听到一声泼水声，这之后，我听到有人对肖鹉说，肖鹉啊，你真是个好心肠的人。

现在，肖鹉已经站到了我的床前。他站在我的床旁，继续用全院人都能听到的声音对我叫道：这是牛黄解毒丸，这是西瓜霜，这是正气水……我刚从诊所给你拿的，都是清火的。

我站起身，浑身发抖。我把药扑到地上。我的目光直剜到肖鹉的内心深处。

肖鹉的眼神出奇地纯净，所有的虚情假意都被掩盖得严严实实。屋里死寂了很长时间。慢慢地，那个该死的微笑又在肖鹉脸上出场了。然而它迅速改变了本质，变成了坏笑，一种邪气又淫荡的笑。

肖鹉拉紧门，关上窗子。然后，他拉开了他裤子的拉链。我不知道他又要玩什么花招。我只是浑身无力，魇住了一样，无法动弹。

他开始在我面前手淫。他的那玩意儿太特别了，无论体积、形

84

状都异于常人，如果不是亲眼所见，谁也不能相信一个外表如此斯文的人竟长着这么个奇形怪状的东西。

他的动作慢而细致，具有表演特性。最后，他不慌不忙拉上裤链，随手取下我的毛巾擦擦手，凶狠地瞪了我一眼，哼了一声，关了门，扬长而去。

他在羞辱我。他在威胁我。如果说以前我可能厌嫌过这个人，那么现在我已经憎恶他了。

我看见依云也向我的屋子走来。难道她对我回心转意了？

她与肖鹞撞了个满怀。

仿佛是无意识地，肖鹞伸出那双脏手，一把捉住依云的手，脸上挂满笑，他说，你今天穿得真漂亮。

依云抬起那双被摸过的手抚了抚自己娇嫩的脸，脸上竟飞出一道肤浅的红霞。她说，肖鹞，瞧你说的，说得人家都不好意思了。

依云推门进屋。她看到一张受尽委屈的脸。也许是这张脸使她心软了，她低垂眼远远站在我对面，嗫嚅着责怪道，我说你怎么做了这种事呢？她又说，你要吃，不可以叫我陪你到街上去买吗？

我知道无论怎样跟她解释都是没有用的，况且我根本没有力气跟她解释。肖鹞给我的侮辱击醒了我。我要还击。

我看着依云从我屋里离去的背影，心里生出一个大胆的主意：对于肖鹞这样的人，只有以其人之道还治其人之身。

杏树上的那些好看的杏已经很是稀落了，也许很快它们就会完全消失的。从前许多时候，院里的人们都怀着一颗善良的心，默默等待着共同分享杏的那一天，可是这一天也许永远不会到来了。我必须在最后一颗杏还在的时候向人们证明谁是真正的凶手。

我喉咙疼，无法说话，但我的心是激越的。我在另一天晨曦微明时分像肖鹞当初做过的那样偷偷溜到杏树底下。

既然肖鹞可以诬陷，我为什么不能栽赃？这就是我这次要对付肖鹞的方法。

我要把这棵树上的杏，甚至包括树枝一起打下来放到肖鹞的窗台上，让这个院子里所有的人一觉醒来后都能看到他窗台上的杏，然后真相大白。

我来到杏树下，打下杏子的时候心里是酸楚的。

杏落到了我的手上，一颗，两颗……到了第六颗的时候，我猛然听到一阵纷乱的脚步声，它们正从院子的四面八方向我传来。

我掉转身，看到了肖鹞的脸，他的脸上挂着恰如其分的惊愕表情。所有人都惊愕地看着我。

人群渐渐将我围拢，肖鹞站在他们中间，仿佛突然成了他们的领袖。肖鹞顾左右而言他，这么好的杏，可惜了呀。

我的胃突然难受起来，翻江倒海。

果真是他，众人交头接耳，并将他们鄙视的手指指向我。

我感觉到喉咙正被一个巨大的物体堵住。我几欲窒息。

我把手伸进喉咙，一条长长的、肥硕的蛔虫在我的拖动下缓缓地爬了出来。

人群蠢蠢欲动起来。空气中好像有一滴水落在我脸上，我用手抹，才知道是别人的唾液。

有人尖叫着说，这次人赃俱获了。

我大叫一声，不是我。奇怪的是，我的喉咙就在这一刻不疼了，这令我的声音听起来甚是嘹亮。这一刻来得太晚，于事无补。

我叫着扑向肖鹬。我说，肖鹬你这个卑鄙无耻下流混账，不要脸的偷杏贼。

肖鹬的脸上出现了我们熟悉的迷人微笑。他什么也不说，只是微笑着同众人对视一下。

依云，这个从来没有自己主意的女人，一颠一颠地冲向我。她说，你你你，你疯了是不是？所有人都看见了，是你偷的杏，你三番五次抵赖还不完，连肖鹬这么好的人你都要诬陷，你你你，真无耻。

依云拨开众人，呜咽着飞奔而去。

肖鹬的经典微笑在人群里忽隐忽现。

（原载《滇池》2008 年第 6 期）

失 事 夜

米乔提着垃圾袋走出门，心里有种说不清道不明的担忧。他正在想，我在担忧什么？这问题尚未想清楚，他另一只空着的手在门把手上狠狠地一带，一个干脆利落的声音响起，砰，他终于知道刚才在担心什么了。钥匙。

米乔无数次担心过这件事情，就跟他每天都会担心别的事情一样。

经常地，米乔会产生一些莫名其妙的担忧：每次过马路，他会担心撞到一辆车的怀里去；打开煤气阀门做饭，他会担心过会儿忘记关住阀门，煤气铺天盖地向屋里涌去；如果身体的某个部位稍有不适，他会担心肿瘤；去献血他担心感染艾滋；开邮箱他担心遇到一个电子炸弹，把他那台新买的笔记本电脑炸得浓烟滚滚……米乔是个敏感的人，他的敏感通常以疑虑的方式从身体深处汩汩涌出。他坚信平凡的生活中出现一桩事故的概率完全存在，这一点毫无疑问。除非人们与周遭的一切隔离开来，生活在真空中，那才可能绝对地平安无事，但那种生活不等于不生活吗？又有什么意义？

米乔当然也曾想过，如果哪天忘了带钥匙，且恰好是在晚上，该怎么办。他来得不是太久，对这城市不熟，还不认识什么人。一旦出现这种情况，他该如何度过有家不能回的夜晚？最好的办法似乎是，找个酒店住下来，等第二天白天请专业撬锁工把门撬开，万事大吉。说起来就算忘了带钥匙，也没什么好怕的。

现在要来想想该怎么办了。米乔站在走廊里。刚才一直亮着的感应灯这会儿灭了，他眼前黑咕隆咚。他住在七楼，是顶层。手上提着的垃圾袋底不知什么时候起开始往外滴水。大概是晚上十点钟光景，走廊里很静，那污水滴在地上的声音越发显得空寂。米乔跺了一下脚，感应灯重又亮了。他一边想着对策，一边向楼下走去。

走下楼米乔迅速放下垃圾袋，腾出两手去摸裤兜。手机尚在，但现在它对他来说毫无意义。米乔初来乍到，眼下委实没有办法利用手机找到一个可以让他借宿一晚的熟人或朋友。他迫切去摸裤兜是因为他要看看那里面到底有多少钱。他想起裤兜里有些零钞，都是平时买烟时找的，现在他得看看它们累积起来可以让他今晚去干点儿什么。米乔就着灯光数钱，很快就绝望了。运气实在太差，仅十几块钱而已。十几块钱能去做什么？找个酒店住一晚是不可能了。

米乔在夜色中走近垃圾桶，沮丧地将垃圾扔了进去。黑色垃圾袋在暗夜里发出很闷的坠落声，听起来像一个阴险的预言。他叉着双腿目光左右睃巡。正是早春时分，楼里的人大多睡了，只很少的几个窗口射出几束灯光。月半明半暗，星星少得可怜，院子里飘着一股植物的清香，若有若无，似是而非，野猫叫春的声音彻底掩盖了蛐蛐的嘶鸣，这是野猫们的绝活，总的说来这是一个比较平淡的夜晚。

米乔漫无目的地向院外走去，边走边考虑如何度过这个倒霉的夜晚。夜在他脚下流动，从他心里淌过去，不一会儿他走出租住的院子。

这个房子是米乔租住的。十天前他来到这个城市，在一大堆租房信息里，看中了这个处于城郊结合部的一屋一厅的房子。对一个写东西的人来说，住哪儿很重要。闹市区太吵，人的精力无法集中，思想永远处于牵强附会的状态，写出来的东西不是稀饭就是狗屁。太过偏僻的地方也不理想，生活太寡淡就不容易找到素材或灵感。这种城乡结合部最合他意：似闹非闹，静又不静，与城市、乡村都若即若离。对什么东西进入得太深往往是失望，若即若离的状态最具诱惑力。生活中还有什么比诱惑力更能开启人的智慧之门？

走出院门是一条柏油路。柏油路二十来米长，过去便是条大马路，柏油路与大马路接口处的路边上是几幢别墅式的三到五层的楼房。居住在这个城乡结合部的原先是农民现在是市民的住户，因为政府征用了他们的地几年前统统发了小财，这一户一幢的楼便是他们尝到政府土地规划政策甜头的最好例证。米乔走在路上百无聊赖地想，怎么有些人就可以莫名其妙地突然享到一世清福？那几幢楼房的楼脚有一些脆瓦旧木板搭出的一个又一个的小棚屋。这些棚屋是这些楼主们用来租给蹬三轮的、卖蔬菜的、炸羊肉串的、做裁缝的、理发洗头的外来打工者的。这些低矮的小屋倚靠在琉璃大墙的高楼们身下，看过去倒像是暴发户包二奶生下的一群私生子，因为是命定没有名分的杂种，天生一副苟延残喘的凄惶气质，令人悲哀，又叫人怜惜。

走过路口，米乔无所事事地沿着那些棚屋往前走。有几间棚屋的板壁缝里向外漏出灯光。这些昏黄细碎的亮光使他的心里躁动难安。走到中间一间亮着灯的棚屋时，他不由自主地停住脚步。他又想起了那个女人。十天来，特别是近两三天，说不清楚是因为什么，每次经过这个棚屋米乔都会想到住在里面的那个外地女人。而事实上，大多数时候，是这个女人自动出现在了他眼前。

这个女人是蹬三轮车的。三十一二岁光景，小骨架小身胚，看起来还是很匀实的。女人的脸色是那种不太容易晒黑的肤色，像土豆皮。但毕竟成天在毒日头下蹬车，脸色总还是有点黑的，还有些油，这样她的脸看上去就像是一个不慎落入水坑的土豆了，这样的皮肤是很难让人看出姿色来的。然而女人眼波流转的时候会令人相信，如果她成天坐在屋里，指不定会捂出些什么被风雨剥蚀去的惊人姿色来。

女人是个有点奇怪的女人，这是她最初留给米乔的印象。米乔搬到这个住处的第一天，到市里去买电脑桌。女人正好踩着她的三轮车在卖电脑桌的那家店铺前的马路上兜生意。店里的人把电脑桌抬到路边的时候，女人兀自把车子停在他身边。她不说话，只用眼睛看着他，就好像他一定会用她的三轮车似的。事实上，当时还有三四个蹬三轮车的男人一齐拥到了米乔身边，都是些小腿粗壮的男人，哪一个看起来都比这个身高不足一米五五的女人更适合来保护电脑桌的安全。男人们都争着请米乔用他们的车，那女人却不争，只用眼睛看着米乔。有些时候，眼睛的威力会胜过语言。刹那间米乔动了恻隐之心。他看着她的眼睛，心想一个女人踩三轮车，这是何等的不易。他用了她的车。

女人驮着电脑桌以及米乔本人往他的住处跑。一路上她没开口说过一句话。后来米乔和她把电脑桌往楼上抬，从一楼到七楼，她仍不说话，嘴抿成一条线，自始至终不吐一个字，甚至连哼都不哼一声，看起来比米乔这个男人还有力。他们把电脑桌在屋中央摆好，米乔拿出心爱的笔记本电脑，摆到桌子上。他抚了一下电脑黑缎子般的盖子，手突然停住，蓦地他想道：这个女人该不会是个哑巴吧？想到此处米乔心里立即涌出大量的怜悯，一个有残疾的女人却做着这么辛苦的事情。他猛地回过头，却发现女人那双本来就很精灵的眼睛里发出灼人的光芒。米乔顺着她的目光望过去，她在看他的笔记本电脑，嘴微微张开，仿佛要一口把电脑吞掉似的。她的眼神让米乔兴奋。想不到一个身份低微的女人也会像他一样喜欢这种信息时代的东西。米乔心里竟涌出一种找到知音的感觉。他用手在她眼前挥了一下，切断了她的目光。女人觉察到自己的失态，不好意思地眨了眨眼睛，本能地把眼里的光芒藏住了。米乔手舞足蹈地向她比画。他的大意是：你也喜欢电脑吗？女人却抿着嘴笑了。这就是笔记本——电脑吗？女人根本不是哑巴，是米乔多虑了。她的声音很厚，口音是川鄂一带的，与米乔的家乡话是一个语系。在一个举目无亲的城市听到乡音总是开心的。米乔笑了。他说，是啊。她说，真漂亮。女人不过是说了简短的两句话而已，却可以让人发觉这原来是个十分擅长说话的女人。可米乔实在不知道刚才她为什么要保持沉默。他掏出十块钱给她。她摸出四块钱要找给他。他说，算了。她又不说话了，但是眼睛却是笑着的。她就这样笑着离开米乔的屋子。米乔注意到她临走时又看了一眼他的电脑。

隔天米乔走出院子的时候，竟看到那辆后头蒙着布的三轮车就停在这一排棚屋的一间屋子前。女人正好端着一盆菜向棚屋前的水龙头走去。看到米乔，笑了一下。米乔惊讶地说，你也住在这里？这么巧。女人眼睛垂了一下，代替了她的回答，继续向水龙头走去。米乔看着女人结实的背影，而后将目光落在她刚刚走出的屋门。屋门大敞着，使他可以清楚地看见屋里的一切。局促的空间，黑森森的。最醒目之处是两张床，一张大床，一张小床。两张床之间用塑料挡板隔着。一个十来岁的小男孩正坐在两张床对面的桌子边写着什么，大概是在写作业。米乔把目光收过来，看到那女人手洗着菜，头却向前上方抬着，像是在看着很远的地方，洗得很是心不在焉。他望着女人的背影，突然间心里被一种巨大的悲悯情怀笼罩了。他想这个女人大概是个寡妇，她的男人要么是死了，要么是弃她而去了，于是她一个人带着孩子跑到这个远离家乡的地方……这个可怜的女人。他望了一眼女人租住的棚屋，并抬眼望了一眼寄附棚屋的这幢高大的楼房，楼房上有一个养得肥肥白白的本地女人正坐在三楼的阳台上吃苹果。女人和女人的命是多么的不同！米乔兀自感慨。他回身向女人那边走去。女人转过身，看到他，眼神慌张了一下，又镇静了。麻烦你帮我一个忙，他对她说，我想去市里买点东西。女人飞快地放下菜盆说，好。

那天米乔买了一台电视、两个柜子、一些餐具。这些都是他本来并不急于要买的东西。而且原本他也可以跑一次就买完的，但那天上午他却让女人连着跑了四次，每一次他照例给她十块钱。四十块钱，够她两天干活的钱了。米乔不甚清楚自己为什么要这样做。拉完那些东西，女人站在他的屋门口眉眼齐动地笑了，连着说了两句谢谢。米乔觉得自己是第一次看到她笑得这么轻松。她如果总是这样笑的话，一定会比她现在有姿色十倍，他这样想。

米乔再也没看到女人那么轻松地笑过。每次经过她的棚屋时，他不免有些惆怅。他想，一个风华被风雨蚀尽的女人带着孩子飘零在外，有什么可以令她轻松的呢？过后的一天中午，他再次经过那屋子时，却顺着半敞着的门看到一个几乎裸身的男人躺在那张大床上。男人精瘦，像一条剔了皮的甘蔗一样仰躺在那儿。那一刻米乔哑然失笑。女人原来是有男人的。女人坐在床沿上，头发蓬乱，一只手探出来摸什么东西。米乔突然发现男人肥大的裤衩正被他的身体顶得剑拔弩张，看上去凶蛮无比。忽而，男人的手举了起来，准确无误地放在了女人的胸脯上。米乔站在数十米远的路边直觉女人用她的腰拒绝了一下。她像个螳螂一样晃动她的头，突然把头晃到了门的方向。她瞪大眼从裂开的门洞口发现一个穿戴斯文的男人正瞧向她这里。她的眼睛因为过分灵活而显出一股呆滞。她跳将起来，砰地推上门。米乔清楚地感觉到那关门声像一条在他心脏内壁抽打的篾片。他灰溜溜地走了起来。女人眼中瞬间流露出的呆滞惊心动魄地在他脑海里翻腾。紧接着他的脑海里出现了那个形容猥琐的男人虐待她的情形。米乔气喘吁吁地想，太可怜了，太可怜了这个女人。

现在米乔站在夜晚的路边，不由又想起了那个习惯沉默的女人的眼神。她的屋里亮着灯，但站在这儿听不见里面的声音。夜路上发出虚白的光，间或有一两辆载货的车轰隆隆驶过去。他下意识地在路边的暗影里驻了足。正这时，那屋门吱呀一声响了，接着那男人穿着先前那条大裤衩从屋里闪了出来。男人四下张望了两眼，定住身，用手在下面掏了掏，开始对着棚屋前的那棵芭蕉树撒尿。男人撒得饶有兴味，中间的身子向前上方鼓突着，把尿滋得高过头顶。

芭蕉叶立刻被月光映照得水波粼粼。然后男人又一闪身进了屋。米乔在屋门开合的瞬间望了望那屋，那床似乎空着，女人好像不在屋里。他没来由奔跑起来。

米乔跑过很长的一段路，停下来的时候他发现自己正站在一个网吧门口。他将手撑在膝盖上趴着身子大口地喘气。一阵风吹过来，他打了个寒噤。打开手机一看，时间已是十点半。他十分清晰地感觉自己心里的躁乱。我这是怎么了？米乔心里想，现在，最最重要的是，我得赶紧想出一个妥善的办法让自己把这一晚挨过去。

米乔摸了摸裤口袋，一趔身进了网吧。他已经产生绝妙的主意。这个主意一旦产生，他就发现，他在这个夜晚把钥匙遗忘在屋里其实并不一定是个倒霉的事故，说不定它是老天安排的一场艳遇的序幕呢。是的，他想起了这个城市里的他的网友们，那些在黑夜里出没的鬼魅般神秘的女人。尽管他的生活中尚未有一个可以让他借宿一晚的朋友，但作为一个有大量时间在网上泡的男人，这十天来，他并没有少结识女网友。每天晚上，在写作之余，他都会上会儿小网，和这个城市里的女人们风花雪月一番，在虚拟的情境下与她们爱得死去活来。现在，这个他无处安身的夜晚，米乔是不是可以凭着他的三寸不烂之舌召出她们其中的一个，让她们友情出演一次收留落魄人的好戏呢？这个主意实在高明。

打开QQ，有好几个女人在线。那个叫"浪女"的女人的头像挂在最前面。"浪女"的头像上一双灵活的大眼睛正含情脉脉地注视着米乔。米乔的眼前倏然闪过那个蹬三轮车的女人的那双大眼。这年头怎么到处都是大眼女人？不知道这些女人是想用她们的眼睛勾掉

95

男人的魂，还是有什么别的居心。他点开"浪女"的对话框，手指一接触键盘，他兴奋得想尖叫。

救命！他喊。

"浪女"立即回话：死样，你又来了，你总是一惊一乍的。

米乔说，真的，救我！亲爱的。

哈哈哈。"浪女"竟被逗得大笑起来。

米乔和"浪女"在网上已经是无所不谈了。网上一天等于人间十年，一天的时间就可以聊到一日不见如隔三秋的地步。他和"浪女"的网上感情可以说是已经源远流长了。

他在这里住下的第一天晚上就认识了"浪女"，是在深夜。每到深夜米乔就会被一种极度无聊的感觉裹卷，无聊感使他觉得世界亦真亦幻，坐在那里都有做梦的感觉。尤其是这第一个来到异乡的夜晚，他的这种感觉尤其茂盛，像地火从地心处爆出，向外攀爬，使他浑身燥热难当。他接通网线，一头闯进一个名为"城市零落人"的聊天室。他看到一个叫"浪女"的网名一动不动地挂在那里。"浪女"？哪个浪女人竟给自己取这样的浪名？这样的网名自然很容易使男人放肆，尤其米乔这种平时遵规守矩、到网上就放浪形骸的男人。他立即把自己改名为"浪人"。然后他乒乒乓乓地给她一顿"拳打脚踢"，外加几个"嘴巴子"。叫你浪！米乔恶狠狠地想。"浪女"却任由他揍她，不动声色。

你这是"任凭风吹雨打，我自岿然不动"吗？米乔问。

是啊。对方接话了。

那我继续开打了。米乔说着来了一顿更猛烈的"拳打脚踢"。

哈哈哈，打得好。

对方竟大声呻吟起来，呻吟得大张旗鼓，大张旗鼓到无以复加。

这种放纵的回应却使米乔愣住了，随即他心里的放肆感被抨击得全军覆没，烟消云散。米乔就是这样的人，一旦发觉一个人比他还无聊，立即就没有无聊下去的兴趣了。他不知道该怎么续说下去，只好沉默。停了好一会儿，对方大笑起来。

哈哈哈，何必装得那么放肆呢？你并不是个放肆的人。

米乔像被人点住了要命的穴道。一个人一语撕破你的伪装，道破你的真实面目，你总会旋即变得郑重其事起来。他郑重地说，谁叫你叫"浪女"呀？

你不也叫"浪人"吗？

浪人和浪女不一样。浪人是浪迹天涯的人，而浪女呢？你是知道的。

浪女难道不可以是浪迹天涯的女人吗？

就这样认识了这个女人。如同米乔所有的网上经历一样，很快他和这个女人在网上无所不谈，如胶似漆。有一天他甚至试探性地提出想见一见这个女人。女人果真和米乔一样，徒有"浪"名，到底还是个良家妇女，拒绝他拒绝得没有任何余地。聊天就是聊天，仅此而已，她说。

那么现在，这个意外的夜晚，他被逼到了绝路，这个女人会不会网开一面呢？米乔为自己开脱说：我欲见这个女人一面的念头是次要的，重要的是，我总不能在外头就这么游荡一晚吧，所以我应该请这个女人帮助我挨过一个夜晚。这种解释使他受到了鼓励，现在他要好好地来和她聊一聊。

我把自己锁在门外了。米乔说。

你背广告词啊？

真的，我的钥匙锁在屋里了。我进不了屋了。

谁信？

真的！米乔有些急了，他说，就是这样的，刚才，我提着垃圾袋走出门，心里有种说不清道不明的担忧。我正在想，我在担忧什么？这问题尚未想清楚，我另一只空着的手在门把手上狠狠地带了一下……他语无伦次地说了一大堆话，说得细微且真实，不由她不信。末了他还向她强调，他口袋里只有十几块钱。

说得跟真的一样，她说。

因为它就是真的。你能帮我一个忙吗？我要找个地方住下来，我困死了。他这么说着，果真打了个哈欠，一阵困意向他袭来。

不行，太晚了。

你见死不救啊？

谁知道你是真是假。再说，就算是真的，也——不行，绝对不行。这样，你用你的十几块钱在网吧待一晚上吧，好吗？亲爱的。

女人的这个提议很恰当，但米乔心里突然涌出冷意。她是一点帮他的意思都没有。她怎么可能帮他呢？他是她什么人？生活就是这样，人们要和你寻开心的时候会和你打情骂俏，一旦你真的有求于人，才会发现到处都是无情无义的人，米乔黯然地想。这种想法徒然让他伤感。他抱着双臂呆呆地坐了一会儿，没来由心一点一滴冷下去。最后，他怀着一丝侥幸有些偏执地留下他的手机号。他说，我不需要你的建议，我现在最需要的是人间的温暖，这是我的手机号，如果你今晚打我手机，帮我找到一个住处，我会很感激你的。然后他关掉 QQ，神经质般地站起，走出网吧。

米乔在寂静的大街上站着。一个寂寞人，一个无处可归的人。路边灯火闪烁，车飞驰而去。一个独身在外的人很容易被生活中一点点小挫折勾起感伤情绪。他看了一眼手机，它坚定地沉默着。已经是十一点了。他心想，根本没有人会来关心你的死活，没有一个与你无关的人会打你的手机。疲倦感阵阵在身体里涌动。他随心所欲地走了起来，没有明确的方向。

米乔发现自己走了回来，仿佛一双看不见的手抵在他的后背上一直在推搡着他。他走到了那个女人的棚屋前。他被自己吓了一跳。说来可笑，细想起来，在这个城市，目前唯有这个蹬三轮车的女人与他的交往是最多的。这是否就是他在无意识中站到这个棚屋前的原因？女人的棚屋还亮着灯，像他们这样生活无着的人往往睡得晚。

米乔看着从棚屋漏出的灯光。灯光细弱温馨，叫人向往。他猛地产生一个大胆的念头，他何不到这个屋棚里借宿一晚呢？他迅速移步走向那棚屋。走近门口，他忽然看到自己的影子被月光投射到门口那棵芭蕉树上，看上去怪诞变形，他已然举起、正待去叩门的手放下了。他转而想到，这种行动有些荒唐，这，太不合适了吧？他搓着手，在棚屋外踟蹰。有一滴露珠从他的头顶滚落到脑门，他一激灵，又想，我为什么就不能在这里借宿一晚呢？说起来我和这一家还是有过交往的，况且我们还是同乡人，谁不会遇到些意料之外的难事，无非借个宿而已，这有什么？这间屋子的主人，一定是很纯朴的，他们一定会热心相助。他终于大着胆子举起了手。敲门声响起来的时候，米乔不由得想，这屋里有两张床，我大概可以和那个十多岁的男孩共睡一床。

门悄然开了，门内露出一个男人的头。男人仰脸看着米乔，脸上布满警惕。我……米乔对他说，我把钥匙锁在屋里了……男人脸上肃杀的表情及他赤白晃眼的身体令米乔的心里躁乱，他变得口拙，解释起来吞吞吐吐。我把钥匙丢在屋里了，我想……他这样重复着，却看到那张大床空空如也，女人并不在屋里。可是女人在不在屋里与他的求宿又有什么关联呢？米乔这样想着，并急着想把话讲完，男人却已经松开了手，敞了门。雪白的灯光落在男人的脸上。男人在笑，看起来既狰狞又亲切。进不了屋啊？那好说，男人这样说。米乔正暗自庆幸，心想大概这次求宿成功了，男人却像猴子一样利索地猫了腰，将头探向床底，他张手在床底摸索了一会儿，摸出了一大串工具，然后满脸堆笑地说，你怎么知道我会开锁啊？走，我这就帮你去开。

米乔尚未醒过味来，男人已经率先出了门。男人说，你是住在这院子里面吗？米乔这时已经醒悟过来。他领着男人向里走。男人的嘴可真碎，一路上喋喋不休，我从前干过这个，给人家开锁，我不但干过开锁的活，我还干过修自行车、充煤气、捅下水管道的活，还有……我什么都干过。什么都得会点儿，要不然哪那么好找事做哪！

男人在米乔屋门前站定。米乔正在想，这么深更半夜的，在楼道里撬锁，不得把全楼的人都吵醒了吗？男人却玩魔术般掏出几根形状奇特却考究的铁丝和一块铁皮。他先将铁皮插进门锁部位的门缝，再用这根铁丝往锁眼里捅捅，用那根铁丝捅捅，一眨眼工夫，铁门嘣地弹开。他如法炮制，又是电光火石之间，木门也开了。两扇门都打开。米乔敬畏地望着他手中那些神奇的铁丝。他却飞快地把它们藏到裤兜里。米乔感激不已，邀请他到屋里坐坐。那人当仁不让地进来。米乔连声道谢，又没话找话，说，刚才看到你一人在家，你小孩呢，还有，你爱人，都不在家吗？

"爱人"？我女人啊？嘻，那人嬉笑起来，说，她出去到垃圾站捡猪食去了，垃圾站的垃圾里有很多人家倒下的剩饭剩菜啊，正好喂猪，嗯，我们在别的地方养了几头猪。男人飞速地说着，突然盯住米乔的笔记本电脑，眼中闪出光芒，高声说，这是你的笔记本电脑吗？这么新，这么漂亮。米乔正待回答他，他却已闪身出屋。米乔还未来得及向他道谢，他已经离开了。

关了屋门米乔有种如释重负的感觉。那种感觉就仿佛一个人不小心坐进了一架失控的电梯，而一阵惊悸后电梯复又正常启动后的那种踏实感。他坐下来，倒了杯水，喝了一口，内心平静。屋里很静，已经是午夜了。楼下突然发出两只野猫相互撕咬的叫声，裂帛般的，使他本已有着很沉睡意的脑袋猛地清醒起来。他睡意全无，站起身，端着水杯在屋里踱步。这当儿手机叮叮咚咚大叫起来。这个时候还有谁会来电话呢？米乔抓住手机，看到一个陌生的号码，这号码像一只操纵电梯的幕后黑手，使那种坐上失控电梯的感觉毫无理由地再次袭击了他，他想到了"浪女"。

果然是她。米乔接通电话，是一个陌生女人的声音，并且不是本地女人的口音，虽然他手机信号不好，听得不够真切，但这一点可以肯定。"浪女"的声音显得不安而犹豫，让米乔可以听出她打这个电话是思想极度斗争后的结果。她试图向他解释刚才她的拒绝完全是出于道德上的考虑，她请求他对她表示理解。正是因为这种考虑才使她完全对一个最需要帮助的人的求助置之不理，她请米乔一定要理解她，她申明她的这种考虑是一种严肃的考虑，她甚至请他相信她不是一个心如蛇蝎的女人。真的！她说，你现在还在外面吗？你想到什么办法了吗？

米乔一言不发地听着一个说熟悉又根本不熟悉、说陌生又显然不陌生的女人真诚的解释。他慢条斯理地喝了口水，那水甘甜无比，他无声地笑了。午夜里最惊心动魄的声音大概是心跳的声音了，除此之外，全世界都在嘶嘶作响。这些声音令人有心情想做点有意义的事情。米乔故作气恼，用郁闷的语气说，我在不在外面跟你有什么关系？

别在外面游荡了，很不安全的，她说。

真是个有意思的女人。她此际应该在他的胡扯下仍认为他无家可归，那么，她再说出这话就显得不着边际。但是，为什么米乔不可以把这句不着边际的话理解为她顾左右而言它的信号呢？女人有时候喜欢故意说蠢话，这其实是她们深思熟虑后抛出的最聪明的一个线索。聪明的男人应该善于及时接住她抛出的线索，并循着这条线索往深处走下去。他将手机贴在耳边，另一只手打开了电脑，接通网络。他耳朵里传来对方关切的问询，你怎么啦？怎么不说话了？没事吧？米乔心里乐得更凶。他的另一手已经打开QQ，他看到他的QQ在这个午夜里显得悠闲散漫。没有在线的"浪女"的大眼头像死气沉沉。他看着电脑屏幕上的"浪女"头像，十分无厘头地说，我看到你了。她说，什么？你看到我了？米乔说，我看到你在蹬三轮车。

你说什么？你没事吧？

是的，让我来揭开你的神秘面纱。哼，你这个蹬三轮的女人。这么晚了，你真的是去捡猪食吗？我才不信。我想你大概是想男人了吧，当然不是想你那个会开锁的男人，而是别的男人，你打着捡猪食的由头去找男人。至于是什么男人呢，你自己心里清楚。你不喜欢你那个会开锁的男人对不对？他太低俗了。但没办法，你跟他这是你的命，你是个心比天高命比纸薄的女人，脚下蹬着三轮，心里想着一个优雅的男人有一天把你搂在怀里，你们喝点什么，做点什么。我说得没错吧。哈哈哈，喂，我问你，如果你不蹬三轮，会去做什么呢？我倒是有一个建议，你不如去做电影明星吧。怎样？

不知道你在说什么。嘻嘻，不过说实话你真像个疯子。你是因为想女人想多了才把自己搞疯的吧？

米乔听着电话里传来细雨划过屋檐般的窃笑声，有些走神。恍惚间他很搞笑地得出一个自认为伟大的结论：电影明星与蹬三轮的其实并无区别，如果院外那个蹬三轮的女人多到美容院去几次的话，在姿色上，并不逊于某些把脸藏在厚厚脂粉下的电影明星。

想到这点，米乔狂笑失声。笑够之后，他极突然地对着电话大叫了一声，啊！

怎么啦，你怎么啦？

我差点被车撞了。米乔将手机从耳旁拿开，对准窗外。他告诉她，他想让她听听他身边那辆差点撞死他的车的刹车声。事实上那是他楼下野猫无休无止的失了真的喊叫，类似叫春之声。

有没有撞着？她惊呼，要不要上医院？

你陪我去吗？

她笑起来。

米乔火速说出了一个路名。你在那里等我。说完，果断关掉手机盖，站在原地自转一周。他从来都是个嘴上放炮内里小心的男人，喜欢与女人们说一些过分的话，却从不曾做过过分的事情。但如果有一桩春意盎然的事情自动投送入怀，垂手可摘，他为什么要拒绝它呢？毕竟他是个独身男人，生活需要发展，聪明而完美的故事应跌宕起伏，他的写作也需要素材，为什么他要拒绝一个女人的善意关怀？米乔走进洗漱间，想象着那个网络女人的模样。他以万分之一秒的速度为自己清洁面部，刮胡子，向镜子做飞吻，抛媚眼，整衣服，摆造型。之后，一个独居男子投身午夜空阔玄虚的巨大怀抱。啊，他为什么不回头对空荡荡的屋子说一声：谁说把钥匙忘在屋里这种事不是一次艳遇的序幕呢？

走下楼，走出院子，走上路口，米乔看到那蹬三轮的女人或者那会开锁的男人的棚屋还亮着灯。深夜充满不可预测的悬疑信号。那男人还没睡，站在自己棚屋前的芭蕉树下抽烟。烟头闪着光，像旧式手榴弹的引信燃得正欢。米乔与他打招呼。他警觉地瞥了米乔一眼，嘻嘻笑了。他说他女人还没回来，又告诉米乔他女人通常要捡到夜很深才能回来。米乔懒得和他说话，他现在要去见一个已经与他在网上如胶似漆的女人，这样的事是所有热衷于上网的男人的最高成就。他随口向那男人说了一句刚才没来得及说的感谢的话，消失在夜色中。

米乔看到了那个女人。

女人模糊地立在他们约定的路口四下里张望。

他与女人渐渐地近了。他的心竟狂跳不止。

米乔看清了那个女人。

深夜的灯光显得格外敞亮，把女人的脸和身材映照得触目惊心地清晰。像摄像机镜头突然向观者拉近，米乔看到了那女人放大十倍的真实面目。那一瞬间他狂跳的心遭受冰川覆盖，他在心里开始大声感叹：我果真无聊之至，做出这么一件没劲透顶的事情，我为什么不能在一个能够安安稳稳睡在自己屋里的夜晚安安稳稳地睡在屋里呢？

女人的眼睛奇大，是那种变形的大。

米乔故作激动地和女人向前走。事情到了这个地步，他不得不承认他是个可笑的人：竟一度把这个网上的女人和那个蹬三轮的女人联系在一起，隐隐期待她们之间有什么必然的联系。很显然，只有他这样的人才有这种荒谬的想象力。现在看来，想象力是种多么无聊又愚昧无知的东西，很多时候，生活完全是你臆想中的另一种形状。

他强作欢颜和女人互不搭话地往前走了约莫十来米，心里仍不停地发出感慨。他这时想到，一个故事出现这样的结果多么让人大跌眼镜，可它却又多么符合生活的客观规律啊。

我……已经……

女人突然发话，却是欲言又止。然而她终又鼓足勇气，快速说道，我已经在酒店里帮你——订了一个房间，你不用担心流落街头了。

是吗？米乔紧张兮兮地转过头，看到的是女人蛊惑人心的微笑，以及因心情激动而潮红的脸色。他的心被什么撩拨了一下，继而，先前对这个女人的失望被一种不可理喻的亢奋取代。

他一把攫住女人，向路中央招了招手。一辆的士欢快地拐了个弯儿在他们脚旁停住。

在酒店里，他们迫不及待干了那件事。实在讲，起初是很无趣的。后来米乔不得不调用丰富的想象力来帮助自己进入情境。

晨曦微明时分米乔就醒来。他惊讶地望了一眼身边躺着的陌生女人，感觉脑袋疼，而无边无际的空虚感汹涌而至，令他招架不住。他飞速穿戴整齐，趁女人还没醒，逃也似的离开了酒店。

回到出租屋的院外，米乔看到蹬三轮女人的房门紧闭，他们一家都还在睡觉。他略略猫下身子，向她的屋门踉跄着奔近两步，又快速退回来，疾步往自己的房子走去。早晨的天空黯淡无华，耳畔缺少任何动人心魂的声音。米乔快步奔至七楼。在气喘吁吁打开房门的一刹那，他的心狂跳起来。

没来由地，米乔想起了蹬三轮女人那天将他电脑送至家中里紧盯住电脑的目光，以及昨夜她男人帮他开锁后看到电脑时同样贪婪的眼神。蓦然间米乔心里充满了期待。他急三吼四地打开房门，却看到他的电脑完好无损地躺在电脑桌上。

一切安然无恙，什么都没有发生。米乔略感庆幸，却又分明感到，无边无际的惆怅纷至沓来，令这个早晨没有任何着落。有一刻，他靠着墙壁坐在地上，竟至怀疑，昨夜那枚遗忘在屋里的钥匙，很可能是他故意而为。

（原载《厦门文学》2009 年第 5 期）

暴风刮过铁幕

客厅像冷却中的铁块，费因坐在它的中心，被凝结住似的。她的眼睛盯着电视机，目光却并不吸附在视屏上。那里在演一幕韩剧，一个阔嘴美男正在进行单相思后的超长独白。这是最值得潸然泪下的时刻，费因的手指却摁动摇控器的频道转换键，然后，一只巨蜥占据了视频，朝着费因的方向箭行而来。她大惊，却是装的。

"我连电视都不爱看了。"费因终于转动沙发上的上体，向祖河制造话题。

"不爱看就别看。可以看的东西多得是。"

"那我看你吧。"费因把电视关了，颇显郑重地支起肘托住腮，遥望靠在卧室门口的祖河。他们都笑。幸福在四目交接处膨胀，铁在被充斥后变得酥软。祖河说沸腾就沸腾了，眼睛很亮。

"我做个倒立给你看！"

"你会倒立？从来没见你做过。"

祖河快速寻找便于表演的区域。那个主意令他亢奋，他的脸因此焕发着新的活力。墙面太过洁净，脚掌打到其上，也许会留下印迹。只有门了。祖河走到卧室门外，抓住锁把，将门带上。费因的身体下意识坐得笔挺，看来她对将要看到的倒立充满兴趣。祖河向她做了个鬼脸，背转身，弯腰，手掌在大理石地面上撑住。只要脚尖蹬地，同时两手用力蹬在地面上，挺直腰的同时收起腹部，他立刻会倒立在门上。祖河对倒立的动作要领了如指掌，即将出场的表演没有难度。他深吸一口气，将自己翻卷上去。

两脚重击在门上，锁眼里的活动栓出人意料地弹开。门哗然洞开，撞在卧室的墙上。祖河旋转一百八十度的身体未来得及定格，继续旋转。他的头先撞在大理石地面上，接着是整个身体结实、猛烈地砸下去。

铁凝固了。费因射立般起身。

"你没事吧？"她跳到卧室门口。祖河直挺挺躺在地上，浑身抽搐不止，脸部肌肉已扭曲。"不要吓我！"她像任何一个因突发事件手忙脚乱的人一样，扑下身来，摸摸他这里，捅捅那里。祖河没有回应她的动作，只全力以赴地抽搐。她听到自己的心跳声。卧室尽头的梳妆镜里投映着她骤然缩紧的脸。铁炸开了，变成碎末，在空中交错飞驰，短兵相接。她听到来自脑壳内部的阵阵锐响，她心海深处的恐惧和孤独感相继应声而起。

十分钟后，深信祖河暴亡的费因席地而坐，停止了啜泣，望着身边人发呆。那个人的脸却因为某种无法克制的表情开始舒展。未等费因觉出异样，祖河一个鲤鱼打挺立起身。他无法掩饰恶作剧完美收场后的极度自得，笑得弯下腰，跪倒下去。

"你去死！"

恼怒未来得及在心中成形，已被惊喜狙击。费因笑了，越笑越大声，与祖河扭打成一团。铁屑纷纷扬扬，在空中自动排列成音符，涌遍整个房间。他们从客厅打到卧室，又从卧室打回客厅，享受这刻意的律动时刻。

"以前我总盼着周末，因为可以和你整天待在一起。现在我觉得周末的日子特别长。"

"你是说跟我在一起腻了？你敢再说一遍——活得不耐烦了是不是？"

"那你说说看，我们今天去干吗？"

"实在不行我们就做爱。嘻。"

"做就做。谁怕谁。"

"算了，早上刚做过。"

"所以你得好好想想我们今天都该干点什么。要是有一件和做爱一样可以令我们孜孜不倦的事就好了。"

他们交叠着半躺在沙发上。铁屑悄然聚拢，眼看着就要还原成坚不可摧的坨状。祖河的视线越过敞开的卧室门，落在了床上。橘红色的被面没铺平，白床单的一些裸在外面，像妇人身体里流出的乳汁，怎么看怎么叫人不舒服。祖河从费因身下抽出自己，疾步走进卧室，抖起被子，将白床单严严实实地埋了起来，而后他才满意地站定。费因够着上身向这里探看，不一会儿，她跑了进来。

"虽然男人勤快点，对女人来说，是个惊喜，嘻，但我不得不跟你说，你连一条没怎么铺好的被子都不放过——这就像女人了。"

祖河将脸转向费因，笑逐颜开，仿佛他刚刚听到的是一句赞美。

"你这就不懂了吧？我境界太高，你理解不了。"

"说来听听，我这种低境界的人，倒要看看你高在哪里。"

祖河举头眺望窗外。这城市的秋日天空虚清浑浊，足以让人的内心变得茫然。他回首长望费因，表情蓦地凝重了。

　　"正像人们觉得有些事该男人担当，女人不必承担一样；有些行为被人们划定只属于女人，男人做了就不像话。像我这种历尽沧桑的人，做事一般会超脱那些世俗标准。"

　　"亲爱的，你都经历了什么沧桑？"

　　"我没跟你说过吗？看我，真是太疏忽了。"祖河猛地把头低下去，这样费因就看不到他的表情，或者这可以使他看起来内心沉痛。"我一直考虑着要不要告诉你这些，我怕说出来会影响我们的爱情。我坐过牢。那是几年前的事，我杀了一个该杀的人，然后我得到了应有的惩罚。可是那个人不杀，天理难容。他竟然在另一个男人的婚礼上和新娘偷情，太可恶了！不瞒你说，那个被戴上绿帽子的男人就是我。我当场就给了他一刀，在我们的婚宴上。有时候，我觉得我这么倒霉全怪我的母亲。唉！谁叫我是个私生子呢。一个不知道父亲为何人的人，人生不会一帆风顺的。你去哪儿？"

　　费因去衣柜里找毛衣。祖河扫兴地追赶了过来。"如果你觉得编瞎话可以使人长生不老的话，你就编。编就编吧，你还编得那么滥俗。"费因说，"我再没事干，也不会坐在家里看你发癔症。我们去逛街吧。实在安排不了事的时候，逛街是最保险的安排。"

　　"我们要出去逛一整天吗？"祖河被动地去找自己的衣服。铁的温度骤降，几乎要在瞬间完成它的腐蚀过程，它是极易生锈的。祖河小声说："其实我觉得编编故事也挺好的，我编，你听，我编累了，你听累了，我们就去睡觉。这样你就不用去找事了。"

　　"问题是我还没听累就已经烦了。我们现在就去逛街，马上就

110

去。除了逛街，你有更好的安排吗？反正我不会去见你父母，他们太挑剔了。我也不想去我父母那里，我父亲的嘴太碎。暂时就不见朋友了吧，成本太高了，聚一次就得花好几百块呢。我们该去做一件零成本、第三个人无法来影响我们心情的事——只有逛街了。"

他们走过这城市最著名的那个商业区的每条巷子，遇到大的商场必进去看一看，有特色的小店铺也不放过，至少要在门口张望几眼，流连一番，无法避免地，满目的衣饰勾起了他们的购物欲。在对这种欲望产生足够警觉和抵制能力之前，他们分别被那种银灰色的女式风衣和铅灰色的西式外套吸引了。多数品牌店的潮流指向表明，灰色将是今冬的流行主色调，他们的冬季衣单上这种色调极为缺乏。他们心照不宣地在不下二十家店面逗留：用目光或手挑拣衣服，部分时候取下它们中的某一件走进试衣间，在确信自己喜欢这件衣服时查看标价，一看倒吸一口冷气，便故作坦然地将衣服交回到店员手中。广泛的调查结果表明，这些灰色的今冬潮衣均价至少一千块。这城市工薪阶层的收入都不高，他们作为众多靠死工资吃饭的普通市民，并没有资格随心所欲地购物，一件一千块钱的衣服，买还是不买，这得费心掂量。正午稍后某个时候，他们心里产生了足够的抵制意识，逃到了街面上，再也不敢轻易靠近华衣美服。他们在街心小吃亭吃锅盔，费因吃了一个，祖河吃了两个，各喝了杯豆奶，之后只单纯地在街面上游逛。

"我们不该去逛商场。"

费因情绪低落，但没到沮丧的地步。

"你要出来逛的。"

"我就要出来逛，怎么?"

他们用拌嘴充当打情骂俏，走出这个商业区。费因的前脚掌开始发酸，祖河的腿也有点直不起，他们闲逛的志趣却不减。一小时后，费因脚掌痛，他们不得不在总府路停下，坐在街边打望。天空灰蒙蒙的，象征着这个城市的阴柔或倦怠。莫可名状的空落感在心头堆积，夹着阵阵慌乱，偶尔游过一缕忧伤。他们步调一致地沉默了。车掠过阔大的街，人群走走停停，市声飞扬，没有风。他们的脸色危险地严肃起来。

"你爱我吗?"费因问。

"爱啊! 你爱不爱我?"

"当然。"

回答得不容置疑。他们彼此深爱，毫无疑问。

"以前我享受跟你在一起的每一分钟，时时刻刻都感觉享受。"费因想了想，说，"现在我跟你在一起，有很多时候会……会觉得无聊。"

祖河并不立即回应，只望着她。他不惊讶，看起来有些忧郁，"我也是，会觉得……无聊，有时候。怎么办呢?"

他们站起来缓慢地往前走了两百米左右，在另一条街凳上坐下。街上堵起车来，竟有一缕阳光穿透这长年阴霾的城市上空，落在那些车上，为车身增添了质感。费因推了推祖河，示意他注视她眼里的警醒。

"我们也许应该分手了。"

"为什么?"祖河愕然。

"都会无聊了，还能在一起吗?"

祖河低下头，想着费因的话。他们又站起来，越过斑马线，走到了马路对过，在那儿坐下来。从来没有像现在这么郑重其事过，他们都很珍惜这种罕有的沟通时机。他们把手握在一起，一副困境陡现时共商避难大计的清醒状。

"或者，我们就该结婚了。"费因说，"总不能这样下去，无聊会越来越多。我害怕有一天我们在一起的每一分钟都无聊——那时我们真的会分手的。"

祖河把头抬起来，眼里的恐慌一览无余。她点中了情侣生活的死穴。

费因说："如果结了婚，我们可以生个孩子，逗他玩，培养他，呵护他长大；有了家庭，我们就有责任感，要去建设它，为了把它建设好，我们会想方设法赚钱，一门心思赚钱，不想其他——你看，结了婚，我们就很少有机会无聊了。况且，结婚是一种法律上的束缚，就算无聊了，只要这种无聊不是我们生活的主要部分，只要我们生活的主要部分是两情相悦，于理于法，我们都分不了手。"

"你又这样想了。你总是想得很多。"

"你不会想吗？我就不信。"

"是，你说的我早想到了，想过好几次……可是，一想到结婚，我总会哆嗦。"

"呸，你是独身主义者？"

"不是，我不是这个意思。"

"那你什么意思？哥哥。"

祖河把费因拢在怀里，眺望城市上空飘过的一架飞机。沉重的忧郁降临了，像一道铁幕竖立在他的脑中。

"结婚会让我觉得失控。"祖河说,"人生下来,接着长大成人,再接着结婚、生子,然后呢?就是死了。这是人生的步骤。不结婚会让我觉得我还处在人生步骤的前端,结婚会让我感到离结束越来越近。结婚不仅是一种婚姻的仪式,更是人向生命某个阶段告别的仪式。不结婚会让我觉得我将自己的人生控制在了前端——人生停在了旺盛期。我喜欢这样的一种停顿感……虽然我知道这是自欺欺人。"

"原来你是彼得·潘。宝贝,你是个害怕长大的小孩。"

"彼得·潘象征着人内心深处的某种恐惧,不是吗?"

"你说得都对。可是,我们不能因噎废食。不结婚你就不死了吗?"

"我们别冒充哲学家了。"祖河感觉脑中的铁幕直向他躯体倾覆下来,他一阵气紧,眼前一黑。须臾,他跳了起来,警觉地站在一边,望着费因,"难得看到太阳,我们找个朝阳的地方,去晒太阳吧。哈,我们是一对白痴。放着好好的太阳不晒,在这里瞎动脑筋。"

他们快速跑起来,一个追着一个,像两只与时光捉迷藏的花蝴蝶。看不见的铁幕暂时被撞飞了,他们贪婪地张开嘴,嗅吸阳光的芬芳气味。

四点五十分,他们精疲力竭地坐在这城市的中心广场上。费因的脚肿了,再也不适合走动。她是扁平足,但每个周末她都这样,逛到脚肿为止。祖河上班时都是坐着的,每周一次的这种步行日亦令他畏惧,现在,他恨不得立刻倒到床上去。

"我们回去吧。"费因意犹未尽但无可奈何地说。

也许费因娇弱无力的样子让祖河心动，抑或他觉得利用一切时机逗一逗费因是二人世界的重要节目，他做出了雄风不倒的样子。

"不是你要出来逛的吗？现在又要回去。嘿，我还没尽兴哪。"

"你去死。"费因把他推了个趔趄，踉跄着紧走了两步。祖河追上去，挡住她的去路。

"你不是没看过我倒立吗？我这就做给你看。"他飞快地把两手高高地举起，扑倒前他提醒费因，"你要及时抓住我的脚。"

他猛地向下一翻，腿向着费因的脸打过来，费因毫无选择余地地抓住了他的脚。立即，她发现事情的有趣程度远远超过今天发生的任何一件事：祖河的两只手失去控制地在地上游走，腹部前所未有在向前弯着、挺着，两条腿无助地打东打西；更为滑稽的是，他的上衣因地心引力涌向他的肩膀和颈子，于是他瘦而健美的上体一览无余地亮了出来。费因不由失声大笑。祖河已意识到眼下的这个动作令他不雅，更重要的是他力不从心，便大声喝请费因放开他的脚，好使他恢复直立行走姿势。费因却被这突如其来的节目迷住了，非但不松手，反而抓得更紧，为确保祖河能将倒立持之以恒，她辅以他向上的拉力。有了费因的协助，祖河的爬行不那么艰难了。既然费因不愿松手，他就爬下去吧。他们前行了至少十米，费因一不小心失手丢弃了祖河的脚，他跌扑下去，瘫软在地。费因笑得坐倒在他身上。他大喊被她压痛了。

"回去吧，我们不在这儿闹了。"笑到不能再笑的时候，费因再次提议。

"除非你哀求我，否则我死也不回去。嘻嘻。"

费因这一次要生气了。"好吧！不回去，我奉陪到底。哼，到时候，你可别求我回去。"

"看谁先求谁。"

"你要先说回去怎么办？"

"嗯，这样吧，谁坚持到底，最就有资格去买一件衣服。你的风衣，我的外套。"

"这主意好。"

广场上很多人，相拥而走、坐拥一隅的情侣比比皆是，谁也不会注意到祖河和费因刚刚达成的比赛协议，但这对情侣却因这协议生出了新的激情。太阳竟隐约从云层中露出了四分之一张脸，广场四侧的楼身熠熠生辉，没有风，将晚未晚的阳光经楼体折射，发散着铁锈红的色泽。他们互不服输地对视着，迅速将头拧开去。正对着他们的那幢二十几层高的楼体上攀附着四个清洁工，一女三男。也许是为了确保今日的工作量，他们加快了清洗墙体的动作。有一阵子，无聊感排山倒海地席卷而来，费因和祖河连调笑的精神劲都不再有。这却是难得沉静的时间段，他们都坠入了思索中。庄重的时刻又到来了。

"我们认识快一年了。"祖河轻声说。

"你要向我求婚了吗？"

"梁朝伟和刘嘉玲认识十八年才结婚。当然，也有认识几天就结婚的。我们认识时间不算长，也不算短……你很希望我向你求婚？"

"其实你说的畏惧结婚的感觉，我也有。我还有别的感觉，但我说不清楚。很多感觉是语言难以描述的，对吧？所以，哼，如果你不是特别坚定地向我求婚，我是不会嫁给你的。"

他们又不说话了，各自想着心事。多数时候他们是心心相通的，但这一刻他们无法洞悉对方的心事。如果生活真的是一块铁，这是最坚硬的时候。要是这时候来一阵风就好了，可以将他们的思绪吹散。可这个秋天总体讲是静止的，是……停顿的。远处高楼上那四个"蜘蛛人"呈扇形分布在楼的外墙上，彼此相隔五到十米。他们身手矫健，动作灵活，但各干各的，互不搭理。祖河无从了解像他们这样悬置着，是什么样的感觉，因此他们令他觉得神秘。广场上人流如织，但很少有人抬起头打量那些"蜘蛛人"。有那么一个时刻，费因悄悄把脚伸过来，示意祖河给他揉一揉。祖河刚脱下她一只鞋，将那脚搁到他膝盖上，仿佛有谁突然摁了某个开关，天空猛地一暗，紧接着，狂风四起。周围传来惊叫声，那声音中竟暗藏着喜悦。祖河下意识地打开上衣将费因的头拢在怀里。

"这么大的风？别捂住我的头，我要看！"费因挣扎着，但贯穿在广场上的大风使她裸露的脚一下子变得冰凉，她便处之泰然地将头藏在了祖河的怀里。

风呼啸着，掠过广场，刮向别处，又迅速席卷过来。祖河看到广场上的人大多蒙在了原地。这安逸、闲适的城市素少这样的风，人们没有应对它的经验。祖河张开嘴，猛吸着气，肺部立即有被清洗之感。他精神百倍地四下里张望。就在这个时候，风加大了。一个中年男人上衣被吹得鼓成伞状，他正讶异间，身体噌地被风拎了上去，蹿上了天空。等这个人意识到自己上了天，高兴得狂笑不止。广场上站立不稳的人的目光向那飞起的人聚焦，眼神中尽是艳羡。祖河瞠目结舌地望着天外来客般静立在空中的人。风就在此际骤然止歇。那人咚地掉落到地上。他滚了两下，安然无恙地站立起来，顾盼左右，眼中写满迷惑和惊喜。费因感觉到异样，把头从祖河怀里褪出来，扫视复归平静的广场。

"出什么事了？"

"有人飞上天了！"

"你又编！"

谁惊呼了一声，所有人都迅速用目光搜寻惊呼的来源，却立即被一个可怕的景象震慑了。就在他们的上方，四个"蜘蛛人"所在的那幢楼，"蜘蛛人"中最引人注目的那一个，那女孩，正处于极其危险的状况之下。一定是刚才那阵风把她掀了起来，当然她马上就掉落了，可惜她掉落的位置远远地偏离了原点。现在，本该笔直吊落的那根保护她的绳索是斜的：它的下端约四分之一处搭挂在一户人家的窗台上，上头的那四分之三软塌塌地晃荡在那里。而那女孩，正悬空在窗台下，大声呼救。广场上的人向那楼的方向拥去，祖河和费因随着人流也赶了过去。站在接近这楼的位置，他们感觉形势更危急了。女孩的一个同伴，已经站在了楼顶，正握住女孩的那根保护绳的顶端，但不敢轻易提动那绳。提动的结果很可能是使绳索下部四分之一处的那个与窗台的连接点脱离窗户，紧接着这整长超过十米的绳索由上至下猛地绷直，女孩势必会被甩起，楼体上密布玻璃窗，被甩起的女孩难保不在动能和势能的合作下射向玻璃，或直接砸在墙上，那都是很危险的。楼顶上的同伴无计可施，跪在楼顶，紧握着绳头，拉也不是，放也不是。另两个同伴也已经自行收拢自己的保护绳，双双爬上楼顶。三个人一溜跪趴在楼顶边沿，伸出头往下探看绝境中的女孩。要是那户人家有人在就好了，可从那窗户纹丝不动的情形看，此刻那屋子一定空无一人。就算有人在又能怎样？窗户从里面打开，很可能会令绳子脱离窗台，进而使女孩遭受从上方拉动绳索一样的命运。楼顶上的一个人站起来，掏出手机猛打。广场上立即有许多人同时意识到拨打110。一时间祖河和费因周围对着电话急声呼救的声音不绝于耳。

"她不会掉下来吧？"费因在喧闹的人群中问祖河。

"不会，一般情况下，他们的绳牢固着呢。"

"可她这样子，一下子就让我想到了死……人太脆弱了，说不准什么时候就命悬一线。"

太阳早就不见了。虽然那阵诡异的大风之后不再有任何风的踪迹，但隐伏在人心里的风却史无前例地疯狂涌动起来。一股凉意从祖河心底升起，游走在他身体里，他很明确地感觉到自己哆嗦了一下。

"别胡思乱想！"他对费因说，更像是警告自己。

"我们结婚吧！"费因紧紧扣住祖河的五指，用力扣。

"好啊……你说什么？"祖河的思绪无法专注。他的脑袋变得空茫。

"我说我们不要怕结婚，该来的都会来，我们什么都不要怕，该干什么的时候马上干，别磨蹭。"

祖河回过神来，眼珠子一动不动地盯着费因。费因也盯着他。突然惊呼声再度响起，这次比先前更汹涌。祖河和费因同时抬起头。那窗台在他们的凝视下闪出了微光，这时他们才发觉它是不锈钢的。也许这些清洁工出于节俭的考虑不会及时把老化的绳索换掉，也或许那不锈钢的窗台在这几分钟内充当起了一把锋利的刀，总而言之，人们从女孩和她同伴的惊叫以及自己的观察中得知，绳子在窗台的摩擦下即将断裂。救护车的鸣叫还没有响起，它哪有这么快呢？事发才几分钟而已。祖河和费因再次面面相觑，仿佛听到了绳索嘎吱嘎吱被磨断的声音。

"我们结婚吧。快向我求婚。请你……"

"别吵了！你烦死人了。人家都要掉下来了，你还有心思想什么结不结婚的事，快帮着想想怎么救她吧。"

"你救得了吗？"费因发怒了，这次没有装的迹象，"你必须马上向我求婚！"旁边有几个人不解、厌恶地看她，她不以为意，"真的，我们结婚吧。你快答应我。我怕这个时候我们不把这事说定，以后我们再没机会了。我怕自己再不会像现在这么迫切，你当然更不会——难道我们要等死了以后再谈结婚的事吗？"费因泪流满面了。祖河将她拉到自己面前，察看她的眼睛。费因忍无可忍地推了他一把，"姓祖的！老娘现在告诉你，我改主意了，再不会跟你提结婚这两个字。你要是以后向我求婚，我扇你两个耳刮子。"

祖河猛地将她抱住，脑子要炸掉的感觉。似乎有极尖锐的断裂声传来，人群砰地炸开了。祖河猛地扭头，听见那维系女孩的绳索晃动了几下，说断开就断开了。女孩立刻从人们的视线中消失。人群飞快地向那楼底扑去。天渐渐暗了下来。

"我们结婚吧！"许久以后，祖河意识到自己在说话。铁黑的夜色令他倍感压抑。

"嗯！结婚！"费因用力地说。

"下星期我们就去领证！"

"下星期就去。"

下一个周六风风火火地来到了，广场上依旧人潮如涌。祖河和费因在广场中央早已建完但还未启用的露天下陷式地铁站的位置，嘻嘻哈哈地玩起了倒立。没有人能认出他们是上周末在这里定下约定的一对情侣，广场上的人通常互不相识。天气尚好，他们嬉闹的兴致不减。后来，他们靠着栏杆拥站在那里。

"我们这周好像忘了点事。"祖河望着费因，眼睛里更多的不是疑问，而是探询。

"是有什么事忘了。你知道是什么事吗?"费因的语气淡淡的，很明显她在故作淡漠。

"嘿，我不知道了。"

"你不记得了吗? 要给我买那件风衣。"

"谁说的? 你记错了，应该是要给我买外套。"

"晕死，哪有你这种男人，跟女人抢着买衣服。不理你了!"

他们装成陌路状，大步往前走，有时费因抢在前头，有时祖河抢了先，最后他们站在另一个略小的广场上，绷住脸上的笑意向对方翻白眼，继而幸福地接了一次吻。路边停着一辆崭新的别克车，他们越过光洁耀目的车身凝视彼此的倒影。银杏树开始泛黄，预示着冬天要来了。他们从镜子似的车身中看到一个月后的某个周末他们又走到了大街上。这一次他们穿着灰色羊毛情侣长衣。冬天来了，银杏树叶落了一地。

"你爱我吗?"

"我爱你。你爱不爱我?"

"当然!"

他们说着类似的屁话，自得其乐。途经一处电视墙，他们停下来看娱乐播报。电视里在炒作周慧敏，据说她和相恋二十年的男友要分手了。他们离开电视墙，谈论娱乐圈里那些著名的恋爱事件，那些分分合合，并不意识到这类事情与他们有无对应，也或许，他们故作不知其间勾连。在中心广场，他们抬头仰望那幢曾经发生坠楼事故的高楼。原先攀附清洁工的那块墙体因为洁净而闪亮着，亮得新鲜而热烈。往下看，他们看到了刚刚安装好的一排广告文案，俨然，这幢楼的底部成了广告墙。

"我们去那儿看看。"

他们往广告墙走去。走到广告墙下，他们不约而同地举起头来，望了望紧贴在墙面上的那块钢质广告板。广告板滑脱了，向他们头上砸去——他们因为那个突如其来的想象心有余悸，怅然若失。

（原载《江南》2009 年第 6 期）

勇者无惧

一

以为已经就此作罢，夜里可以放胆请求自己安心睡大觉了，谁料只是自欺欺人。那一次，彭见飞突然旧事重提，向羽方寸大乱，不知今夕何夕。

这发生在几年前，元宵节刚过，向羽回乡下老家小住，高中同学兼挚友彭见飞闻讯来探视他。那天向羽的父母出门了，就他们两个在屋子里，听得到外面稀稀拉拉的雨夹雪的声音，两个人都穿着鼓鼓的羽绒服。当时向羽刚刚打开手提电脑让彭见飞看一辑他亲自从南非拍回来的照片，那上面的向羽志得意满，还没成为一个中年人，也快了，潇洒、干练，目光里岂止只有从容。彭见飞吃错药了似的，一点儿铺垫都不采用，就提起了那件事：

"赵峥帮你打的那一架——，"彭见飞就是这么突然直起身，望着向羽。他的脑门子亮亮的，秃得不留余地，这是一个男人提前进入中年期的前兆，"你……你不记得了吗?"

123

向羽心脏正中似被大锤击中，那张被时光修改得远不如少年时白皙的脸依然在刹那间变得惨白，脑袋一下子空荡荡的，他瞪着彭见飞，整个人都木掉了。好在他如今已阅人、阅事无数，快速调整心情，恢复了体面的表情。

"哦，记得的。"

他故作淡然地低下头去，插在裤兜里的手摸到两枚硬币，用手指头饴到手心里，一使劲，团起，搓。一边他又踱到彭见飞身后，伸手将硬币扔进桌子腿边的废纸篓，心里面懊恼地揣测着彭见飞说这话的用意。难道是照片上意气风发的向羽让彭见飞不服，他认为向羽在用这些照片向他显摆，因此需要立即揭出向羽的老底？怎么会呢？彭见飞是向羽多年来大浪淘沙后珍存下来的金不换哥们儿，他肯定不会心存恶意。排除了恶意的动机，彭见飞此举就仅仅是一种下意识、无意识的反应了。可这里面的逻辑主干还不是一样的吗？这些照片一下子让彭见飞想到了那件事，那个向羽被几个校园恶霸羞辱的下午、懦弱的少年向羽、他一生的耻辱之柱。说明了什么？对！这件事留给彭见飞，留给大家的记忆太深刻了。真可怕！一直以来，向羽希望人们都忘掉了那件事，还渐渐误以为这种遗忘已成事实。如果非得要有人记着它，向羽只能把这个任务交给赵峥，当然还有他自己——他们这两个当事人，多一个人，他都不要。可竟然连当时似乎不在现场的彭见飞都记得那么牢和深，那么的条件反射，这真是太可怕了。

"你不提我都快忘了……真记不太清了……那么久的事。"踱到电脑前的向羽淡淡地说，"我想想……现在想起来，我觉得赵峥太冲动了……他是个冲动的人。其实没必要跟他们打。不理他们……应该不理他们……"

　　向羽听到自己竟然在用一种志在必得的语气跟彭见飞分析自己耻辱的经历，倒好像当时见义勇为的赵峥是多此一举似的，把责任推到了赵峥头上，由其充当一个结局的动因之一，猛地赵峥也该对向羽的耻辱印记负有不可推卸的责任了，听起来还真挺自圆其说的，连彭见飞都认同了他的解析。"好像是的。赵峥总是那么冲动的，现在还那样。""是啊……那时候我们都年轻……不看照片了吧。"

　　向羽合上电脑，心里面竟然是平静的，这令他深刻地意识到自己现在的蜕变，成功而有益的蜕变。不是吗？一个人，连自己一向引以为大耻大辱的人生印记都可以用三言两语轻描淡写地抹平，还予以粉饰、强词夺理，引导关注者从别的角度去思考，这何止是一种蜕变，简直是不要脸。我如今是个不要脸的人，向羽宠辱不惊地，有一点点伤感地告诉自己。然后心里还是有些惊怯。外面的雨夹雪停了。整个多河地区的天空都仿佛在突然间变得阴云密布。向羽摘下眼镜，把嘴凑到镜片上，动情地哈气。屋子里面突然就暗得一塌糊涂。

二

　　要从那个下午的前一天中午说起。五泥镇中学食堂里，学生们在窗口外面排了长长两路队，你推我挤，搪瓷碗撞来撞去，调羹挥舞，一不小心就可能变成武器捅入前面那人的后背。二十世纪八十年代末的小镇学校饭堂都这德行吧，排到最后总有人打不着饭，所以必须奋勇争先。幸好基本的规矩还在，排队，最终吃不着的人只能自认倒霉。但规矩就像一抔沙子，那其实是最容易从人手里滑脱的，多数人竭力捧着它，那只是一种教化后的被动遵从，哪里都少不了藐视规矩的人，空着手打天下多自在，捧着那玩意儿干吗。就算校园里也掺杂着这种人，校园在教会多数人规矩的同时也会成为少数崇尚暴力的孩子走上社会前的练兵场。五泥中学的校霸是五六个考体校的高一、高二男生。他们正课时间在操场上锻炼四肢和躯体，课外时间就满校园寻找与人对视的机会，以便找到发挥体力的理由。经常有低年级、同年级的男生捂着被打肿的眼眶低头逃离他们身边，个别年轻的男老师也不能幸免于难。连女生都会遭殃呢，怪的是她们的贞操从不会涉险，她们受到的是与男生们完全相同的待遇，只是鼻青脸肿。有时候，好学生们暗中揣度这几个恶男孩的内心不但树立了暴力男的理想，而且还是些潜在的同性恋者。那个中午，正当终于排到窗口的向羽费力拔出被挤压在人体间的搪瓷碗托往窗口时，有人拍了拍他的肩膀，还没等他回头看清来者的脸，他就看见有个碗已经傲慢无礼地伸到了前面。

"干什么？排队去！"

向羽听到自己跑到意识前头去的一声愤怒的呵斥，与此同时他扭过去的头对准了那个横空出世的加塞者，仿佛厉鬼附身，向羽惊得呆住了。如果先看清来者，给当时的向羽十个胆加超出正常值两倍的肺活量，他也不敢发出那声呵斥。这是恶男孩之中稍显清秀的一个男孩，他瞥着向羽，并不急于先去迎接已经递到他碗里的盛满菜的勺子，而是强化着挑衅的表情和姿势，倒像是向羽插了队似的。突然，向羽身后的广大群众齐心协力地冲着那恶男孩高喊起来，有人还把碗撞得哐哐响。向羽的那一声吼客观上使人们获得了一次还

126

击的勇气，长期积累在胸的愤怒决堤了，气势如虹，如注奔泻。再恶的人也会对公愤退避三分，那男孩收回打满饭菜的碗，转身走了。虽走得毫无惧色，但到底还是离开了。

第二天，也就是那个后来向羽耿耿于怀、许多人念念不忘的下午，五点来钟，上自习课的时间，恶男孩们倾巢出动，仿照港片里黑社会的出行形式，依他们内部的尊卑次序一步三晃，一个跟着一个地来到高三（四）班的教室前门口。他们分工合作，两个人站到门口里侧摆 Pose，三个人在外侧站成后三角队形，余下那人，素来作为他们头领的那位，一只手插在兜里，一只手捏着鼻子尖，漫游到教室中间第三排的向羽身边。他讲究动作的观赏性，先像个正在接受照相机镜头窥视的平面模特那样两脚呈丁字状在向羽的桌边站定了，再把那只捏鼻头的手拿下来搁到向羽的后脑勺上。向羽心头一紧，有点儿怀疑他的后脑勺已经受到了鼻屎的袭扰，但马上他否决了这个猜测，他们是讲究动作的优雅度的，真的，好讲究的。

"你出来一下。"

恶男领袖轻声唤道，称得上彬彬有礼，俨然阿兰·德龙二世，就差鞠躬行礼了，真令人恍若隔世。

向羽深知对这群人来说礼节礼貌的程度是和殴打的剧烈性成正比的，只得无奈起身，在同班同学们的注视中影子般随那人走出教室，强作镇定，心中大骇，举步维艰。

"是你喊'排队'的吗?"

还是引领向羽出来的人，他来了一句举足轻重的发问。其实这种确认毫无必要，他们现在是世界中心，确认也只是为了让接下来的殴打显得有层次感，大气磅礴的音乐都需要一定量的前奏。

127

门里摆 Pose 的人已经出来，破除了三人战斗队形，一并在向羽周围形成一个逼仄的包围圈。论体魄而言，一个人对付向羽已绰绰有余。他们这样，只是在阐述这次寻衅滋事的重要性和经典意义。

向羽声带失效，连屁都不敢放，就差尿裤子了。天色突然暗得一塌糊涂。此后的多数岁月里，向羽永远坚信这个下午是对他性格最大弊端的一次检测。他是个懦弱的人，这就是这个下午他得到的人生评定。

"信不信我们——把你那啥了！"

校霸发言人，始终如一盯着向羽的那位，还是用柔软的声音，冷冷地对向羽说。看样子，前奏快结束了，主旋律蓄势待发。

"不是……我……不是的……"

向羽像个蠢货似的，在力图给予他们一些解释。他瞥见他的同学们都纷纷走出了教室，站在走廊里，下了台阶，远远地观看起这一幕。起先向羽还在为即将到来的殴打而恐惧，他想到的是那些遭受过暴打的人残破的面相、一瘸一拐的走姿所昭示的身体的痛楚，他是个怕痛的人。现在向羽有了更畏惧的事，他想及自己在众目睽睽之下被暴揍后会成为同学们的笑柄，人们躲在他背后怀着同情和鄙夷小声地议论他，这种后果所带来的恐惧远远甚于前一种恐惧。他得解释啊，示一下弱，万一他们忽然良心发现了呢，万一他们被打动了呢，万一他们只是视他的表现来决定打与不打呢，他得试试。可惜啊，他语不成调，根本没办法说清楚什么。

有一条胳膊已经环住了向羽的脖子，还是那位首领，它开始往里收，向羽脖子的周长在缩小。

赵峥就是在这个时候跳出来的。他和向羽、彭见飞，还有另一个叫钟佩兰的女同学来自同一个乡。非但如此，他们还是同一所民办初中出来的，四个人一起从那学校考到五泥中学高中部，都是发誓要考上大学的来自农村的好学生。每周末到来时他们结伴骑着自行车回乡下，再一起回来，他们组成的是一个奋发向上的四人组，格调上与眼下这个恶人帮背道而驰，他们是本分、守规矩的好孩子。他们都文静、弱相，赵峥是他们中最瘦的人，但个子最高，因此显得稍有力量感。

"你奶奶的!"赵峥一边向那个包围圈里跳，一边大骂，长腿一个侧踹，踢向挟持向羽的人。踢空了，那帮人何等伶俐。向羽被急转直下的形势弄蒙了，也许他只是觉得蒙了更对眼下的自己有利，便顺水推舟地让自己蒙了。根本等不到向羽逼迫自己醒觉过来，恶男帮这才发现正确的主攻目标似的，群情激昂，扑向赵峥。等向羽不得不命令自己醒觉过来的时候，赵峥已经被一堆肉石压在下方，踪迹皆无，满校园响彻着赵峥的惨叫，而向羽发觉自己始终站在原地，一动不动，连表情都不曾变过。

他竟然没去向挺身而出的赵峥施与援手，竟然没有，此后向羽一想起自己这漫长而可恶的"镇定"，便羞愧难当。

距离这个下午四十多天后，高考到来了，"四人组"里只有赵峥没考上大学，彭见飞和钟佩兰的分数很高，前者被上海交大录取，后者去了省内一所重点大学，向羽比没考上大学的赵峥分数高不了几分，刚过录取线而已，勉强进了大学的门，自然是所二三流的学院。赵峥的考学失利应该和那个下午没什么关系，那次他只是吃了点皮肉之苦而已，而他又不是小肚鸡肠之人，不会因为向羽的孬样而对世界心存困惑影响到考试的发挥，他本来就是四人中成绩最差的。向羽平时的成绩也只是比赵峥好一点点，当属正常发挥，这正是令向羽日后对自己更加狐疑、痛恨的原因，明明那件事令他无地自容、对自己充满唾弃的，可在此等非常时期他的考试成绩竟然是正常的，他对自己这种不合常理的强悍暗中厌恶，这种自我厌弃一直被他坚持了许多年。

有一个情况估计会像那个下午一样将成为向羽脑海中总会回放的重要人生片段：高中毕业前夕，每个学生都给自己准备了一个本子，用于接受同学们的留言。很少有女生主动把向羽的留言本要过去，在上面留上只言片语，屈指可数的几个给向羽留言的女生还都是一副谆谆教诲的语气。在留言中，她们都拿那个下午向羽的表现说事，尽管说得含蓄，但目标是一致的，她们都试图利用这个临别赠言的机会教导向羽如何成为一个男子汉。话说得最狠的是一个眯眯眼戴黑边窄框眼镜的女同学，她说：

"虽然今天你不是个男人，但我希望你明天是。"

因为这位女同学写得早，向羽的留言本后面还要传给更多的同学写呢，势必后写者都会看到这位女同学的话。那几天向羽难过得走路都没有力气，头昏眼花，看什么都是重影。思前想后，他把记有该女同学教诲的那页纸用胶水封起来后才怯怯地重新把它传到同学们当中。后来有一年，当他拿出留言本小心撕开那页纸让那句话重见天日的时候他就想，需要多么充沛的鄙视才能促使这些平日里羞涩、稳重的女生勇于在留言本这样的场所出言不逊啊。因为她们这一顿书面轰炸，在高中之后的好几年里，向羽一看到女性就心虚，一碰到女人就阳痿。

向羽的高中生涯就是这样灰溜溜地结束的，他对时间寄予厚望，

130

不是说吗，时间会消弭一切，天可怜见的，让人们患一次集体失忆吧。

<h2 align="center">三</h2>

可是，把事情往最好里想，即便世人都忘记了那个下午，向羽自己也忘不掉。人最难的，不是应对世事纷扰，归根结底是面对自己的内心。那个下午不但不从他的记忆中消失，而且像一根钢钎，在那里越扎越深，最终化无形为有形，成为他肉身的一部分，长在一起。真的，有些时候，他只是咳嗽了一下，打了个哈欠，弯下腰来往身后的人群里凝视了一眼，莫名其妙地，心里会突然一凛，接着他身体的某个器官被踩在了搓衣板上似的，就疼得不行了，大脑皮层、眼珠子、心脏、牙龈、胃、膝盖，甚至是睾丸。那个下午，命运之父第一次在他的人格检测单上签上了"懦弱"的结论，令他追悔莫及、沉痛无度。一个男人最不能容许、容忍自己的东西是什么呢？对的，懦弱！懦弱不仅让男人觉得可耻，而且在任何时候都无法认同自己，觉得自己的存在特别没有价值和意义。

向羽读的那所大学前面隔两条街，一站路远的地方，是工人文化宫。九十年代初期国外的风潮纷纷涌入国内，速成地改变着人们的各种观念。对于运动，人们开始重视，那工人文化宫里办起了各种名目的运动班——散打、拳击、交谊舞、健身操，前来报名的人络绎不绝。大学几年，向羽平均一周三次路过文化宫门口，那些时候，院内墙报栏上的招生告示、从这幢破旧的三层楼房里冲出的电子乐、背着装满运动设备的挎包进出其间的男人女人，对向羽构成了强大的吸引力，他总会在瞬间冲动起来，要跑进文化宫里，去学散打或者拳击。这种念头折磨得他骨头发痒，周身的毛囊都蠢蠢欲动，但可惜仅此而已，自始至终，他都止步在文化宫门外。有更重要的事需要他去做：学习，学习，学习再学习。他对大学的学习有种异乎寻常的重视，事实上那一时期的大学生是最不把学习当回事的，也不知道向羽是怎么了，心里总有种不安，催逼他成为一个最热爱学习的人。他得到了回报，毕业时凭着自身优秀的素质申请到全免费去英国读研的机会。另一方面，在进入大学后很长一段时间里，他一反常态地变成了一个特别外向和活跃的人。除了学习，他还热衷于校园里的各种活动。女同学们都喜欢他，给他写情书，往他的宿舍里扔别致的生日小礼物。在这个比高中校园占地面积大十倍，更奔放、繁杂的院子里，没人知道那个下午的存在，人人都把向羽当成这个世界上最完美、阳光、积极向上的男孩。向羽自己也渐渐不再被那个下午困扰，并为之常常大大地松口气，但是令他对自己心存疑惑的是，他对所有女生的示爱都装看不见，故作不知。也不全是他的原因，那个时候女生们还不够开放，真正狂热地去追求男生的女生甚少。向羽到底还是遇到了这样一个女生，她跟向羽来自同一个省，五官没一官是美的，但组合在一起是一张让人舒服的脸。最关键的是，她勇于向喜欢的男同学进行言语上的挑逗。比方说，大二快结束的时候，元旦篝火晚会上，她指着一根粘在向羽裤子拉链处的未啃净的鸡骨头，咻咻笑着对向羽耳语："哎，向向，难道你不只是肚子很饿吗？"向羽赶鸭子上架地成了她的男友，然后在那个学期快结束的时候，他不得不紧张、欣喜且惶恐地面对了他的初夜。郁闷却就在这一夜之后登临了向羽的生活，此后的大学生涯里，向羽突然变回了高中时期那个木讷、眼神闪烁、低着头走路的人。

他们就在文化宫旁边的国营旅社里开了一个房间，那个女孩，尹明娜，赤条条地蒙头躲在被窝里，只留了圆润的脚在外头。她就用脚趾头说话，它们跷起来，又紧紧地缠到一起，周而复始，就对着床下站着大喘气的向羽。向羽摘掉眼镜关了灯，把那只脚当成路标，犹豫地将它抠到手心里，然后他以它为起点像条脱壳的蜗牛一样爬将进去，直到与被窝里滚烫的少女之身完全贴合。他当时脑海里并没有出现那个耻辱的下午、高中女生们冰冷的教诲，他甚至是享受的，心里面欢喜得不行，可不知道是怎么回事，他竟然没有勃起。是尹明娜首先发现这一状况的，她轻声惊呼："你的……咦，怎么你不行的……你个死向向，快点嘛……"向羽闻听此言下意识地把手往自己身下一探，紧接着心脏给抽离到身外似的，胸腔里空得不行，浑身虚汗直冒，腿肚子都快抽筋了。尹明娜是个急脾气的女孩，不停地问他怎么啦怎么啦，向羽则是越来越焦虑，那玩意儿非但不思奋进，反而更退缩了，真是要命。谈不上不欢而散，但至少尹明娜在这个首战失利的夜晚之后对向羽不那么热烈了。尹明娜之前有过男朋友，她的热情来得快去得也快。

这又有什么呢，在隐秘的世界里，不少男人都会用一张初夜失败的门票打开欢娱城堡的大门。向羽确实并未因这失败太过谴责自己，但这个夜晚到底还是予以他一次当头棒喝，确切说，是这个夜晚之后向羽的表现令他对自己的痛恨更上一层楼。

那晚之后不久，向羽和尹明娜就分手了。其实尹明娜还是老样子，跟那晚的事没发生过似的，还是老来找向羽，只是向羽再看到尹明娜就总觉得有什么把柄落到了她手里，心里烦，再加上他本来对尹明娜就谈不上多有感觉，于是就总刻意回避她。尹明娜呢，对向羽的兴趣多少还是减弱了些。一只巴掌老往后缩，另一只巴掌慢慢也就偃旗息鼓了。等向羽确信他们已经正式分手了后，他忽然变得疑神疑鬼，一些担心、恐慌开始折磨起他来，叫他夜不能寐。尹明娜不会把他那晚的失败告诉别人吧？女人们没事就爱咬耳朵，何况尹明娜是个大嘴巴。这个设问引发了向羽的一系列联想，他慢慢就在脑海中看到了他逐渐变成了大学校园里人所共知的一个阳痿男，不得不忍受别人在他背后指指戳戳，他还得装作不知道他们在说什么，这多可怕啊。这样的联想让他抓狂、胆战心惊，虚弱得不行，太让他害怕了。终于他做了一件堪称卑鄙的事，有个晚上，他和十几个同班同学坐在大排档吃夜宵，也没人提起尹明娜，他有预谋地把话题引到了她身上，"尹明娜啊，什么都好，就是……就是说话没边没谱……"在一些必要的过渡之后，他假装随意地对大家说。嘻嘻哈哈的，在他营造出来的气氛下，人们发出一些不往心里去的附和，随之向羽又说了尹明娜的一些坏话。多年后他认识到自己实在是此地无银三百两了，尹明娜嘴巴再漏，也还是知轻重的，她只要不疯掉就应该不会把那件事抖出去，当然这个判断也是后来向羽依据人们对他一如既往的好感判断出来的。他实在是低估了尹明娜，实际上她可能很快就忘记了那晚的不快，甚至连向羽这个人都给抛到脑后了，她很快追上了另一个男同学，并迅速与之如胶似漆，这女孩就是这么爽快、大大咧咧。

向羽觉得自己太可恶了，在那个大排档上阴险地扮演了一个恶人先告状的角色之后，他经常这样暗中叱骂自己。他怎么可以这个样子地去背地里捣一个女孩的鬼呢，况且人家还曾经对他那么情有独钟。有几次，他在对各种往事的沉痛悼念中剖析自己，觉得还是胆小怕事的天性使他误入歧途。懦弱原来不仅仅只是懦弱本身那么可恶啊，它简直是万恶之源，能引爆诸多的人性劣根，不费吹灰之力，它就可以生长成无耻。懦弱啊，它曾经让向羽做了无耻的事。向羽又多了一桩鄙视自己的例证。在大学时期后半段生活里，他很快变成了一个寡言少语的人，在心里，他常常请求尹明娜或者苍天原谅自己的卑琐，同时他追根溯源地力图改造自己，他希望自己可以通过努力抽掉懦弱这根生长在他骨头里、肉里的钢钎。他不要被懦弱驾驭。

四

　　第一个让向羽尝到做男人之妙的，是英国女孩 Mabel。此前，尹明娜之后，向羽有过几次重新检测自己是不是真有性障碍的机会，都是那些对向羽主动出击或给予向羽暗示的好女孩，其中一个是他的高中同学钟佩兰，向羽都临阵脱逃了，他害怕做这类检测，担心给自己惹来更坚实的困扰。钟佩兰，这个从高中时期就对向羽暗生情愫的农村女孩一度对向羽充满探究欲，她不再像高中时那样只是暗中喜欢向羽。大三那年寒假回家乡，她大胆把向羽拉到她家的屋角，直白地问向羽对她感觉如何，向羽哼哈着搪塞过去了，好在两人有深厚的同学情谊打底，钟姑娘没有因为示爱告挫生向羽的气。但自此以后，她只要一见到向羽就喊他向大妈，不知道这个绰号在她那里到底做何解释、有何深意，向羽也不问。"你行啊，向大妈。"

她每每这么揶揄向羽。

Mabel，玛佩尔，正如名字所指，这是个和蔼可亲、温柔得像葡萄陈酿般的女孩。在英国求学的最末一年，向羽和两个中国留学生以及玛佩尔四个人在校外合租一套房子。玛佩尔是个淡然的人，再惊人的消息，到她那里也只能令她微微一笑而已。她超然、笃定，让人信赖。向羽实在是憋得太久了，太难受了，急需要一个宣泄内心隐痛的渠道。随着年岁渐长，向羽深深意识到某些钉在身体里的印记如若不采取合理的措施整饬一下，势必令他落下某种终身痼疾。玛佩尔太适合充当向羽的解药了，她的好性格、他们很快到来的毕业之后永远不可能重合的各自的生活圈，对需要倾诉的向羽来说，都太有价值了。万圣节即将到来的一个午后，宿舍里那两个中国留学生都出去购物了，睡完懒觉后的玛佩尔坐到阳台上去看书，失眠一夜的向羽鬼使神差地靠在客厅的沙发上窥视了她许久后激动地走到她身边。"玛……嗬，我说……玛同学……注意到我的脑袋没有……好几年了我都在掉头发……我烦……"

他们坐在阳台上轻声地交谈，阳光从楼的一侧滑过来，使他们各有半边脸涂满金色。玛佩尔是个合格的倾听者，她眼睛里微含期待，笑盈盈凝望向羽，有时候她会伸出纤长的右手，轻抚向羽的左脸，气氛融洽、静美、云淡风轻。向羽没什么好顾虑的，要说就说个痛快，他像个在深夜里进行内心独白的焦虑症患者，专拣他过往生活中的丑事说，最中心的话题当然是那个愈来愈远的五泥中学的下午，还有那个在大排档上第一次被无耻俘获的夜晚，最后他才说到了他失败的初夜以及随之而来的年年岁岁的生理、心理恐慌。这同样是个下午，不远处的街区小型广场上坐了很多人，有些小嘈杂，

136

时有鸽子冲过前方的楼顶。

"羽，看你愁的，真叫人心疼……"正午快到来的时候，玛佩尔站了起来，贴身站到向羽身边，她眼睛里尽是温情，仿佛圣母附体。向羽的脑子尚没转过弯来，还停留在自责与自怜当中呢，玛佩尔提出了一个豪迈的建议，她说，她可以试着配合他进行一次疗治行动，只要他乐意，就现在，此时此刻。行动的内容或程序不言而喻。就这样他们手拉手走进玛佩尔的房间。放了音乐，打开壁灯，将拖鞋在门口摆整齐，还分别在床单和枕头下方洒了香水，很系统地为这次做爱造势。一开始向羽还是不行。玛佩尔就开动脑筋想招。她懂一点心理学。"我有办法了，来，你就说'我是个阳痿'，不停地说。"

向羽就说了。"我是个阳痿。"

"对，不停地说。"

"我是个阳痿，我是个阳痿……"

向羽说到三十次以上的时候，有点动静了，等超过一百次，他开始一边说一边笑，二百次之后他都笑得岔气了，差点忘掉了呼喊的初衷，最后他们笑闹成一团。"我是个阳痿啊！哈哈哈！"向羽哑着嗓子，像孩提时代得了奖状跟他妈炫耀似的，情绪激昂地高喊不迭。都不知道怎么回事，他发现自己行了，真是行得不行呢，他乐坏了，喊里喀喳就把玛佩尔睡了，虽然用时短暂，但毕竟是他男人身的初次告捷，把个向羽高兴得，恨不得将玛佩尔树到墙上，对她磕头，荣升她为观音菩萨，叫她一声亲娘。玛佩尔并不居功自傲，但她多少有些成就感，在这种感受的支配下，也为巩固战果，她建议他再来一次，他乐于听从，于是战鼓再擂。"好了，羽，你毕业了。"最后玛佩尔像真事儿似的把向羽的裤衩提起来充当证书挂到他脖子上。向羽说："耶!"

玛佩尔其实是个女同性恋,作为向羽的再生父母,她太伟大了,向羽一辈子都要感谢她,这个乐于施爱的异国女孩。这下好了,向羽好了伤疤忘了痛,那种得意和兴奋劲甭提了,仿佛是为了弥补从前在这方面的错失,他迷上了男女之事。等他从英国毕业后,他已经成了一个不折不扣的荷尔蒙俘虏,平均一个月换一个女伴,再几年后,他近乎把自己变成了一个慕女狂。挺奇怪的,他年纪越大反倒越吃香了,找女人轻而易举,竟然还是越年轻的越喜欢他。可能男人的魅力更多地来自气质。向羽后来回国去了一所大学当老师,教授他在英国学的传媒专业。阅女无数的经历给予他自信,使他腰杆笔直、目光笃定,脸上熠熠生辉,这又助长了他泡妞的成功率,它们间彼此相得益彰,向羽在情场春风得意。做男人真奇怪呢,竟然是用女人的身体来解救自己,获得力量;女人也真是伟大,竟然可以成为男人抓获自信的阶梯。三十二岁的时候,向羽找了本校教务部的一位行政人员为妻,次年生下一子,家庭美满,前程似锦。那个下午,那个他妈的下午,随着向羽自信心的膨胀渐渐不再令向羽不安了。只是有些时候,突然之间,他会被什么东西蜇了一下似的,猛然想起它来,但只是那么灰飞烟灭地一闪念,之后,他又不以为意了。

有几次,向羽发现自己其实是个很容易跟人打架的人呢。譬如,过十字路口时,有车子闯红灯,他正走到路中央,差点给撞着,他就气不打一处来,要冲到疾驶而过的车上去,给司机两个耳刮子;在超市、银行、邮局,碰到有人插队,他明确发现自己火冒三丈地要去把那人拉出去。他真这么干过，一次是快速解下腰带上的钥匙串，向一辆违章的车掷去，咣当砸到车尾部的玻璃上；另一次是他和超市的一个悍妇对骂起来，引无数群众竞相观看。有了这些激越的愤怒体验，向羽再反思那个下午时，开始理解并原谅自己了。那时候，他确实懦弱，但他小啊，谁不是一点一点地成长的呢？谁的个性从一开始就完善的呢？勇敢是慢慢培养起来的，就像阅历、策略，甚至阴谋诡计的诞生过程，他想。他后来已经不再是个懦弱的人了——他对自己下了这样的判断。再好好想一想，那个下午，那几个小杂碎，他们说不定只是气势唬人罢了，没准当时向羽横一点，他们就蔫了，他那时只是不懂战略战术而已，不是吗？绝对有可能。人生是扑朔迷离的，横人也只是比软人在人性认识上超前了点而已，对不对？

　　大约在结婚的第二年，向羽回了趟乡下老家，遇见了邻村的钟佩兰。他们喝点了酒，向羽借酒起势，把旧情复燃的钟姑娘拉到一个房间里，那天她家里人都不在，他就镇定自若地向对方展示了他稍显突出的性爱实力。挺有意思的，一开始钟姑娘拿老眼光看人，嬉皮笑脸地揶揄向羽。"向大妈，向大妈，"她一句接一句地喊，"向大妈，有种你来啊。"后来她不吱声了，吓得不轻，谦虚得不行，一个劲地告饶，"我不说了……我不说了……哎呀你太猛了……向老师……向大哥向大王向混蛋……I 服了 YOU……"向羽用舌头堵住她不再像高中时期那么安静的嘴，专注于他的展示。房间外面到处都是金色阳光，仿佛被后翌射下的另外八个太阳又复活了，青春的焦虑、困惑、失落不再，肉里的钢钎融化，细胞们完全解禁，连骨头都在发笑。

五

　　一晃就到了与彭见飞在屋里独处的那个雨夹雪的冬日，那个下午被再度提及。竟然，还令向羽惊惶了呢。但这有什么啦，今非昔比。向羽不再那么唾弃自己了，更多的是一种冲动，要如同向钟佩兰证明自己的飞跃一样向彭见飞证明自己。又是何必呢，彭见飞对向羽坚如磐石的友谊会使他根本不在乎向羽是个什么样的人，向羽变成一个超级猛男和继续做一个胆小如鼠的人对他来说没什么区别，每次他们在家乡碰面，都还不是一样急吼吼地约到一块儿去玩——其实钟佩兰也是这样啊。他们是顶顶要好的挚友，在友情的支配下，会忽略一切无关紧要的东西。兴许，他们一开始就没有介意过向羽那个下午的表现，只是向羽自己成天在那里跟自己过不去而已。

　　彭见飞是来接向羽到市里玩的。这么多年来，他们都养成了一个习惯，每年春节期间再忙都要回一趟乡下老家，等大家都回来后，他们一定会设法碰一次两次面。通常他们都会先在向羽家集中，然后出发，到市里去玩一圈，起始是坐公交车或者打车，后来各自的家人都买了车，就自己驾车去。这一处地方叫多河地区，最近一二十年里发展奇快，如今就算不少县乡下面的乡村人家，都买上了小汽车。"四人组"自从高中毕业后就缺了一角，不知道赵峥是怎么回事，对每年春节期间的见面总推三阻四，开始是要另三人三请四邀才露面，后来索性拒而不见了。有一次话多的钟佩兰分析说，赵峥是自卑心作怪。若干年后，这三人是越来越有人样，赵峥却一天比一天落魄。他高中毕业后在镇上开了个车铺，修摩托车，刚开那会

140

儿家家户户通常还只是以骑自行车为主呢，赵峥一度在给他们的信中憧憬摩托车在民间普及后他的铺子生意兴隆的壮阔场景，谁料中国发展太快，没等那场面成型，小汽车就开始普及了。赵峥不是个有进取心的人，加之长年蛰居小镇，想法滞后，他人又固执，摩托车铺没奔头后，他索性在农贸市场定了个摊位干宰鸡卖鸡的小营生去了。钟佩兰的分析有相当的道理，三人后来便出于对赵峥的尊重，尽量不去打搅他了。

这个冬日三人照例去了市里。挺奇怪的，每年的这次出行都会被他们弄得特别无聊。搁在别处，跟别人玩的话，一天的节目是特别好安排的，一分钟不空白都可以呀，唱 K、喝酒什么的，但他们偏偏心照不宣地拒不采用这些形式，只是闲逛，闲逛，在车里，走到某条并不太熟悉的街道上、河边、人群里。后来向羽渐渐弄明白了他们心里共同的隐秘情怀：整个中学时代，他们课堂外的共处时光都是这样的——没有任何节目，只是骑着自行车或徒步，在路上，一边说话一边走着，漫无目的——只有不带节目的共处才能令他们更像一组陈年旧友，节目的存在会使这样的共处变得俗气。他们走啊走的，车子跑啊跑，从上午十点直到下午三点。其间在钟佩兰的暗示下，向羽从驾驶室副座换坐到后面，跟她坐到一起——彭见飞开车——向羽和钟佩兰得以互相摸了两下彼此的大腿。

到底还是感觉无趣了，都因此有点犯困。往回走了，却还是下午呢，至少得玩到天黑吧。彭见飞后来出主意说，去看附近一座新的长江大桥，他如今是个桥梁工程师，参与过那大桥的设计。他们到大桥上穿行了一番往回走，彭见飞又出主意说，把某个高中同学叫出来一起玩吧，便打电话。和他们保持联系到现在的高中同学没几个，还个个有事情出不来，过年嘛。过了一阵子，彭见飞就开始给他们的班主任老师朱明俊打电话。朱老师很惊喜，电话里的声音大得很，彭见飞一激动，就说马上去看望朱老师。"你们来看我？那好那好。我现在年纪大了，特别愿意见到以前的学生，尤其啊，是你们这些好学生。对了，我想起来了，这样吧，我等会儿跟教务处主任打个电话，安排一下。学校现在有个活动，找些有成就的老学生回来给在校学生做讲座，连续搞了三年了，效果不错，都上市电视台了。听你们刚才讲，我觉得你们现在挺有成绩的，争取下周学生开课后，就给你们搞个讲座吧。"真意外！去讲座？有意思吗？他们似乎都不是爱出风头的人。现在的彭见飞有点喜欢捉弄人，马上对着电话大喊，以便让向羽听清楚，"太好啦！朱老师，让向羽去吧。他现在最牛了。"没等向羽抢过电话制止，彭见飞已经跟朱老师说定，把手机塞到兜里去了。

他们驱车慢速往回走，途中有了明确的话题：指责彭见飞的无厘头。钟佩兰使劲给向羽帮腔，弄得彭见飞直瞪着他俩，左看一下右看一下。后来有过一阵子的停歇，车里静悄悄的。大概是彭见飞故意的，车子不知不觉就开到了五泥镇。不知咋回事，一看到五泥镇向羽的情绪就低落了。上午在他家彭见飞突然提及那个下午时的情景开始顽固地在向羽的脑海里游弋，那个被他压制、拒斥掉的证明自己的冲动无趣地又出现了，不可自抑。

"我们就围着五泥镇开几圈吧。"向羽忽然大喘气地说，眼神闪烁，声音微颤。

突然就想起来了，有一年，他从外地回来，坐车经过五泥镇停车站，晃眼看到过一张似曾相识的脸，是那几个当年的恶男孩之一，就是在饭堂插队的那位，当时此人正张开双臂站在路中央阻挡正常行驶的客车，他变成了一个街头小混混，以收取"买路钱"为生。恶男孩中有四人是五泥镇的，这也是当年他们如此嚣张的原因之一。当时向羽没怎么看清楚，但综合各种情况认定那混混便是当年的一个恶男孩。如果不是来到五泥镇，向羽根本不会想起那次令他生厌的照面。此时向羽心里生出一个癫狂的念头，要去那停车站看个究竟，这是其一；其二，如果有幸碰到那人，他揣摩着是不是伺机给他点颜色看看，这亦是再好不过的证明自己蜕变的方式了。

竟然正中向羽的下怀。车开至离停车站二十米开外时，只见站内果然有那人。见有车自投罗网般往车站前的水泥场停，原本正坐在站门口张望的此人腾地站起来，快步往这边赶。正是此人，烧成灰向羽也认得他。他费劲地挥舞着双臂，平衡身体。不可思议，他的一条腿是瘸的。等他走近了，向羽又发现，他的一只眼睛似瞎非瞎。这一天距离那个下午已经十六年了。从前此人长得颇秀气，如今瘦叮叮的，嘴角有着深深的撇纹，眼袋明显，牙缝里沾满烟垢，头发上抹着过重的啫喱膏，俨然一副不得志的街头老混混的标准样貌，可以预见他到死都会是这副浪荡样。他并不是特别有信心地冲到车门外，一手搭到门把手上，还转脸四下张望了两下，似乎是检视街上有无巡警。彭见飞没认出他来，正打算摇下车窗骂他两句呢，钟佩兰现在更是不认得他。向羽把头从车窗里伸出来，意味深长地、用力地瞪着来人。他更是认不出向羽，这镇上来来往往的人和车太多了，他从前欺负的学生也不胜枚举，无法对某个人深刻记忆。向羽先前本来想好了，一和他对上眼就先骂一句×你妈的，但在这人拖着伤腿往这儿奔时他心里的积愤就被一种忧伤取代了。车往车站开的那会儿，向羽还在用掌背蹭椅座呢，打算来一场迟来的决斗。现在向羽什么心思都没有了，只想离开此地。他让目光从这人脸上跳开，眺望五泥车站房顶的国旗。后来他从口袋里摸出一张百元纸币，扔到车窗外，看也不往外看一眼，就叫彭见飞开车。越过后视镜，向羽看到从前的恶男孩、现在的失意中年混混追上去抓住被风吹起的纸币，转身往车站里走，他没觉着有任何反常。

"这不是那个……"彭见飞终于想起来了。

"那个谁？"钟佩兰好奇地倾身向前。

彭见飞挺紧张地回头看了看向羽，话到嘴边咽回去了。"不是谁，嗬，谁也不是……"

往前开了几步，向羽看到一个拢着手在街边遛步的人，他急令彭见飞停车，心思怪异地下去了，追上那人，指着已经坐到车站门口的前校霸，急问这人变成残疾的来由。这路人告诉向羽，是有一次犯浑犯到一个隐蔽的老板头上去了，被人家派下人修理成了现在这个样子。向羽低下头转身回到车上，面色凝重，同时心里有说不出的别扭，却又不知道生了谁的气，郁闷得紧。车往他们乡的方向开，向羽便想，时代真是不同了，什么都已经变得复杂化，包括用武力的方式解决事端，人们学会了拐个弯去为自己的耻辱讨说法。他呢，有何启示？

也真有人来配合向羽的心情，车开到五泥镇隔壁的另一个镇，凭空蹿出一个醉鬼，大概是刚从亲戚家拜过晚年往回走的一个男人，四十来岁，骑着电瓶车，趴在路边狂呕，看到有辆高档轿车开过来，竟迅猛地站起身，傻笑过后高扬起一条胳膊冲着车高骂，特别愤世嫉俗的样子。向羽突然怒火中烧，冲彭见飞大喊，"停车！停下来。"

车没停稳，他大步迈出去，奔行几步，一脚踹倒那醉鬼。"×你妈的!"他喊——终于把先前准备的这句话落到了实处。醉鬼见来者气势惊人，吓得一哆嗦，滚到路边的灌溉渠里，手扒住渠沿定神打量施暴者。向羽扬长而去，咣当关了车门，把钟佩兰惊得一时开不了腔，盯着向羽，像看着一个怪物。彭见飞搓着脖子讪笑。"喂!向大妈，犯什么病了啊?"钟佩兰骂道。她半年前把个怀了三个月的孩子弄掉了，很容易发火。骂毕，她推开车门，冲那灌溉渠里的人诚挚地道歉："不好意思哈，你快上来回家去吧。"等车子开过这个镇子，钟佩兰还在用反对且不解的眼神不时窥视向羽。

六

讲座安排在向羽回单位上班的前一天。有两个人陪向羽坐在讲台上，左边是教务处主任，右边是朱老师。向羽觉得朱老师让他感觉生疏，十六年前他可是五泥中学最英俊的青年教师啊，女生暗恋他，男生把他当成偶像，现在他那张原本显得挺括的脸，形状发生了变化，主要是腮肉往下掉得厉害，一下子让他这个人看起来松松垮垮的，英气不再了。向羽不免在心里感慨时光毁人，同时觉得这一天有点恍惚。讲座开始前，朱老师陪着向羽和彭见飞在校园里转了转（钟佩兰没来）。这是他们毕业后第一次返校。五泥中学校园面貌变化惊人，几乎不能叫向羽找到从前的轨迹。除了地理位置没有变之外，一切都变了，原先作为教室的两排瓦房、一幢三层平顶楼房都消失了，房子、操场、宿舍楼都不在从前的位置上。除了这些变化之外，最一目了然的变化，是这校园的簇新和恢宏的气势，别的不说，就说那幢综合教学楼，庞大、高耸，外形颇有设计感，那叫一个气派啊。在阵阵恍惚中，向羽对这地方的陌生感愈益强烈。

来来往往的学生们更叫向羽感到陌生。他始终以一种对照的心理打量着他们。年纪上他们与十六年前的他们是完全一样的，他们的来源也相同，家都在附近的乡镇、乡下。多年来向羽常常在脑中回放自己的高中岁月，在每一次的回顾中，那些不再变化的年轻的脸带给他的感受也不会变，仍然是，他们中有的人让他厌恶，有的人让他暗中倾慕，有的人令他恐慌，是啊，恐慌，真的。可现在，面前的任何学生都只能给他带来一个感受：稚嫩、空洞、不值一提，他们看起来是那么的轻、弱。向羽站在那里，再一次系统地回顾记忆中他的同学们的同样年轻的脸，他觉得他们仍然不能令他像轻视眼前这些孩子那样轻视和不屑。这感觉真是奇怪。走到操场边上的时候，向羽停下来。塑胶跑道上有三个高大的男生在跑步，上穿长袖运动服，下身却只套了条短裤，大冬天的。估计也是些准体校生。等他们跑近，向羽有意识地往跑道边靠，使自己可以跟他们对视。他抱臂、仰脖，目光中注入太多莫须有的挑衅，瞪大眼睛朝他们直瞅。三个男生都别过头来回以他注视，挺不解的。后来他们都把头别开了，直视前方。向羽知道，在这场目光的较量中，他们落败了。真是令人深思呢，他们和那个下午给向羽制造耻辱记忆的前校霸完全一个模子里刻出来似的，但他们却只能令现在的向羽轻视。

讲座的主题，是校方定好的，就讲自己的成长轨迹，当然向羽是被定位为一个成功人士去讲这些轨迹的，这个系列讲座的存在是为了励志。无非是夸大自己过往生活中有亮点的经历，对阴暗的事情避而不谈呗，这简单，向老师不可能不深谙讲课艺术。他花了一个半小时，向底下七八百号学生避重就轻地讲述了自己从一个成绩平平的高中生成长为一个大学副教授的经历，讲得堪称妙趣横生。为了多方位地配合校方拟定的主题，向羽还用反证法向学生们翻炒"少壮不努力，老大徒伤悲"的古训。就举不远处五泥汽车站那个老混混儿的例子，当然向羽不会抖搂出此人与他的同道曾给自己带来的那个下午，只大略说前几天自己看到这人，想起他以前跟自己在这中学同校过。向羽最终总结道，"你们看，年轻时不好好读书是死路一条啊，到头来年纪一大把了，什么都不会，只好成为有害公物，扰乱社会秩序，做人渣，千人骂，万人恨，这样活着还不如死了干净体面。做人啊，千万不能惨到这个份上的。好恶心的！呸！"一说到这个人向羽用词就有些阴损，往偏激里靠了，心境不太平和，大概是怕玷污学生们单纯的心灵，朱老师在桌子底下拿脚尖提醒他，他就打住了。末尾向羽这个传媒学副教授免不了离了一会儿题，讲了讲他对于现今传媒业对世界的影响力，以及传媒与人性相互佐证的微妙关系的理解，所谓虚虚实实，真相到底为何，世界唯一的真相无非是人在夜里内心泛起的自省云云，终究发觉这些中学生对玄虚不感兴趣，就戛然停住。沉默的刹那，向羽惊觉自己这一段太真诚了，完全是自我心境的抒发，有点像自我反省。

讲着的期间，向羽不断扫视台下的学生们，注意到他们的脸上无一不挂着钦佩的神情，这令他胸中充满了对自我的肯定，他给大学生们讲了那么多堂课都从来没有像今天这样获得如此充沛的自满的感受。讲完后他们去朱老师的办公室坐了一会儿，校长和副校长都来了，他们便准备去镇上的三星级酒店吃饭。走出办公室，上车前，向羽敏锐地发觉原本正端着碗去饭堂的一群女生向这边张望着

147

慢下了脚步。仿佛突然意识到去饭堂还早似的，这些女孩不约而同地停在了路上，装作不看他们的样子站在那里谈话，不时瞥向他们的羞涩、憧憬的目光却暴露了她们停步的初衷。

"你看你看！嘻，看他……"

从女生们那里发出充满探究欲的窃窃私语。

向羽像个政客一样在步入车内之前，远远地向她们微笑着点头示意，她们忽然地纷纷把手捂到嘴上，喜不自胜地笑成一团，又都回过头来，一副百媚生的稚鸟样，令向羽怦然心动、得意万分。原来那些曾经对他施予谆谆教诲的年轻女孩是那么简单和幼稚啊，都只是些未经世事的少女呀，他竟然为她们难过了那么多年，真是好笑呢。

七

吃完饭，已经是下午两点多了。他们决定拿接下来的下午和晚上的时间去和赵峥叙旧。先去钟家村捎上了正在家陪她妈做酒酿圆子的钟佩兰，便兴冲冲地去往赵峥家。他们没有打赵峥的手机预约，怕这家伙又找理由推托不见。说起来，这次还是向羽主动提议去看赵峥的呢。怪了，这么多年来，他也和赵峥排斥跟大家见面一样，尽量避免见到赵峥，今天他不知怎的了，比谁都热切地想见到他。

赵峥家周围基本上都是些形似别墅的楼房，最不济的也是老式的直板楼，就他家还是三间头的青砖白墙的瓦房，好多年前建的，可见他是真的落魄，一点都没沾到时代的光。他们好不容易把车在赵峥家前面的泥地里停好，被赵峥的老婆迎进了屋，心情都有些低沉。赵峥这家伙竟然屁股给板凳粘住了似的，站都不站一下。他正在和三个乡邻打长牌。就只是在他们陆续往屋里走的期间见缝插针地转头，瞄了他们一眼，点了一下头，以示招呼。这个死人，好像手里的长牌是他的命，放下来他马上会翘辫子似的。赵峥的老婆欢然冲他们笑着，悄没声在他后背上掐了一把道，"喂，老同学来了，歇会儿再打吧。"赵峥头也不回地打掉他老婆的手，敏捷得很。"你要死啊？掐什么掐？我不知道吗？"三人挺尴尬的，但一点都不生赵峥的气，这家伙从前就是这副对什么都无所谓、不上心的鬼样，没想到这么多年了，还死性不改，倒让他们感到亲切。"你玩你的，我们先到外面转转，看一看。"坐了几分钟，彭见飞对赵峥的后背说。赵峥这才把头转过来："真不好意思，说好玩十圈的，我不能坏规矩。""你玩你玩。"三人走出去。赵峥的老婆跟上来，跳到门前的斜坡上去摘橘子，少顷，她抱着六只橘子跑过来，每人手里塞两只叫三人吃。他们一边吃橘子，一边在外面溜达，一时无话。正无聊间，猛听得屋里传来一声大喝，"不玩了！"紧接着听到稀里哗啦推板凳人往外走的声音，"才六圈呀，哎，你怎么回事啊？"赵峥的声音："老子今天都输惨了，你们还不满意？再打下去还不是让我给赢回来，你们乐意？""算了算了，你个鸟人，次次这样，下次再不跟你玩了。"说话间赵峥已经大步走出来冲到他们身边，张开双臂像只大雕似的一把将三人全部搂到怀里。"来，让我亲一个。"快速在各人脸上舔了一记，包括钟佩兰。彭见飞率先挣脱他的环抱，用橘子皮砸他的脸，大声笑骂："你个死王八！"钟佩兰也咯咯笑着用高跟鞋的后跟踹他。一时间仿佛他们都回到了高中时代，四个胸无城府的少年，天真情怀，调皮捣蛋，稀里哗啦。"走，坐你们的车，我们找个地方喝酒去。"赵峥提议。向羽最后一个上的车。临了要上车了，他突然跑到赵峥老婆身边，在对方还没醒觉的当儿，往她手里塞了一千块钱，而后仓皇闪开。有此一举皆因刚才那阵子向羽心里一直不安，莫名其妙地内疚。倒好像赵峥今天的落魄他脱不开干系似的。

他们在乡里一个饭店的包间里喝酒，又笑又闹的。就赵峥一个人把自己灌醉了，其他人还能保持镇定。有一阵子，赵峥忽然盯着向羽直看，看得向羽心头发毛。他把头趴到桌沿，舔起并咬住酒杯的杯沿，喝净了杯中酒，而后站起来，踉跄着走到向羽座边，和向羽挤坐到一个座上。"是你给我老婆钱的是不是？别……别以为我没看见……"向羽心里一沉，眼前猛地一暗，不知该说什么好。赵峥把头抵到旁边的彭见飞胳膊上，又晃悠着抬起来，瞪着向羽，"有点臭钱了不起，是不是？同情我？"向羽用力眨眼睛，使自己的视力恢复到正常状态，嘴里慌忙地解释："我没钱……我只是……""没钱还给我老婆钱干吗？你是觉得你赵哥现在混得不行？接济我？你们这些人啊，书念多了，越念越傻……你以为你赵哥真那么不济？我告诉你，我就喜欢现在这样。人活着，不就图个乐吗？活得那么费劲干吗？"赵峥提起手，勾动食指，示意大家都把头往他这边凑，他声音小了起来，仿佛在揭发一个惊天秘密，"我跟你们说，现在啊，是个人都往外跑，我偏不。我每天看着这个人那个人的从外面回来，一个个灰头土脸的，看起来穿金戴银，其实心里一天比一天烦，是不是？你看我，我多好，家乡美啊家乡好……"向羽借着灯光打量越胡扯越没边际的赵峥，倒真觉得他说的有那么点道理。他最近有七八年没见过赵峥了，这家伙还真没什么变化，不光那愣脾气，外

150

表也是啊，除了脸上多了点色素沉着，眼角起了点皱，他还是那么个铮铮铁骨的硬朗样，年轻得很。不像他，天天用洗面奶，却掩不住一脸的倦容。"别闹了！赵大伯，看把人家向大妈窘的。"钟佩兰上来解围。"向大妈？哈哈哈！"赵峥一脸的笑，拍了拍向羽的头，"这名字起得好，像你！真像！我想起来了，有一次我们跟人打架，你老往后缩的，对不对？"向羽心里猛地一沉，那个下午又在眼前晃了。但看来赵峥是记不清楚那个下午的具体过程了，他确实是个什么都不往心里去的人。

电视里在播本市要闻，忽然就播到了上午向羽在五泥中学做讲座的镜头。整整有三分钟长，却挑了向羽最不讲风度的那一段来播。向羽看到自己挥动着手臂，对着下面密密麻麻的学生，在讽刺那个街头老混混。屏幕里的他嘴角下撇，笑容阴冷。现在向羽看着自己的样子，直想吐。他阴着脸，站起来，疾步走到电视机前，关了。

八

向羽去他供职的学校附近的一家健身俱乐部报名参加了一个散打训练班。多年来，他一直对电视里、大街上那些身手敏捷、干起架来以一当十的男子抱有顽固的羡慕，心里老念叨着要去练个健美啥的，但始终未曾付诸实践。说起来挺好笑的，他迟疑难决的原因，仅仅只是惧怕刚去锻炼时必然会出现的那种在一群猛男面前露出自己不堪的身躯的自惭形秽的感觉，他身材真是太差了，早先是太瘦，后来是太肥。因为这样一个渺小得不能再渺小、莫须有得再不能莫须有的心理障碍，他把那个其实很强烈的强壮梦耽误了好多年。有些时候，向羽也会惋惜，心想，要是他二十五岁甚至更早前就开始有计划有步骤地去学个散打、练个健美什么的，他岂不是早就拥有一个可以给自己长脸的身板了吗？不过也不算太要紧，他终于还是把这第一步迈出去啦，晚是晚了点，但还来得及。就是向羽去学习散打的这一年，他刚好满四十岁。

每年春节期间，向羽还是会回一趟老家，多数是他撇下妻子和儿子，独自回去。自那次五泥中学的讲座后，向羽再回去便不仅仅只是和彭见飞、钟佩兰去市区进行例行的闲逛了，好多高中同学都跟他们三人重新取得了联系，现在他只要一回去，便是一场大型同学聚会，通常情况下，人数都会超过二十人。每场一年一度的聚会大宴结束后，还是彭见飞、向羽、钟佩兰三个人坐在一个车里往回走。本来有两条路线往回走的，他们都会取道于经由五泥中学的那条路线，而且，中途他们还会把车开进五泥中学，到校园里面转上一圈两圈。时光真的不饶人呢，一晃他们都是货真价实的中年人了，每次走进那校园，必有一场为时不短的长吁短叹等着他们。有一次，钟佩兰竟然趴到彭见飞肩膀上呜呜哭了起来。她趴错了对象，应该是往向羽身上趴的，却趴给彭见飞了。是向羽始终要杜绝彭见飞发觉他与钟佩兰之间的私情，所以他尽可能地不在彭见飞面前跟钟佩兰亲热。钟佩兰的脾气是越来越坏了，近几年里，她不但没有重新怀孕，还把老公给弄丢了，变成了孤身一人，那天她被向羽先知先觉的躲避动作激怒了，趴到彭见飞肩膀上后，就再也不看向羽一眼了，脸色阴沉，凄凄切切。彭见飞在开车呢，更重要的是，这是钟佩兰跟他第一次零距离，弄得他特别不自在，把个车开得上蹿下跳，舌头有点打结，他讪笑着，揶揄钟佩兰："你看，你看，人真是年纪

152

越大越怪……越不得劲呢……"当时他们恰好刚从五泥中学校园出来，开到五泥镇的街路上，向羽未曾料到的是，这是他们三人最后一次聚会，且自此之后，他再也得不到钟佩兰向他示爱的机会了。

这是夜里，十一点肯定过了，又是雨夹雪的天气，车灯照射处，雨和雪珠把空中弄得影影绰绰，鬼魅得很。电视上当日的天气预报说，这晚整个多河地区的各个县镇都将这么雨夹雪地下一整夜。毕竟是个小镇，马路上已经很少有车。车子刚从五泥镇的中心路拐上二号大道，确切地说，是彭见飞揶揄钟佩兰的那个时刻，向羽忽然感觉不怎么对劲，一扭头，就看到后面有三辆小轿车紧跟了过来。没等他提醒彭、钟二人注意当前的异常情况，三辆车中的两辆已超过了他们的车，并在前面减慢速度，迫使他们的车也慢下。很快向羽他们的车被那三辆车卡在中间，不得不在路边停靠下来。

"是他吗？"

为首那辆车上走出一人，穿黑色皮风衣，圆寸头，年纪与他们相仿，是他在发问，声音冷硬、低沉，圆熟老练的本地土话。被问者是从另一辆车上下来的一个同样年龄段的人，走路明显不太得劲。此人谨慎地穿过先前那人身边，跳到被车灯照得雪亮的向羽他们车子的挡风玻璃前，轰地趴上去，隔着玻璃与向羽他们逼视了那么几秒钟。

"就是他。就是他们。"

那瘸子把身子支棱起来，回身答道。这时向羽终于看清此人竟是五泥车站的那个混混儿。这个发现令他心头一紧。再看开头发问那人，竟然正是早年五泥中学的恶男孩之首。此人与车站混混儿不同，他现在看起来还是那么体面、光鲜，显得养尊处优，目光里的

153

世故与城府让向羽觉得他这二十多年过得不是一般的复杂。潮湿且冷的夜色中，恍惚还有个人也是当年的恶男孩成员，其他的人大多比他们年轻，最小的那个最多十九岁。他们来了不下十个人。当三辆车围堵过来的时候，向羽虽然已经意识到今天可能遇到了点麻烦，但并没把这太当回事。如今他走南闯北，还总有机会出国，再去认识家乡，这范围就开阔了，并不只局限在生养他的那个乡，整个市甚至整个省在他感觉上都是家乡，所以五泥镇也总让他觉得就在家门口，在他的意识中，这里会有什么危险呢？他当时还在想，是不是遇到了一群问路者。当然，他也在电光火石间想到，遇到的可能是几个寻衅之徒，但一个小镇上，能有什么大规模的流氓团伙呢，再说他不是会点散打吗？没什么好怕的。现在向羽看清了来人的真面目，心里面蹊跷和疑惑的同时，醒觉事情不像他想得那么简单，这事儿是有组织有预谋的，要闹大，不好！他们要大搞一场。这时彭见飞和钟佩兰也同时认出了为首那人，同向羽一样意识到事态的严重性。

"下来吧。"

瘸子和一个年轻一点的，一个在左，一个在右，竟去给他们打开车门，声音一点儿都不高，也不凶蛮。向羽和彭见飞、钟佩兰面面相觑，往下走。脚刚跐到路面上，向羽就率先来了句责问："你们怎么回事？有什么事吗？把我们堵这儿干什么……"

真是太低估形势了，竟敢如此振振有词。正噼啪说着呢，脸上就挨了一拳。眼镜飞向空中，他敏捷地抓住戴上。都不知道这拳头是怎么上来的，向羽这一年来的散打是白练了，要么是，这个团伙里，深藏武艺超群之人。彭见飞和钟佩兰都嚷嚷起来，跟他们论理，话都还没喊上两句，也被他们揍了一拳，分别推到两辆车里去了。向羽见势不妙，下意识地就往旁边的庄稼地里窜去，马上被两个人死死逮住，三两步就给摁到了余下那辆车里。这时向羽还在骂着，他觉得不指责、叱骂几下就太对不住自己啦，太辜负自己啦，太不能让自己接受啦，太不像那么回事啦。自己都听不清在指责了些啥、叱骂了些啥，反正最多是些"别碰我""你们想干吗"之类词句，心里面是愈益紧张。坐在前面驾驶副座上的，那个从前和现在都是他们头领的人，回身向被挟持的向羽脸上来了一巴掌，把个向羽疼得，再也无法让自己叫骂了。但这个时候他觉得自己还是得发出点声音。车子已经发动了，向羽听到自己还算平静的声音："我的车！车！我们的车还没锁……让我下去把……""锁你妈！"又抢过来一巴掌，还是打在向羽先前那半边脸上，他终于被这气势慑住了，再不敢轻易开口。

三辆车折身回到五泥镇中心路，很快离开中心路，将镇区抛远，拐上一条乡村公路，沿着这路拐七拐八前行了约莫十分钟，又蹿上了一条沙石土路，路瘦，轧得两边裹着雪水的枯草、麦苗直叫唤。向羽不知道他两个老同学在另两辆车里的反应，反正他是越来越惊恐。这车里包括司机在内挟制他的四人都一声不吭，外面黑漆漆的，这使得气氛愈加恐怖。后来车在一处孤僻的类似乡间别墅的二层小楼前停下，向羽他们被推搡着进去了。他们不开灯，点蜡烛，在若明若暗的屋内将被挟持者五花大绑后推倒，堆在一起。向羽冷得直打哆嗦，下意识左右逡巡。这屋子几乎是空的，但外墙简单装修过，只是没有家具。看来这不是住人的地方，看他们现在那气势，这里可能是他们素常大规模修理别人的地方。

"是你在电视里说我们是'人渣''恶心'的是不是？"

155

头儿，穿皮风衣的中年男人，在靠墙的一张板凳上坐下来，用低沉的声音问向羽，称得上是温和。二十多年前的那个下午再次涌入向羽脑际，仿佛时光重现，他们从来没有长大过，这人的开场白还是那么装腔作势。但既然大家年纪都大了，做事的档次应该会上升，如今这人说话的温和指数与向羽他们的挨揍程度未必成正比，应该会更可怖。不过向羽毕竟现在是个有阅历的人了，再危急的时候，也懂得赶紧绞尽脑汁去寻找策略。现在他看着并没把凶恶挂到脸上的这人，便想，事情肯定是有缓和余地的，说不定余地大得很，当年他们是少不更事，现在他们都年纪一把了，不至于那么蛮干的吧？再说了，他们还是校友呢，正宗的校友，嗬，校友，不是吗？这么一想向羽的紧张和恐慌得到些缓解，他望着那人，用很有礼貌的声音说："你们误会了，听我慢慢解释……"

"姑且听你解释一分钟。"那人把身子往下缩了缩，呈仰躺状坐在窄小的折椅上。

"其实有时候是这样的，有些话如果被断章取义，就会变成别的意思，我那天的任务只是为了去帮学生们树立良好的学习兴趣，当然免不了做一些引申，举些例子……"向羽发现那人的眼睛里开始露出凶光，他心中一颤，赶紧言简意赅，"也许我引申得有点问题，举例子不够慎重……"

那人突然挺怪异地把头往上一仰，又抽筋般垂下目光对准向羽："知道吗？人的一生经常只有一分钟的时间来决定命运。你浪费了你的一分钟。"

向羽闻听此言，突然就被激怒了。以为自己是谁啊？真把自己当成天王老子了吗？他现在虽然仍不可自抑地恐惧，但理性判断的能力脑子里还是一抓一大把。他揣度他们终究不敢把他们怎么样，怎么说都是有点社会地位的人，出点事多少都会产生点社会影响，所以这帮人肯定只是想吓唬吓唬他们而已。那些超市里插队的人、闯红灯的司机，他们心里其实也是虚的，你变得比他们横，他们会立刻软下来。世人不就这些通病吗？这回向羽可不能被他们给唬住了，让自己的心灵再度蒙羞，他觉得应该让他们尽快见好就收。

"哎！你以为你是谁啊？一分钟决定命运？帮帮忙好不好？演港台片吗？行了，拜托你们给我把绳子解开……"

没人理他。彭见飞和钟佩兰这次竟然都一直不敢吭声，在勇敢的表现上，今天让向羽领了先呢。说完话向羽竟不合时宜地向他俩投去沾沾自喜的一瞥，边向这群人说道："喂！请帮我解开，你们到底想干什么？"

座中人笑了，反正怎么狰狞他就怎么笑。余人也跟着露出狞笑或嘲讽的表情，却都不发出声音。这头儿突然向那瘸子使了个眼色，接着瘸子就走过来蹲到向羽面前："我们想干什么？很想知道是不是？那好，我这就告诉你。"

突然他把手从背后拿出来，手上神奇地多了一根棍子。他挥起棍子在向羽面前使了个诈，而后又迅猛地近向彭见飞的脑门，却也是使诈。这瘸子忽地将棍子收起夹到腋下，上前就扯彭见飞。没等彭见飞来得及挣扎，后面又来了两人，一个端头，一个端脚，把彭建飞架空了，快速走向一个房间。"干什么？把我放下。你们要干什么？"彭见飞惊恐的声音撞在墙壁上，又掉在地上，在这封闭的空间里一个劲地乱蹿，制造出巨大的回响声。向羽和钟佩兰都跟着惊叫并责问了几声。房门在彭见飞被他们架进房间的同时砰地关住。只

157

听得彭见飞还在咋呼，忽然一声猛烈的锤击，那房间里便什么声音都不再有了。向羽在突如其来的静谧里大骇不止，一泡尿在不知不觉间顺着他的大腿流下。

这情况确实太出乎向羽的意料，并迅速让他意识到这个夜晚可能会是从前那个下午的升级版。年少时，这帮人只局限在不成规模的小欺凌、小捉弄，现在为了配得上他们当下的年龄，他们的暴力行动也升格了。太可怕了！难保现在的他们背后没有大背景，不然不会这么轻率、果决地重击一个人。彭建飞该不会真的给他们一棍子就收拾了吧？

先前进房间的人慢悠悠走了出来，其中一个走过去跟头儿做耳语状，声音却清晰得像是必须让向羽听到。

"解决掉了。"那人道。

头儿点点头，又目光森冷地瞥了瞥向羽，冷笑。

向羽骇到极限，低下头去，就只知道恐惧了，慢慢地，他三魂就丢掉了两魂半，把什么身份啊、阅历啊、策略啊这些东西全忘光了，剩下来的只有乞怜的话和动作。他眼前一片大暗，此后一切都变成了剪影，不像正在发生的事，而像是陈年旧事。向羽听到自己哀号起来，发觉自己呈癫狂状跪倒到那人脚下，恨不得去舔掉他皮鞋上的泥迹，反正只要对方能网开一面，叫他干什么都成，这就是他此时此刻的心迹。那些曾令他欣慰的经历——把钥匙串扔向一辆疾行的车，痛责一位没教养的插队者，那一年急于去"巧遇"那车站混混儿——说到底只是些冲动而已，而他敢于去揍那醉鬼，也只是得到了勇气的眷顾而已，而勇气的诞生得益于他对当时之势的判断，他料定一个因酒醉而迷糊的人好对付，况且，他们当时有三人。

多少年来，他都想向自己、向别人证明自己是个勇敢的人，并一度误以为自己真的具有了一星半点的勇敢，并有望发展成为一个真正勇敢的男人，那都是错觉呢，只是他没遇到真正有分量的检测机会。现在这检测出现了，他发觉自己，他这懦弱的自己啊，他，他他他，在他的深处，他一直是个懦弱的人啊。向羽在对面临的危情和对自身的双重恐惧中，大哭起来。

他们开始羞辱钟佩兰，羞辱给向羽看。这行动开始前，瘌子对向羽说："你只有两个选择，咯咯，要么坐在这里看我们强奸，要么你把自己的腿从这里开始切掉。选 A 还是选 B？"他用匕首的尖尖点了点向羽的大腿根，吐了口痰到向羽脸上。这下向羽不再会蠢到误以为他们在跟他开玩笑了，只一门心思地真的在心里权衡起这两个选择来。他只能选择让钟佩兰吃点苦头，选后一种他根本做不到。如果以后有机会，他会跟钟佩兰解释的，毕竟失掉一条腿的事在他看来要比被强奸严重得多——他一定会解释得很好的，一定会的，他有这个能力。有，一定有。

钟佩兰并没有遭到强奸，始终没有。看来他们先前那么说主要是他们料定了向羽会选择爱惜自己，牺牲他人。这让向羽没法不感到羞愧。他们先把钟佩兰的衣服全扒光了，点了烟对着她的胸部假装要戳过去。钟佩兰羞愤的声音尖厉地响彻这个夜晚。因为冷，她的声音根本就不成调。过了一会儿，有个人拿出几支圆珠笔在钟佩兰身上乱涂乱画。钟佩兰全身都被他画上了乌龟，大大小小的，五颜六色。很快就使钟佩兰看着像一只乱七八糟的大花篮。钟佩兰后来叫都叫不出来了，只能够哀号和哭。"喂，乌龟同学，别闭眼睛啊，好好儿看看，画得像不像你？"冒充美术大师的那人，不时笑问

159

向羽。

向羽起始还能保持些理智，最后钟佩兰凄厉的声音及那人喋喋不休的絮语，终于使他失控了，抓狂了，失心疯了。只见他把缚在一起的两只脚踮起使自己站住，狂乱地挥舞着同样被缚住的两手，向他们冲去。"我跟你们拼了！×你妈的！"他大叫连连。他们根本不理会他，该干吗干吗，每个人还不失时机地用讥诮的眼神瞥一瞥他。"你们杀了我吧！杀了我吧！我不活了！"向羽终于听到了来自他口中的能令他认同的声音。

"我不杀你……对你，留着比杀了好……"向羽得到的是一个令他毛骨悚然的回答。

他们最终将那屋子打扫干净，细致地抹除一切不便保留的痕迹，而后开车将向羽、钟佩兰以及彭见飞丢弃到乡村公路旁边的麦地里。离天亮还早着呢，雨夹雪变成了单纯的雪花，夜空得已被照亮了稍许。冷得很啊。眼镜早不见了，向羽看什么都模糊。他一身的泥浆，挣扎着摸过去试探彭见飞的鼻息。还好，只是昏厥。只是昏厥啊，早知如此，他就不必那么畏惧了。呸！事到如今他竟然还改不了那些盘算习气。向羽最终是欲哭无泪了，连思索的勇气都不再有。许久他又躬着身子，颤抖着去搀扶钟佩兰。正如他蹲下身的那一刻所预料的那样，钟佩兰把他推开了。

（原载《十月》2010 年第 1 期）

刀 与 鱼

想让他幸福一下的，却把心弄湿了。

示爱的道具是鱼。很有可能真是野生的。卖鱼人不像二道或二道以上的贩子，看着就是个地道的捕鱼人：黑脸、糙肤，高及膝盖的长筒雨靴还没来得及换掉。靴面上，沾有风干的泥浆。"我刚用网捉到的。"这中年男人站在巷子里，指着自行车后面的座架说。一只锈斑显著的铅皮水桶搭在座架下方，六条鲫鱼在晃动的水里无组织、无纪律地展开越狱行动。每条都有半斤重，黑脊、厚背。她信了这男人。主要是她珍惜今天的好心情，懒得用精明和深究去破坏它。"全要了，多少钱？"她抬头看看天，大声说。眼睛里闪着光。

离家门还差两层楼，她开始摸钥匙，发现忘了带，就把分成两袋装的鱼归到一只手上，提前把闲下来的那只手举起来。"开门！快开门！"她把门敲出切分音符，嗓门是平时的两倍大，透着制造小惊喜的踊跃劲儿。过去至少两分钟，里面却才传出勉为其难的脚步声。这么一来她制造惊喜的冲动就泄了，换成了责怪。"你个死人！又磨蹭，改不掉不是？"她拧着脚指头往门里走，声音小得可以令他听不见。当然再小的声音他都能听到，房子是超小户型的，针掉下来都

161

有回声，但他还是就当听不见。理由呢，正忙着。忙着用刀削、锉、蹭牙缝里的烟垢。她还没走过玄关呢，他已经忙不迭地重新回到卫生间了。她皱了下眉头，转过身，越过卫生间半掩的门，望他的背影。

"过来接一下嘛。"

卖鱼人身上有种朴实但倔强的周到，怕影响鱼的存活度，愣是往她的马甲袋里舀进了好几勺水。她胳膊真是酸。

"马上马上，亲爱的。"

这个"马上"真够长的，黄花菜都凉了。她继续站着，却也只能对着他的背影翻白眼。他始终就躬在那儿，一万年都不打算改变姿势的笃定劲儿。洗浴镜里投映着他斜向上龇咧的上唇，与唇齿交相辉映的是那把她平时用于修剪指甲的小锉刀。刀尖掠过齿缝，锉出吱吱声，像恐怖片演到需吊人胃口时的背景音乐，真够难听的。

"你个笨蛋！这样会把牙锉坏的。别锉了，明天我换一种牙膏。我在伊藤看到过，专除烟渍的牙膏。不过……很贵，五十多块钱一支呢，还有点消费不起——少抽点不行吗？"

他到底是出来了，老婆长老婆短地挑逗她，还噘起湿漉漉的唇索吻。同时，把两袋鱼抢到手里，像个刚占着便宜的孩子似的，蹦蹦跳跳去了厨房。

"亲爱的，爱死你了。你最疼老公了。老公喜欢吃啥你买啥。来，亲一口——怎么没叫杀完了拿回来？你会杀？"

原计划是买回来养着，接下来的几天，一天吃一条。当然她原本应该叫卖鱼人给她杀掉一条，今晚吃。但她还是决定拿回来自己杀。宰杀与下锅时间越接近，做出来的鱼越鲜。她确实打心眼儿里疼爱他。他吃得越惬意，她越开心。但是这会儿她没有做鱼的心境了。都是他，他的懒散。她把外衣扔到沙发上，捉住遥控器摁。正好有她追看的一部家庭伦理剧登场。她索性把腿盘到沙发上，看了下去。

这顿晚饭，馒头就着中饭吃剩的一盘排骨，外加一袋榨菜、一瓶果粒橙，随便对付了。她吃着吃着，拿眼角瞟了他几下，心里就想，这人怎么也不质疑一下呢？哪个讲究的家庭这么吃晚饭的？况且，这可是他俩结婚的第二天。这人，终究甩不掉粗疏。白痴。

说夜就夜了。她先洗的澡。都在床上躺半天了，还听不到外面有她需要的动静。这个时候她期盼他进行以下步骤：一、洗澡；二、推门而入；三、跟她做。她今晚想做，甭提多想了。这些天又是婚宴又是婚纱摄影又是邀朋唤友的——这就是婚礼，什么都得应付。那事，荒废多日了。草都快长成林子了，搅得她哪里都有芽往外冒。可是这人定力真好，屁股墩在沙发上就挪不开窝了。那么恶俗的娱乐秀，居然迷倒了他。第一个步骤迟迟不能出场，况二三乎。

就感觉火在一抽一抽地往下熄，情绪再次给扯到黑洞里去了。本来她已经忘了他对那两袋鱼的怠慢了，可现在下午那一瞬间曾产生过的深究欲死灰复燃，这一深究不得了，前尘往事都簇拥来充当证据，她忽而就觉得，这小男人的散漫，原来是骨子里的。就像锉刀剔不掉牙垢一样，这玩意儿锉不掉，没准得伴他一生。而她要伴他一生的哦。那么就是说，她得忍受他的懒散一辈子。原来怎么就没洞见他有这么顽固的劣根呢？唉！谁叫从前他们每次亲密都得先破除种种障碍呀？房子总买不起，没地方，做一次得用一周的时间

163

协调场地。再有，两家的老人们都保守，不提倡婚前性，他们每次都得秘密行动。着急还来不及呢，那时候哪有心思深析他。现在终于可以从容探究他了。怎么探究都不过分，她打算跟他过一辈子的，要在一起那么长的时间。那么长的时间，这怎么行？一身的散漫。她得试着帮他锉锉，就从今天起。

"电视很好看？"

她松垮垮搭着睡衣，走出来，站在一边揶揄，用两个脚趾往下钳他牛仔裤的裤脚。看来她不具备悍妇天分，心里都火冒冒的了，却仍能保持平和语气。

"我就来，老婆，咦，你……真诱人。"

看来是受到了诱惑，他欣然关掉电视，去了卫生间。

洗得却是那个地久天长。难不成又在锉牙了？今天他是跟牙杠上了？这八〇后小男人，跟女人一样重视尊容。不对，应该不是这样。他洗起来从来都是慢吞吞的，习惯如此。只是她以为，今天，他会抓紧点。不是被诱惑了吗刚才？看来，再大的诱惑也打不败人的本性。他的本性，劣根之一，就是散淡不经。任凭天雷地火，他自岿然不动。怎么办？还要不要继续锉？锉！此时不锉，后患无穷，早锉早安生。

她从床上滑下，悄悄拉开房门，又对着卫生间方向，侧耳倾听半晌，末了，收着力道关上了门。反锁，熄灯，躺下，假寐。

来了，嘘，他可来了。只听他的手抓住了门把手，拧了一下。当然拧不开。门外一时没有动静，连他的喘息声都没有。她确信，他现在终于知道她生气了。终于知道了。这人，终究还是没有短路到永久跳闸的地步。

他却是站在那儿不走，老长时间一动不动。在思考前因后果？

"开门，把门打开吧。"许久后，他在门外轻唤。

不再缀加"老婆"二字，这说明他心里也恼了。程度如何？未可知。他脾气挺不赖的，关键时候总能沉着应对，就这点最好。她就中意他这点。要不是这点，哼！

她不作声。坚决不。锉，锉他个几分钟，然后见好就收。她想。这应该是个系统工程，肯定须一锉再锉，才能锉成正果。今天是锉刀小试。就十分钟，她想，十分钟后，她就下床，开门。

预定锉程结束，她按计划下床去除反锁，而后躺回去，单等他主动闯入。当然她不会去邀请他进来。邀请，会使计划前功尽弃。

奇怪，他愣是不进。她都假寐一个小时了，外面还没动静。终究她还是给自己打败了。锉他一锉的念头经多轮咀嚼后，变成了自我反省。她终究是个心软的人。善良是她身体里的主势力，那些责怪他人的念头最终总会被它赶跑，只是往往需要时间去过渡一下。于是最终就是，她跑出去，邀请他。语气倒是硬的，但心比什么时候都要软。

"猪，进来睡吧。"

天，他一直坐在沙发上，全光着。那么冷的冬天，这不把他冻坏了？她心里愧疚，对他疼惜得不行。说掉就会掉下来的眼泪，在黑暗中进一步软化她。他保持静坐之姿，似乎还想再自我迫害一会儿。他要跟她过一辈子的，这也是他的绝对愿望。所以，他不便顶风作战，只得以静制动。他利用她的善良，以自戕为器，以便打赢这婚后首场小战。活该她输。她哽咽着，拉他的手。他搂住她。

一夜欢爱。

165

杀鱼。鱼总要杀的。给他吃。鱼是他的最爱。煲成鲜汤，红烧，油泼，糖醋，她都在行。先红烧吧，明天换别的招。买了六条鱼，就是为了促成他们在屋子里闭关六天。小一周，概不出门，享受二人世界，或者是，感受？这是她买鱼前的规划。谈了一整年的恋爱，一整年她都在盼望这种两相厮守的日子。这回得狠狠地厮守一回，宅一回。宅男和宅女，一对一。私密加亲密，要坚决不出门。那么长时间，一百四十四个小时，她有的是时间展示厨艺，完美地展示。百分百让他欢喜，喜欢上她最痴迷的两个人的宅日子，对未来几十年的婚姻路有信心。杀鱼，做，给他吃，看他吞咽，喉结耸动，甜到心尖儿里头去，岂不美哉？

先杀哪条？谁看着不那么活泛就逮谁吧。她竖起食指，指肚戳到水，犹豫了再犹豫。就它了。她终于张开五指，用力一握，满把将一条鱼钳在手里。不曾想它比谁都活泛。瞧把它吓得，一个劲地扭。那种满握感，它传输向她掌心的茁壮生命力，让这个新婚的年轻女人暗自欣喜。她甚至立刻联想到了他，沐浴后很经得起推敲的优质男体，她因此脸红，娇喘。而这条鱼太强、太有力，突然就挣脱了她的掌控，嘭啪，砸到地上，那声音令她的心一抽。她盯着地上的它。都说鱼眼无光，她这时却从它眼里看到了悲愤、仇恨、绝望和求饶。她就那么持久地盯着它看。手够着菜刀，拿过来，支到它上方，却怎么都落不下去了。怎么回事？

从前未曾有过现在这种感觉，对一条鱼生出怜悯之意，从未有过。她知道有些人吃素、戒杀、戒肉，阿弥陀佛，她亲戚中有个年长女人就是这样的人，但她从来都不太理解他们，也无意去理解。

166

有段时间，她频繁去一个七〇后女作家的博客里潜水，对她大为疑惑。这位女作家，二十出头时，一度以极度自我的姿态活跃于文坛，写过一本几乎把当时文坛炸翻掉的书，那本书在她看来有点变态。可是，在年近不惑的现在，这女人竟然成了一个素食主义的倡导者。不仅这位女作家，另一位与其同时出道、同样以不驯姿态引爆文坛的女作家，这几年也成了素食者，这女人的博客播放器里，全是清悦、缭绕的梵音。现在，年轻的新婚女人蹲在厨房里，揣想她们在两种年龄段所表现出的极大反差，仍然很不解，却又似乎略有所悟。

"你来一下，哎，你过来！"

她喊他，目光仍凝在鱼身上。它停下来了，仰面喘息，似在为新一轮反抗蓄力。她感觉心里的怜悯还在，并强化了一些。她得记住这种感觉，好好揣摩一下。这是怎么回事？难不成女人一结婚就会变？变得更敏感？心尖里头的小肉肉会变得极软？还是他昨夜那句耳语，令她变得博爱？昨夜，情至深处，他腻声说：马上，我们就有孩子了，或许就今天，现在开始，就有了……

"我来了。怎么了？"

还是那么拖拉，许久才进来。

"你来杀，我不敢。"

"不是说你从小就是假小子，三岁就跟你爸抢着杀鱼吗？怎么不敢了？"

"你才三岁杀鱼！你们全家都三岁——你来杀吧。我不想杀了。"

"我不会啊，从来没杀过鱼。"

"那还是我来吧。"

被他打了这么个小岔，她心里那些怪异的感觉就散了。她将他推出厨房门，一心一意在里面杀起鱼来，去鳞，掏肚，抠腮，洗净，再将鱼子塞进肚里，然后是，在它的背上细致地割出四条便于入锅后入味的肉裂。先把葱花入油，再将它摊到锅里，调大火势，煎炸一番。这鱼果真是野生的没错，生命力之强，似是她所见中最甚的。都炸透一面了，把另一面翻过来时，它还倔强地往上弹跳了一次。

吃的时候，他直夸她的厨艺。她看着他吃，不动自己的筷子。他搛来一块他小心剔掉细刺的肉时，她才象征性地吃了一口。确实很鲜。但她脑子里会不时浮现出她突然对它生出怜悯的那一刻。她仍在心里探究这怜悯感的确切来由。夜渐渐深了，他的吻开始向她抵近。她沉迷其中。

再一次怄他的气，是两天后的下午。扪心自问，这次则是她无理取闹。事发于她用电脑往手机上下载一首刚从电视音乐风云榜上听到的新歌。用搜索引擎搜出两个网站，一下，格式都跟手机不配型。就唤他过来。他在单位里是坐办公室的，天天趴在电脑上，电脑方面的事，他比她在行。这回他还真把自己当成专家了，一上来还没问是怎么回事呢，就随口批评她笨。问题是他摆弄了两下，结果还是照旧。她马上耐不住性子了，一把将他推到一边，重新换成自力更生。"还说别人笨，我看你自己才是笨蛋专业户。"她轻叱道。理应是自己优势的部分遭到抨击，他有点失落。"那你自己搞吧。"这么嘀咕了一声，他竟飞速站起身，走开继续看他的电视去了。"哟！来劲了不是？"她斜睨他一眼，气哼哼继续下载，竟然怎么都搞不定。可能是她以前没怎么自己动手往手机上下过歌，不擅长。越搞不定火越大。索性不搞了，坐在那儿专心生气。一边生气，一边觉得自己真是个容易上火的人，暗中为此惊骇。

"叫你少抽点少抽点，就是不听！"

她一回头，看到他手上刚刚点燃的烟，还有沙发上的几粒烟灰，就数落起来了。特别理直气壮。

哪儿来的理？谁给她壮的气？她这么问自己。头绪马上给理顺了。看来，前天那场斗气的余音还在她心里缭绕着呢，虽则从昨天到现在他们腻得非常圆满。一旦有一个定论被她种到心里，什么样的数落都有扎实根基。

"要抽就去阳台。看沙发都给你弄成啥样了。"

他快速抽出一张纸巾，把垃圾篓提过来，掸沙发上的烟灰。嘴里一概不回应，表情平静。他脾气真是好。就这点好吧，否则她才不会选他。没钱，没势，也不见得有大前途。跟他，料定要过清贫日子。

今天不知道怎么了，横竖看他不顺眼。谈恋爱的时候，偶尔也这样过。但那会儿不是聚少离多吗？看不顺眼的劲儿还没散呢，就各自为战去了，隔两天，思念将一切美化。

"叫你去阳台，不是叫你整沙发。我不会整吗？"

她走上前就推搡他一下。他狐疑地望了望她，站起身，往阳台走。一不留神脚把垃圾篓踢翻了，乱七八糟的脏物撒了一地。她瞪着他。他赶紧跑开去，不一会儿提着扫把和塑料簸箕过来了，往里面扫，却扫得那个笨啊。

"都不知道你这二十几年是怎么活过来的，扫个地都不会。"

"都像你这么会，保姆们全失业了。"

明摆着不是回嘴，是在变相巴结她。可她今天实在收不住。她这又是出于锉他一锉的需要吗？似乎已经不那么简单了。她自己已经清醒地感觉到了这点，但她就是收势不住。

"保姆？你请啊！有本事给我请啊！"

"你今天这是怎么了？我都给你整蒙了。"

"我整你？你要没啥可说的地方，谁闲着没事说你？说过多少次了，电视声音开小点开小点……"

"……"

他快速调小电视音量，而后紧着嘴，嘴唇用力地嚅动，又仓促扫了她一眼，就这么站了一会儿，最终默然转身，去阳台了。

她独自去卧室睡了一小觉。醒来后歉意铺天盖地袭来，使她浑身发软，满脑袋都是惆怅。她的心一时都湿透了。仰脸望着吊顶，躺了一阵子，她开始厌恶自己。鬼知道她身体里是不是附了魔。隔三岔五地，莫名其妙有种东西就在她心里闯开了，让她一时把持不住自己，小邪火滋滋往外冒。这是她的最大问题。也许永世都甩不掉它。怎么办？

戚然而心虚地下床。打开卧室门，她听到厨房里传来刀刃锉动的嚓嚓声。走到厨房门口，看到他在笨手笨脚地杀鱼。她湿淋淋的心，一下子就化开了。近乎是向他的后背扑过去，两手从他腰上拢过去，她紧紧把他身体往自己身上收，头抵在他暖烘烘的颈窝里。

"行了，我在干活呢。别闹了！"

"还是我来杀吧，看不惯你这双笨手。"她嗔道。

他靠在门框上，点烟，缓慢地抽，看她杀。其间，笑话她："你脾气太坏了。就这点不好。"

"你也就是脾气好而已。"她笑着还击。

一个是个用好脾气抵消一切缺点的男人，一个是常因坏脾气使一切优点都成为无用功的女人，他们两个，说到底，是般配的。

　　"哎，老婆，我在想，是不是有什么医学新发现我们不知道？比如，女人的更年期提前到了二十多岁。"

　　她愣了一下，旋即站起身，满屋子去追打他。末了他们交叠着跌到沙发上，笑得喘不过气。后来他们都沉默了。她偷眼看着他，想道：她爱他，他也爱她，可是，这并不够，并不是事情的根本。最根本之处在于，他们必定要在一起过一辈子。一辈子的厮守，不是光有爱就够了，远远不够。爱一旦遭遇细节，它有时甚至会变得次要。爱有什么了不起呢，相对于一辈子漫长而琐碎的时光，爱最多只是个基础而已，垫个底，让人好往上垒屋造厦，有些时候，它甚至仅仅只是个理由。她要和他过一辈子的，喔，一辈子。一辈子，是一种信念，而爱，只是一种感情。信念是浩大的，非轻弱的感情独自可以驾驭。

　　第六天，她在厨房里蹲了半天。前面杀过五条了，每次下手前，那怜悯都会在倏忽间冒出来。但也只是在她心里停留一下，就钻到别处去了。现在，她盯住盆里这最后一条鱼，在使劲忖度，她与它之间，到底深藏着什么秘密。那种怜悯感，仍有。她蹲的时间越长，它出现的频度愈高，逗留时间越长。她在想，为什么它就不能跑出来以后就再也不走开呢？要那样的话，她会很庆幸，很激动，以自己为荣的。

　　"没事儿吧？老婆。"他探进头来，不解地望着她，"看你在里面一点动静都没有，还以为出什么事了。"

"担心我?"

"我不担心你,谁担心?"

跟他这么扯了一下,思绪落地为安了。再看这鱼,忽然就觉得它无非是道菜,不该去做任何引申。那些怜悯,完全没来过似的,让她觉得自己真好笑。三下五除二,杀了它。这次是清蒸。端到桌上,她挖了一小块,尝了一口。火候刚刚好。

看他吃的时候,她走了一会儿神。她想起那两个女作家、那些素食者,敬佩的同时,还是像从前一样对他们有所不解。为什么她就不能成为他们呢?是年纪未到,活得火候不够,不能体会到人与鱼或其他生灵之间的更多秘密?她回味新婚这几日来二人生活给予她的心得,觉得自己似乎就差了那么一步而已,可就是这小而短的一步,令她只能做一个俗人,与他们是天壤之别。她多么希望跟他们一样啊,她真的,真的是那么喜欢他们这种对普天之下的生灵拥有广博爱心的人。他又撷了一块鱼肉送向她的嘴,连最细的刺都被他剔掉了。

"好吃不?"

"好吃,真好吃!"

"有这么夸自己的吗?"

她眼神迷离地瞅他,大力地笑了,背都给笑得抖起来。声音之大,吓他一跳。笑着笑着,她感觉眼眶胀了,有眼泪盈出来。根本不是喜极而泣,是真的哭,伤感像鱼刺一样扎得她心尖疼。阳光透过窗玻璃蜇在她一边的脸庞上,她的脸看着一半阴一半阳。

"又怎么啦?老婆。"

她细致地嚼着嘴里的鱼肉,觉得这味道真是好。她爱吃鱼,跟他一样。她爱吃鱼啊，这味道真是好。她喜欢看到一盘色香味俱佳的鱼，摆在他们的餐桌上，所以归根结底，她都会去杀鱼。那些怜悯感，只是些稍纵即逝的情绪调料而已，远不是她的全部。伤感突然变成了锥子，扎得她遍体鳞伤。后来她一头趴到桌子上，安心哭了起来。他放下筷子，惊慌失措地抱住她。她一个劲儿地哭，偶或抬起头来，打量他，在心里，她对自己说，她爱吃鱼，这点无法更改。就像她要跟他过一辈子，这个信念永远不会动摇。就像她迷恋跟他耳鬓厮磨的感觉，迷恋被爱情环绕的感觉一样，怎么都变不了。本质上什么都变不了，都无法更改。这就是她自己，就是眼前她爱的这个人，就是人生。

来过一次外遇，就在他们结婚的第二年。对方是她的客户，挺大一个客户。也就是说，这是个有钱的男人。较真说，他是个富二代。有婚姻牵绊的灰姑娘遇到了货真价实的王子，其实这事没那么俗套。连她粗疏的丈夫都承认，她并不是个把钱高看一眼的人。这方面，她不俗气。偷情的原因来自别处。对，她偷情了。真正原因，是这男人跟他脾气一样好，他不具备的优点，这男人身上一大把。这还不是最深入的原因。最深入的原因是，她跟他在一起，很少会生气。

竟然是他对她死缠烂打。他都知道她是个已婚女人了，还追，一副不达目标誓不罢休的劲。

最开始，这男人来保险公司咨询保险产品，她接待的他。也许他第一眼就看上她了，跟她签了一堆保险产品。这在平常，可是她两个月才能完成的业绩。之后他借着咨询的由头三天两头把她约到家里去。他住在本城极知名的一个高档小区里，房子是复式结构的，欧式复古装修，三百多平，名贵家具把房子填得满而有度。慢慢他不断请她吃饭，用顺理成章的方式送她东西，看似偶然实则是精心设计地与她在某处巧遇——完全照着韩剧里的套路干。她远不是个迟钝的人，一早就看出了他的用意。她在琢磨着，找个恰当的时机，用不失礼节但又能把拒意表达到位的话，一举消灭他的念头。她人才二十四岁，只是结婚较早而已。在晚婚成为城市风景的如今，他肯定误以为她未婚，她这么揣度他。终于找到了机会。一个下午，她和他坐在他的车里，她跟他挑明了。竟然，他不在乎，甚至说，他只做她的情人都可以。她有点不可思议。一个女人们心目中堪称完美的依靠对象，甘愿只做她的情人？她一点都不觉得自己配得上这种待遇。也许，他只是觉得，自己内外实力兼具，实力雄厚而强劲，是自信吧，是一种迂回的策略。他们就好上了，偷偷摸摸地。她实在无法抗拒这么妥善的外遇。

"知道我为什么会爱上你吗？"有一次，他用意味深长的目光望着她。他说："我想娶你，真的，很想娶你的！"

"为什么呢？你为什么……"这同样是她不太能想明白的问题。

"就一个原因，就因为你的善良。你太善良了！"他突然抓住她的手，动情地说。"你自己并不知道，你的善良有多么动人。没有人像你这么不珍惜善良的。善良其实和人的其他品格一样，是要视情付出的。当然很多人天性不乏善良，但没有人有你这么多。善良其实是一种珍宝，不是吗？你啊，满身都是珍宝。最惊人的是你的大方。你随便就把珍宝到处撒，自己却全然不知。你的这种不知不觉，使你成了一个神奇的女孩……"

她把围巾拢起来，遮住自己的下颌和嘴。他的话令她感动，但同时，她又感到无法消受。那是她吗？她自己怎么就不觉得身上发生着这种奇迹？难道这就是人跟人只要对上眼了，一点优点都能放大成一颗硕大的夜明珠？难道是，真的是因为她对自己身上的某种素质浑然不觉，所以她确实是颗夜明珠？她想起她和自己的丈夫相识相爱的经过，确实，她是他的初恋，当时，他也是对她死缠烂打，末了，她接纳了他，然后就是他们的婚姻，就是她的信念。信念，是不能动摇的。为什么第一个缠上来的，不是眼前这个男人呢？她有一刹那分外恍惚，心中万般滋味。待清醒之后，她偷眼打量这个男人，还是觉得，他所说的，不见得就是她。这么一来，她就笑了。一边笑，一边把头低下，轻轻地摇。

她到底还是开始用行动抗拒这场外遇了。她爱她的丈夫，就是爱，就是爱他。虽然她现在也有点爱这个男人。但问题在于，凡事都有个先来后到。谁先到的，他就最应该得到她的爱，独占她的爱。这就是她的信念，她内心里牢不可破的信念。

但是他总能——将她的排斥拆解、稀释、化为乌有。他的辩词多的是，并且，他有的是时间，不怕攻不垮她。她的信念，他要击破——后来，当她看到她与他之间这个隐秘的对垒时，她受到了惊吓。她是被某种可能达成的前景惊吓住的。如果没有了那个信念，她还是她吗？突然她就觉得，他其实跟她在人生立场上，是截然不同的两个派别，他们，应该成为敌人。可她真的无力抗拒他啊。有一段时间，她看到，自己越来越乏力，眼看着就要被他击溃。她只有一招了，就是哀求。有一天，她一脸的哀伤和痛苦，一声接一声地哀求他。"你饶了我吧。这世上好女孩多的是，你想找激情，有的

175

是机会，你想结婚，机会更是大把抓。"

他沉默了。她的哀求奏了效。他能歼灭她的一切推诿之辞，就是没有能力去攻击她的哀求。他真的爱她呢。

他主动撤退了。

有时候，她也会因他最终的撤退惋惜，但末了还是庆幸不已。她想，这男人，什么都有，什么都容易得到。可她的丈夫，什么都没有，只有她。相对于做一个什么都有的男人的珍藏之一，她宁愿做她丈夫的一切。她不是怜悯自己的丈夫，跟怜悯无关。说怜悯，真是搞俗了。只跟她驳杂的内心有关。就像她对一条鱼，不仅仅只会产生怜悯。她的丈夫，是很平凡，但不算有毛病，只是有一些顽固的坏习惯而已。况且，平凡才是生活的常态。她与他，在平凡的生活中确立爱，这已是人生的正途。人一生只能走出一条主线，既已走上正途，她何必枉顾左右？想至此，她觉得自己做的是对的。

再一年的一个晚上，确切说是除夕夜，她做了满满一桌子的鱼，整个儿一顿超级加大型的鱼宴。香辣鲫鱼、剁椒鲢鱼、锅烧鲤鱼、清蒸鲈鱼、豆豉鲇鱼、水煮鱼片、鳝鱼粥……做得那么多，就是想系统地跟鱼交流一次，顺便体会一下浪费美食的幸福，青春一天比一天远了，就算不那么正确的小奢望，也得去感受一下。他们有孩子了。牙才刚露尖呢，就咿哩哇啦地挥舞着粉嫩的手，跟他们要鱼吃。看来，是遗传了他们这并不独特的食性。他们慢慢地、笃定地吃着，一边别过头去，看窗户外面的焰火。他还是那样，不时地把剔净了鱼刺的肉，用他的筷子，送到她嘴边。

"好吃不？"

"废话，能不好吃吗?"

"嘿，有你这么夸自己的吗?"

她定定地凝视他，心想，像她这个年纪，好多女的连锅铲都不碰呢，她厨艺那么好，偶尔时候夸夸自己，又怎么了嘛。

（原载《青年文学》2010 年第 10 期）

大幕拉开

我正月初七那天变神道了。

每年的第一个上班日，我总有那么点儿不正常，这已经成为某种生理周期，一年一次，延续时长不等。至于发作程度，则逐年增强——我是说，我的这种生理症，今年比往年要来得猛烈些。

我得从电梯开始说起。你有过那样一种感受吗？电梯升降，其时我们委身其间，突如其来地，我们的心底钻出了那种念头：要是这个时候，电梯出故障了怎么办？像三流影视剧里常会设置的那种情节：轰隆隆地，轿厢突然失去控制，开始一次自由落体。如果你像我一样，经常借步于电梯，一定也有过这样一种恐坠症是不是？当然，这样的事情通常不会真正发生，我们总是白忧心一场。可我要说的是，就在初七那天上午，我脚下的电梯不安于现状，真来捣一次蛋了。

就是这样：在它徐徐降至三层到二层之间的某个时候，我的耳边突然传出一阵噪音，一种混合了各种金属摩擦声的交响，然后，电梯"哐"一下停了。只是停了那么一秒半秒的时间，又抽搐了一下，恢复了稳健，正常下行。

其实什么都没有发生不是吗？那些隐匿于我们心里的被拙劣影视剧调教出来的幻想场景，并未与我的生活来一次无聊的吻合。事实上，当时，我对这短暂的电梯失控并未报以关注。待电梯安全抵达一楼，我淡定出门，阔步离去。

可是，就在几个小时之后，我从午睡中醒来，发觉自己身已沦陷于一堆沉重的感觉里，如同被纱海捆缚。在由沉重感织成的玄秘帷幔里，我的头、身子，包括游走在身体里的各种意识，都像是给水银粘住了似的，怎么都活络不了、自由不起来。我哪儿到哪儿都是难受。但我深知，我不是病了。这不算病，就只是难受，一种无法摆脱的难受而已。

"我遇到鬼了。"

当晚，我很刻意地对母亲这样说。

略做沉吟之后，在长途电话里，我又对我远在江苏乡下的母亲强调：我认为，无疑我是被鬼摄住了。如果不这样理解的话，我又如何能为我身体里的难受找到合理的解释？

母亲起先没有附和我，我想她定然以为我在说笑。很快她意识到我是认真的，这之后，竟然，她有了那么点儿兴奋。

真的，我能感觉到：在诸多的担忧之余，她心里还冒出了兴奋——如果一个被新式教育栽培起来的儿子一贯给母亲留下以相信鬼神为耻的印象，却意外让她听到了他对鬼神报以敬畏之意，她不兴奋才怪。

母亲开始向我询问这几天里是否受过惊吓。于是，我跟她谈起了白天的电梯：剧烈的噪音、它的短暂休克。当时，就我一个人在电梯里，越过它的钢化玻璃墙框，可以看到不远处某个居民区楼顶

179

的空中花园。细想起来，在事情突然发生的那一刻，我的确紧张得不行，出了一身的冷汗。虽然那种紧张在我身体里仅逗留了瞬间。

"不是鬼。你只是受了惊吓。"

母亲末了给予我这样的诊断结论。

这种解释，就算从医学的角度也是说得通的。惊吓作为一种精神反应，不是不能转换成生理机能的紊乱。因此，我极其愿意对我的文盲母亲深信不疑。

较真起来说，我该先跟母亲道歉不是吗？就像每次我在让妻子承受我的一次无名之火后常做的那样，用最诚恳的话，企求她的谅解。

整个春节长假，从大年三十到初六，我没有给过父母一个电话。

其实，有好几次，我已经拿起了电话，终究还是臣服于心里的顾虑，搁下了它。那个时候我是想好了去跟母亲说一些理由的，春节不回家乡探望他们的理由。譬如，任我和妻子怎么努力我们现在竟然照例在穷人之列，回家的机票太贵，省下它来，可以将之补充为妻子腹中我们孩子未来的营养费。当然，这个理由多少有点牵强，我们其实可以坐火车。但是，在一票难求的春节，像我这种多一事不如少一事的人，实在不想开口求人。还有那些不易启齿的理由，譬如，我就是想趁着春节长假痛快地享受一次绝对的散漫：哪儿也不去，需要动脑子组织的话一句不说，什么都不做，就只是躺着或吃，吃了睡，睡够了再吃，像某类有时我们会假装羡慕的动物那样。

理由很多，或者说，借口有的是。真要解释，怎么都可以解释得通。可解释太累。更何况，有最可贵的一点可供我利用，即：我们母子之间从来都不是事必探究因由。所以，我可以放心地让自己不去道歉。

真正的亲情，就是在你不曾做得尽善尽美时对方仍对你心无芥蒂地宽恕。母亲从来都可以宽恕我的自行其是——就像我的妻子，对我突如其来的乖张，从来都可以不往心里去。

就是这样，正月初七的这个夜晚，我给母亲的电话一步到位地进入了我预设的主题，就只是我和母亲在讨论这一天突然降临到我身上的我的难受。

"我教你一个办法。"母亲说，"你按我说的做，就可以知道是不是真的受到了惊吓。"

她接着说出来的那个办法，我不是不熟悉，这应是一种巫术。在我还很小的时候，有好几次，我因为某种莫名的原因突然就身体不适了，她会在夜里于我床头放一只碗，碗里盛满水，放三根针。她的方法是否对我当时的病起过实效，我已无从考证，但那种记忆本身、那种画面，是温暖的。

介绍完了办法，母亲补问："针你们有吧？"

我们的抽屉里还真有这玩意儿。也许城里别的年轻夫妇家里没有，但我家里有。妻子是个传统的女人，她平时并不讨厌缝缝补补。

"记得明天早上起来看针屁股锈了没有。如果锈了，说明你真的是因为受了惊吓。明天，还有后天，你再换了针和水把碗放在床头。"母亲叮嘱我，"连着要做三天。"

母亲就这样在电话里教着我。我躺在床上，静静地听。

与其说我认同了我从前未必认同的母亲的办法，倒莫如说我更珍视母亲教我办法的这个过程。这个夜晚，我已过古稀之年的母亲，教授我这个年届不惑的儿子一种玄之又玄的古老技术，我和母亲，像是在重温我们共有的某个秘密——这样的过程，令我珍视。

我乐在其中。

临睡前，我让妻子把安置了针的一碗水放在床头柜上。妻子不敢提任何疑义，挺着个大肚子办完了这件事。然后，她忧心忡忡地躺到我身旁。我们熄了灯，妻子在我不断的辗转反侧中小声安慰我。这一夜，我的难受感有增无减。

针没有生锈，一根都没有。如果母亲的方术是一种值得信赖的测试，那说明我身体里的难受，跟电梯带给我的那场惊吓无关。

我的难受劲到底源自何处呢？我在第二天早晨出门上班前给母亲打电话，不无失落地向她报告测试的结果。母亲有些不知所措。质疑一番后，她开始追问细节，最终她认定，我用来进行这种测试的针是有问题的。在我小的时候，那些针是纯铁打造的，也许还出自手工。现在的针不同，它们太细、太软。有理由相信，制作它的原料里加进了非金属的物质，譬如那些用来制造塑料编织袋的化学合成物。不是曾经曝出那种叫作米线的食物里都会加进制作方便袋的原料吗？就在这个正月，网上还曝出了大量品牌的面条里加进了过量的添加剂，用火一点就烧得跟焰火一样，都已经不能叫作纯粹的食物了，应该叫作合成用品。针里面加点这玩意儿，更易达成一种不易辨析的混淆结果。

"这样的针，怎么都不会生锈。"母亲说。

言下之意：既然它们本来就不能生锈，那么它的未曾生锈，就不能说明我的难受跟惊吓无关。

母亲信心十足地要我把她的方术坚持下去，直到三次之后。

我终于明白了，母亲对某些事情的笃信是经不起推敲的。假使这真的是一种值得信赖的测试，那它应该跟针的质量无关不是吗？如果，真有某种神秘力量主导着这样的测试，别说是塑料，就算水，也会生锈。

看来，母亲和母亲这样的人，往往只是需要笃信点什么而已，她们对笃信本身，有沉迷的偏好，往往是，她们先勒令自己相信，再调动一切逻辑能力为自己建立论据。

可这不正是我希望看到的吗？我从昨日开始神神道道，率先使我难受的因由往鬼怪之力上引导。是我自己，需要为我的难受找到深奥一点的理由，便有意去利用母亲对笃信的依赖。可最终我还是不能认同我需要得到的结论。我何故自相矛盾？是啊！若要论及我难受的根本出处，于内心深处，我比谁都清楚。

我的难受在第二个上班日明显加剧了。我浑身酸胀，脚步漂浮，气息沉重，最关键的问题是，脑袋转得很慢，仿佛构成它的一切物质刚刚历经过一次漫长的冷冻，怎么都无法化开。正常情况下，那些物质应该活动自如，像那些银色小鱼，在大海里畅游，可现在，这些小鱼中毒了，浑身浮肿，气息奄奄，甚至于，它们中的某些，已经死去。

我经由电梯去往我的办公室，其间犯了不少在我以为一定会为我这一年的生活带来后患的错误。就是这样：带着我上行的电梯在某层楼停下，开启，一个我们整幢楼的人都必须唯他首是瞻的人出现在门口。他的身后跟着他的秘书。秘书率先踏入后敏捷转身面向门外的大人物，与此同时他单手护持钢质门边，屁股配合及时地往后顶。其实不用他屁股发令，我们这些早就在轿厢里的人都早已主动向一边避让，每个人都因为过分的避让紧贴厢壁或顶住彼此。我们都在瞬间密切合作，快速腾出正中空间以便让大人物泰然进入。可唯有我反应迟钝，避让的意识来得较晚。待到我想避让时，秘书健硕的臀部已经牢牢将我顶死在我身后人的身上，使我们结合成某种令人恶心的三明治之状。我像一颗突然滑丝了的螺钉，被焊接在两个肉体之间，羞愤异常。这时大人物已经进来站定，笑容可掬地将头左右各扭一次与我们简短寒暄，以示他多么礼贤下士。当此时候我如让自己发生一丁点儿的位移，都不太合时宜、不合礼节，就只好保持现在前后肉体的焊接姿势。

我能感觉到我身后人隐而不发的恼怒，但是我和他都不去轻易动弹，就这样我们焊成一团上升的肉柱。虽然大人物很快走出，我被他人之肉挟制的时间说起来也并不长，但就是这短短的几秒钟，我紧张不迭，最终我身体里从昨日开始发作的各种难受劲儿快速汇总、加剧，致使我在一与他肉脱离时立即要虚脱倒地。

这就是我在整整一年几百个上班日里每天都要经过的电梯，跟那些大人物、中大人物、中小人物、疑似大或小的人物、自己把自己设定为人物的人，不断地去突然被封锁于狭窄的电梯的一隅。它每日都会令我置身于某种复杂的局面之中，无法自拔，在刹那之间心力交瘁。三百六十五天中上班日有多少，我置身于这种艰难险境的概率就有多大。这就是单位这个词汇所赋予我的第一道考验，它就在电梯里。

最广泛的考验来自接下来出场的办公室。

这天上班不久，我刚被动地跟办公室里的一个人交谈一件事不久，另一个人马上把我拉到走廊上，责问我为何不先跟他说这事。我没有心理准备会有这个责问，便只能语焉不详地费力解释一番。等我重新进入办公室不久，不知何故，先前跟我交谈那人又过来委屈地埋怨，言称我不该去走廊里跟别人沟通刚刚跟他讲过的事，因为这会给他造成困扰。我又只能含混不清地解释了一番。快下班时，我看到此二人从走廊外进来，同时收起刚刚讨论过某事后必然具有的潮红脸色故作陌路般走向各自的办公桌，又不约而同地，他们向我投来深入一瞥。我与他们目光相触，他们脸上立即涌现宽宏大量的表情。显然，他们是在用这种无声的表情说明他们刚刚论证出我是个多么不妥当的人。

我的头一下子就炸开了，但我只能懊恼地低下头去。从来都是这样，一件小事，一句未至滴水不漏程度的话，会引起连锁反应，无法收场，最终成为往后遭受他人指摘的柄由。

我该告诉他们我身体里正愈演愈烈的难受吗？不能。他们不是我的母亲，不是我的妻子，会对我的真诚解说不附加任何条件地相信。告知他们的结果只能是，使他们对我暗中猜疑，背地里为他们增设一场讨论，然后他们默默等待我去辩论一番，而我现在脑袋迟钝至此，争辩之神实在不会垂怜于我，所有的争辩，都只能增强我的难受感。我必须认清时务，就只有保持沉默，持续低头。

我还接了一个复杂的电话，就在下午晚些时候。是正在为我装修新房的工程队长打过来的，他说到了在装修过程中遇到的几个问题，这些问题在他以为都来源自于房子的质量。"这是一个隐患很多的房子，你们买房子的时候，可能上了上家的当。"他说的这些，在年前就跟我说过好几次了，我一直不知怎么解决，以为过了年后会茅塞顿开地想到拆解之招，可谁曾想过完了这个年我变成了现在这样。为什么会这样呢？我辛辛苦苦终于买了一套房子，还是二手的，却是一个问题房子，越装问题越凸显的房子。我还听某个同楼的老住户说，这个房子已经列入了政府的某种规划，可能最近几年就会遭受拆迁；但又有人说，这也说不准，政策年年变，谁知道那是不是这城市某个新晋领导在某次会议中随口说出的一个设想，总之这种事情在发生之前没有定论。我该怎么办？总不能装得半途而废时把房子交到二手市场上去出售吧？那我装过的这些怎么算？我要让孩子一来到这个世上就能住进一套像样房子的梦想如何安放？

"你好点儿了吗？"

当晚，回到家里，妻子一脸担忧地问我。

突然地，我就爆发了，爆发得毫无过渡。我说："你知道我今天最痛苦的一件事是什么吗？我脑子不听使唤，任我怎么努力，它都转速缓慢。都怪你！整个假期，整整七天，你都放任我睡觉，放任我不说话，因此它生了锈。你应了解，一个必须靠工作摆脱生活困境的人不能让脑子生锈，而脑子只要一天不使劲动用，就容易迟钝。所以，那七天假期里，我根本不该吃了睡、睡了吃，什么都不管不顾，我当时应该仍然让脑子保持一点转动的状态。现在我多么被动啊，要把停转的脑子重新发动，让它转到最快速状态，这何其艰难？都怪你！你不该纵容我进入一场长达七天的懈怠，你该阻止。我现在最紧迫的任务是，让它正常运转，像从前每一个上班日那样高速运转起来。但是今天我不能，也许明天我还不能，不知道它哪天才能。我得快点让它转起来，我着急，着急着急着急你知道吗请问？"

我语气凶悍，急如骤雨。妻子想争辩又不敢，她太过了解我，

186

知道我只是在找碴儿，在无理取闹，聪明点儿的话她最好别做回应。最终，妻子唯唯诺诺坐到一边去了。我却不依不饶，走过去。

我说："你一定觉得我现在特别神道、叽叽歪歪是不是？是我要这样的吗？你也有过这样的感觉吗？突然就控制不住地变得特别神道。你一定没有过。你是女人，这个世界对男人和女人的要求不同。你体会不到男人的感觉……"

我就这样絮叨个没完，纠缠个不停。我追着、撵着妻子，去跟她理论。无论她怎么忍受着不做对抗，都不能使我闭嘴。妻子终于告饶，她颓唐地、眼泪汪汪地望着我。

"至少，想想我们的孩子。"她说，"无论你有多难受，想想我们的孩子。"

我这才发觉自己在这一天有多么可恶了。我将嘴里暴戾的话刹住，怔怔望着妻子。

电视上正在直播一场关于家庭暴力的辩论：一个男人数年来一次又一次地向他的妻子扬起拳头。妻子脸上流露出些许的紧张和恐惧。她小心选择用词，轻声问我：

"你不会打我吧？像这个男人一样。"

我的脑袋"嗡"的一下就炸开了，紧接着它像一团温热、黏稠的岩浆，重了，重得我抬不起眼皮来。

"不会，我不会。我怎么会？"

我愧疚，无比愧疚地承诺。

我得复述那种感觉，真的，那只是一种主要由沉重感构成的难受。你一定会联想到感冒，或者一度让全世界人恐慌的甲流。我向你保证，不是它们。我不想去看医生，因为我知道，他们面对这种问题时思维太过正常，一定会坚称这是感冒，或者甲流。他们会让我吃药。我不想吃药，我确信那对我现在根本没用。我并非在故弄玄虚，如果有人愿意拿你最隐秘的记忆跟我对照，他一定会理解我的困扰。

已经到第三个上班日了，那种难受劲还牢牢附着在我的身体里。它们就像一只饥饿的寄居蟹，终于找到了最为可靠的宿主，一朝进入我的身体，便再也不打算离去了。它们似是已铆足了劲，要吸干我的精气神儿，以便把自己养得肥硕，将我榨干成一个徒有其表的空壳。这样的想象令我恐慌，进而焦虑。

我能不急吗？我的脑袋是越来越不听使唤了。很多次，在办公室里，我心里明明清楚怎么回答或应付别人的话，那话已经在脑袋里组织得很明确了，可是我发觉我的嘴唇、舌头变得特别笨拙，似乎，在我的脑袋与嘴巴之间出现了一扇沉重的铁门，它们推不开我的嘴，只能变成一个字一个字地挤出来，最终，它们组成的是一句句不成样子的话，我相信别人都无法听明白我在说什么。我深知，如果一个人无法正常说话，不能准确将心里的意思向他人、外界传播，那势必导致各种各样的错位。这样的洞悉令我的恐慌加倍。

我的房子还是要装下去，只能装下去。问题再多、再大，我也要把房子装下去。就是装完了马上被勒令拆掉、迁移，我也得装下去。箭已在弦，容不得取下。我必须把它装好。就是这第三个上班日下午接近下班的时候，我请了个假，从办公室溜了出来，去橱柜一条街订制一个年前已经看好并确认的橱柜。

我本来应该好好砍砍价的，但是这对眼下的我来说何其艰难。

我说话太慢，通常等我说完一句，对方已经快速用一句话堵死了我的嘴。我只好不再做砍价的努力，任由他们在单子上填写超出我预算一倍的定价。照这样下去，我每买一样东西都超出我的预算很多，这可怎么得了。我痛恨我怎么都化不开的脑袋、怎么都无法流畅起来的脑浆，我痛恨我变得比从前任何时候都要笨拙的嘴。

再这样下去怎么能行？我现在的一切不妥善，都将成为后果，未来还不是由我自己为我的这些不妥善买单。我必须让自己快速妥善起来。我不能任由那种难受劲在我的身体里持久滞留。

"你帮我想想办法，快帮帮我。我必须把这些难受劲驱逐出去。"

又是一个夜晚，我向妻子求助。我只能求助于她。

妻子挺着大肚子，艰难地辗转身来，气喘吁吁地给我按摩。我寄希望于她柔软的手一遍一遍抚过我脑门时我僵硬的脑神经得到梳理，可是没有用，那最多只能促成我一次较为长时间的睡眠。

我半夜从半失眠状态中彻底醒来，瞪大眼睛盯着黑暗的房间，犹豫着要不要强行让自己爬出被窝。后来我爬出来，走到窗口。我把窗户打开，让室外的寒气扑进来，充斥房间。我做着这样的寒冷浴，脑袋倒是不那么涨了，却开始一阵紧似一阵的尖锐的疼痛。我简直不能忍受这种疼痛带来的恐惧，躁乱不堪地跳离窗口，走进卫生间。我把热水器调到火力最大，让滚烫的水沿着我的头冲下去，灼痛我浑身上下每一寸肌肤。我还把毛巾在手上裹好用力摩擦身体，可是，那些来自皮肤的痛感最终只能使脑袋里的锐痛变成尖锐的嘶鸣。

我最终关掉水龙头，拭净自己，昏昏沉沉走进房间。我不顾妻子无边的睡意，打开电脑，点开音乐器，播放那些直抒胸臆的歌曲，我还跟着音乐大声吼唱，可是这更没有用。

"你不要折磨我了！"

妻子向我求饶。

我再度深悉我对待她是多么恶劣，我是多么的恶心，我连忙关掉音乐爬到床上，抱着她空洞地睡去。然后是，第四个上班日来临了。晨曦渗过窗帘爬进我们的房间，我恐慌不已，踉跄地爬下床，草草洗漱一番，离开家门，像走向刑场一样向办公大楼走去。

第四个上班日过去了，一切照旧。

我就一直这样被这难受无穷尽地折磨下去了吗？直到我变成一个脑袋彻底硬化的傻子？直到我什么都不会说，连一句完整的话都说不出来，直到我变成全世界的笑话？

我在阵阵逼近的各种恐慌中，怀着一丝企愿，等待我终于变得顺畅的那一天。

有一天我做了无数的事，接了无数的电话，甚至用胡乱的、毫无逻辑可言的话，在交涉装修事宜时跟装修工人们连着吵了两架。然后是，这一天，我疲惫到了极限。夜里回到家后，我像要死了一样拖着虚弱的身体爬到了床上，昏天黑地地睡了过去。这一觉几乎是我近几年来睡得最为无所畏惧的一觉。我简直是抱着赴死的心态去睡这一场觉，结果是我睡得死沉死沉，完全丧失了意识。

这是第八个上班日白天和夜晚发生的事。然后，是又一个白昼的到来。

一觉醒来，我惊奇地发现我的身体变得轻盈了。

那些困扰了我接近两百个小时的沉重感，那么说不明白的难受劲，忽然就不见了，不知道它们跑哪儿去了，在我意想不到的时候就退场了。它来得突然，去得同样突然，这很奇怪。

我在床边讶异了半晌，伸胳膊动腿地活动了好几下，发觉那种轻松、灵活的感觉是真实存在的。我惊喜异常，三下五除二洗完了漱，像是要迫不及待地向别人展示我身体机能的复苏一样，提前赶到了办公室。办公室里当然还没有人在，我抓起电话就给别人打。在电话里，我像个寻衅滋事的坏种那样，没话找话，跟人斗嘴，然后我发现我的嘴巴顺溜极了，没人是我的对手。我还说要请大家吃饭，把他们弄得一头雾水，最后在他们进行腻歪的程序之时我大声说："既然你们觉得吃一顿饭要那么多复杂的理由，我就不请了。"然后我愉快地吹了两声口哨，对自己终于主动落实了这一年第一次的主动进攻十分满意。

这到底是怎么了？我身体里到底曾经发生过了什么？难道是，每一年的初始，在每一次节日欢庆的放松休憩之后，人的身体会暗中经历一次重组？只要我们耐心度过这个困难时期，用心将它挨过去，我们的身体会得到一次质的进化？就像一条冬眠过后的蛇，醒来经历几日对气候的适应之后最终会比过往一年更加灵巧、更富有战斗力？

"以前我上班的时候也这样。我理解你的感受。在每一个新的一年真正开始的时候，我们总有那么点儿不适应。这就好比，一场大战的序幕拉开，我们跳出去应战的最初时候，总会感觉身体不那么灵活。多活动几下，筋骨就活动开来了。我们总要经历这个过程，一年一次。它总会来，但也总会自行离去。待它真正离去之后，兴

191

许我们会获得意想不到的进步。"

妻子在我恢复正常的某一天，跟我这样感慨。她说她憋了好久了，一直想告诉我她的这个感受。我感同身受。

我把她的这些话用自己的语气整理了一下，挂到微博里，向着网络里那些不知道我是谁的陌生人诉说。在得到各种各样的回应后，我的这项微博内容很快被海量的微博信息淹没了。它像一度在年初纠缠我的那些难受劲那样，很快就找寻不见了。等到几天过后，我是说，比方说，在我安然度过了二十几个上班日之后，连我自己都忘了，我和妻子曾经有过这样的共鸣。后来的一天，我在整理我的微博语录时，不小心一抖手，把它从我的语录里删除了。

有时候，回想上班日初始时的那场难受，我会猜想，是不是春天迟迟不到的原因。是它，引发了我的那些难受。如果欢庆的春节，那个可以任由我们安心沉睡的长长假日过后，紧接着到来的就是春天，草木葱茏，阳光明朗，也许我们的身体在我们的上班日出场时就会很舒展，活动自如。可是，季节总有它自身的规律，春节之后冬天依然还要延续一段时日，春天并不会轻易降临。

我在一个早晨推开窗户，将窗帘拉开一半，静静地跟妻子起身向外眺望。正对着我们出租屋的那幢楼顶，也建有不少空中花园。我看到了几只鸟，它们正零落站在被修剪成几何形状的几个盆景上，尽情嬉戏。天空灰霾，它们故作不知，自得其乐。

我们站在这里看得入了迷，最后我看了看妻子，妻子也看了看我，我们不约而同地笑了。

后来我给母亲打去一个电话。母亲急问：

"你好了吗?"

我得意地说："好了，全好了。比什么时候都好。好得简直我自己都不好意思了。"

母亲大喜。我们继续聊天，说些甜蜜往事，互相叮咛几句。阳光就在我们轻松愉悦的唠叨中，变得渐渐明晰起来了。

（原载《文学界》2012 年第 11 期）

采 暖 期

　　在热力集团抓紧时间为市民供暖的那几天里，寒冷打败了雾霾，跃居为首席话题。"冷死了，真的冷死了。"就连猫，确切说，是打扮成猫形的人，都在抱怨这个看似寻常的冬天。

　　这是一只"暹罗猫"，颜色罕见，赭色脸颊，灰绿相间的身子，腥绿的爪子，只有眼睛是黑白分明的——使这只庞然大物显出了那么点儿人的模样。

　　"我这衣服咋样？还有面具。它们是一套，我在网上淘的，限量版的哦，好看吗?"猫形衣服里的女孩眨眼睛，吐了吐草莓红的舌头，问坐在她对面的男孩。

　　两个男孩，一个矮、瘦，尖脸，胡须丛中卧着至少四颗大粉刺，这种猥琐而狡黠的长相并不多见，他也许深知这一点，因此，眉宇间弥漫着某种焦虑。另一个的长相更罕见，这么说吧，想象一下肖恩·马里昂被敌队球员踢中下体后的样子，就知道眼下这位仁兄的长相，该有多么惊世骇俗了。

　　"出去走两步？别总在这儿显摆你的猫外套了，跟变种狐狸精似的。"山寨版的肖恩·马里昂细声弱气地说。这声音跟他的外形颇不搭调。

"对，还是出去走走吧。别老在这儿蹭空调了，影响人家做生意。"矮瘦的那位像个杂技演员，令胡须里的粉刺抖动起来，附和道。然后，他抽风似的向这边回过头来，"老板娘，埋单。"

他的声音奇大，把一直坐在这边观察他们的唐沔和坐在吧台前看电视的老板娘同时吓了一跳。不过，老板娘显然对这儿的一切都见怪不怪了，她抓紧时间打了个哈欠，拿起账单向他们走去。

"你埋单，我举双手赞成。但是，出去走走嘛，就免了。"等老板娘走到他们那里，乜斜着眼将账单扔到瘦子面前的时候，女孩这样说。

"不觉得这种天气出去瞎走，是神经病吗?"她尖刻地补充。

"你本来就是神经病。"瘦子打趣。

"这个说法，倒是个像样的理由。"女孩尖声笑了起来，"那好，我同意陪你们出去，不过，一会儿你们得请我打桌球。"

"打桌球不好玩，还是打炮吧，就咱仨，行吗?"瘦子说。

"男神，你这话也太直抒胸臆了吧?"女孩故作惊诧和愤怒状，"德行。"

"他的话没啥问题嘛，是你想太多了哦。"高个子笑了，"他说的打炮，不是你理解的那种打炮，而是对面有家游戏厅新增了一个游戏项目，气枪打灯泡，一枪打过去，咣，一秒钟灯泡变碎末，玩儿起来可带劲了。不过特贵，打一枪五块钱。"

"真的吗? 好玩。要去，我要去。"女孩撒欢儿地站起来，"打炮打炮，我至少要打十炮，把你俩打成穷光蛋……说好了，还是你俩请客哦。"

195

"行啊。"高个子看了一眼他们面前三只空了的泡面桶，"既然吃泡面是他请，那我请'打炮'。"

女孩装出欢天喜地的样子，跟着这俩丑八怪走了。

他们簇拥着刚走出这个地下室出口的大门，唐沔就噌地站了起来，走到吧台前，对老板娘说："大姐，能麻烦你件事儿吗？"

老板娘以她惯用的那种乜斜眼神看了唐沔一眼，没说话，继续看她的电视。

要她这样一个二十年前从广西农村嫁到北京郊县、后来靠拆迁发家致富、如今经营着这一长溜地下室的俗气女人，以平视的心态对待这些只能租地下室住的非北京人，是难为她了。

"能帮我查一查，刚才那女孩叫什么名字吗？"唐沔鼓足了勇气问。

"租客的名字得保密，这是规矩。包括你的名字。"

"那就算了吧。"唐沔说，"谢谢你了。"想转身走下去，回他自己的房间去，却又生硬地转过身来，"麻烦你别告诉这个女孩，我打听过她。"

等唐沔快从她的视野里消失了，老板娘突然唤他回来，撕了一张写有一个人名和电话号码的纸笺，交给唐沔。

无疑是女孩的名字和电话号码。唐沔接过纸笺，仔细看了看，又抬起头，感激地望了老板娘一眼。这胖娘儿们也许并不像他所想象的那么势利，至少，当她面对不让她讨厌的年轻男北漂时，偶尔也会抛却她骨子里的鄙视，挤出那么点儿怜悯来。

"太谢谢你了！"

196

唐沔揣了纸笺就要走，却又被老板娘叫了回来："小伙子，我可得多那么一句嘴，这姑娘看着不像什么正经人，你留着点儿神。"

这话跳过了好几道铺垫，唐沔却不觉得突兀。然后，唐沔下意识地辩解起来："大姐，您别误会。我只是……只是不知道为着什么原因，对她，有点儿担心。"

老板娘抿着嘴乐了，说："要不是看上她了，你担心她干什么？"

"我真的是担心她。虽然，我并不认识她。"唐沔继续辩解着，"你没看见吗？跟她在一块儿的那两个男孩，怪模怪样的。"

"你看上她什么了？"老板娘问，"你看她那张脸，跟大南瓜给铁榔头锤过一记似的，你有必要看上她吗？"

"是这样的，我就觉得吧，她跟别的女孩不太一样。"唐沔不得不接老板娘的话茬儿，但心里却突然被自己刚才说的那个逻辑魇住了——两个怪模怪样的男孩，把她忽悠出去了，喏，他们最后是那么对话的……

"哪儿不一样了？我忽然想听你说道说道了。"

"那就给你举个例子吧。早上，我经过她门口，听她在那儿嘀咕：'这门转起来声音咕噜咕噜的，一点儿都不像女孩住屋的门，女孩屋子的门转着，听起来应该是咯吱咯吱的，所以，这门肯定坏了。'你不觉得她说话很有意思吗？一般人谁会根据门的声音分男女？"

唐沔一边回忆着早上经过女孩门口时听到的她的自语，一边又让思维返回至先前自己说到的那个逻辑上。他们最后的对话……虽然高个子解释说不是女孩理解的那种"打炮"，可谁知道，这俩丑八怪是不是虚晃一枪？

197

"她不是有本事把门的声儿都能分出男女来吗，她是有病。"

正好别的租客从下面上来，走到货架间找他要买的东西，老板娘就不再搭理唐沔。

这个位于地下室出入口不足八平方米的地方，被她收拾成了小型而洋气的超市的格局，中间三排货架摆货品，三个角落分别摆了吧台、两套餐台餐椅，也就是唐沔和刚才那俩男孩、女孩坐的地方。

老板娘的不再搭理，使唐沔有时间将心里的那个逻辑重新梳理一遍，然后，那种他先前所说的担心，变得更为明确、执拗。他坐不住了，打开大门，跑了出去。

真冷。

这已经超出唐沔没来北京前，他所能忍受的冷的极限了。

唐沔站在黑沉沉的天幕之下，望着前方谢顶的几棵高大白杨树，突然就为自己的选择心虚起来。为什么在他年逾三十时，要扔掉那个南方小城里他捧了近十年的铁饭碗，跑到这个巨型城市来晃悠呢？难道真像对当时阻止他来北京的家乡朋友们所解释的那样：北京对于他这种专业的人更有发展前景？

站在那里，揣测着自己，忽然对自己充满疑惑了，就像他来北京这近三个月以来的情形一样。不过，唐沔很快不再纠结这个问题。

纠结这个问题没有必要。多少人来北京，并无绝对明确的目的，不是吗？也许，大家是钟情于那种把自己投身于一种巨大而不知所终的未来的感觉吧。

唐沔最终把思维落定到他这会儿跑出来的目的上来了——那个女孩，他对那个女孩的担心。

一下子手就探到了兜里的那张纸笺。拿出来，瞪着上面的电话号码，把相应的数字输进手机。电话接通前，他望着纸条上她的名字笑了：怎么就那么巧？汤嫣？他跟她的名字，几乎是孪生的。难道，这就是他毫无来由担心她的原因？一种不能用理性解释的原因，就像，就像某种灵异现象？嗬，这样一揣度，他心里有种暖洋洋的感觉。在这一年中最为寒冷的时候，他因此深受抚慰。

她的电话通了："哪位？说话，不说话我就挂了……德行。"

的确是她的声音。而这时候唐沔再听她的声音，对她有了一种新的感觉：这确实是一个跟常人不太一样的女孩。她说话时气息很重，声音干涩，仿佛此刻的她，是一个承受咽喉肿痛之类疾病的人。

该不会真的出什么事了吧？电话一断，唐沔立即在心里问自己。对她的担忧仍在，他又拨响了她的电话。

"我说你是有病，还是有重病？你到底想干什么呀？没完没了了是吧？"这次，电话刚接通，她便骂。在她骂声的末尾，一个男人的声音掺杂了进来。

"咋回事？"是那个矮瘦男孩的声音。

"一个骚扰电话，拨了两次了，虽然没放一个屁，但我能听出来，是个男的，一个男变态，跟你俩一样。不理他，咱继续玩儿……我枪法可以吧？五枪打中了四只灯泡。"

听完最后那句话，唐沔这才放了心。挂掉电话，他自嘲地笑了。笑罢他欢快地转过身，往地下室的大门跑去。打开，冲进去，差点儿把老板娘撞倒。他一迭声说着"对不起"，跑进他的出租室去了。心里面，像刚有一只暖水袋放进去。他仰躺到单人床上，放声笑了起来。有意思，这的确是个有意思的女孩。一个陌生电话，不出声，她就能听出男女，这该是一个感觉多么敏锐的女孩啊！就跟他现在一样敏锐。

站起来，坐过去，打开电脑里的视频，看自己难得变得生机勃勃的脸，唐沔觉得自己似乎弄清那种莫名担心背后所掩藏的秘密了——他喜欢这个女孩。确如老板娘所说的那样，他看上了汤嫣。

一个感觉敏锐的人，与另一个感觉敏锐的人对接了，就像两股电流，突然碰上，身体上所有器官的感觉都启动了。

唐沔无疑正处于他人生最易敏感的时期。这应该是拜他眼下的处境所赐。当然，这敏感症的光临，是有个渐进过程的。积少成多，最后终于变成了一股势力，在他身体里蛰伏，伺机拧开他身体里诸多本来处于休眠状态的感应阀。

有些事唐沔是有想法的，譬如，有一个男的，跟他在一个技术论坛认识了五年多了，五年来，他们频繁进行技术交流，最终变成无话不谈的网友。三个月前，唐沔要来北京，跟这位已来北京打拼两年的网友打了个招呼，对方说："你来可真好，我在北京就有玩伴儿了。"

这话在今天的唐沔看来，怎么都像是在开玩笑。

真实情况是这样的：唐沔来北京几天后，即约见这位网友，双方敲定了见面时间，但临到那天早上，唐沔寄出的一封求职信有了眉目，对方公司约他当天去面谈，唐沔只好跟那网友改时间见面。不知何故，当晚，唐沔就发现QQ和微信上，他都被这位网友加入黑名单了。无论唐沔如何再重新申请成为他的QQ、微信好友，对方都拒绝。

这让唐沔百思不得其解。为什么呢？就因为他临时取消赴约，就激怒了此人，从此老死不相往来了？他们可是在网上热聊了五年。唐沔是没有可能解决这个疑惑了。答案尘封在这个永远不可能再与他交谈的人的心里，就像进入了宇宙的某个虫洞，正以每分钟几十光年的速度，远离他的生命。

　　后来，唐沔只有这样去理解这件事。北京太大了，人太多了，对一个已经逐渐在这里扎根的人来讲，可以见面的人，唾手可得。所以，大可不必为了一个没见过面的人，浪费一点点儿心力。突然因某事不如他的意，或者对这个未曾谋面的人产生了情绪，他完全可以任性地让自己变成一个绝情的人。在一个过于巨大而忙碌的城市，人们身上揣着一大把的绝情丹，在突然觉得某人无趣或不值得交往的第一时刻，立即服用，以尽可能少地付出自己珍贵的感情。北京从来都不是冷漠的，它只是忙碌。它不在乎给予对其不特别重要的人冷漠的假象。

　　这么说吧，来这座城市三个月了，唐沔除了每天见面的同事之外，暂且没有任何朋友。而这些同事，因为大家上班时间过于忙碌，从无人与唐沔有过工作话题之外的深交流。

　　上班之余，唐沔常会生出一种奇怪的感觉——这座城市其实是悄无声息的。无论周围多少人，无论马路上多么嘈杂，他都觉得寂静。因为，除了工作，他不与任何人交流，工作之余的时间里，他就躲在自己的地下出租室里，上网、发微博、发微信，然后是没完没了地为自己下一步的生活做准备，精神的准备，能力的准备。

　　醒来时，唐沔看到电脑屏上显示的时间已经是夜里了。冷，真

201

冷啊。他裹着厚被子从床上坐起来，瞪大眼睛望着森冷的暖气片。热力公司已经下通知了：再过两天，也就是十四号，完成全城供暖。再挨两天就好了，就两天，不是吗？

唐沔穿衣下床，开门出去，准备去找点儿东西喂喂自己。走到直通地面一层的楼梯时，他看到把自己装扮成暹罗猫状的汤嫣从上面下来了。她面色干涩、苍白，外面的冷风把她给冻成这样了？他与她在楼梯中段错身而过。唐沔忍不住回过头去，却发现，汤嫣也回了头。

与他的想象格格不入的是，汤嫣趿身停下，气咻咻地瞪着他。"刚才是你给我打的电话吧？"她用一种确凿无疑的语气，厉声问，"是不是你？是不是？"

唐沔一时半会儿想不通她是怎么发觉真相的。不过，是否弄清这个问题，在他想来，其实并不重要，重要的是，他有机会跟她说话了。

"我……没有……我只是……"

"不许再打我电话，听见没？"

唐沔笑："万一，我就是要打呢？"

"有病。重病。"汤嫣快步往下走去。

唐沔有点儿想追过去，但又觉得没把握一气呵成地讨得她的欢心，就愣站在原地。这时他看到老板娘跟一个修理师傅出现在楼道顶头。见到唐沔，她对修理师傅说："你去问他，是他跟我说那姑娘的门坏了的。"

修理师傅看了他一眼，补问了一句哪个屋的门坏了，而后，他背着工具箱快步下去了。唐沔跟着往上走，却见老板娘在门口等他。

"我跟她说了，你要了她的电话。"老板娘用一种促狭的语气说，"我觉着吧，这是好事儿，你看上她了，她应该知道。也许你不见得好意思说，我帮你转达。"

唐沔有种被剥光了衣服的感觉，在这样一个胖女人面前，这种感觉令他不适。他突然就不想出门了。走回到长长的廊道尽头，他看到那修理师傅刚从汤嫣的门口出来，而汤嫣则在跟那师傅说："谁告诉你我门坏了的？没坏。"

修理师傅一下子看到了唐沔："是他说的。你问他。"

汤嫣生气地远远盯着唐沔，似乎待他走近了就会往他脸上扇一巴掌似的。唐沔觉得她的表情有点儿好玩，大摇大摆走过去，经过她身边，主动停住了。

"你这人够无聊的。"她恶狠狠地瞪了唐沔一眼，就要把门关上。

在门合拢的最后一刻，唐沔认真、仔细地看了看她的脸，这是他第一次如此近距离地看她，他突然觉得他没有理由喜欢她。她长得并不出众，甚至有点儿对不起观众。

可是，为什么他会对她担心，为什么会想去观察她，并真的在观察了她很久呢？难道是，在眼下的北京，他太孤独了，急切需要一场爱情滋润，于是将一个女孩身上的怪异气息误认为是爱情的召唤了？这说到底，正发生在他身上的这件事，仅仅是一名情感饥渴的男人的自以为是？

唐沔闷闷不乐地回转身，往自己的屋子走，路上回想那最后一眼他所看到的她屋里的状况。那不像一间女孩住的屋子。至少，他自己的屋子都要比她的整洁。而她的屋子，给他的感觉，像是她随时准备要逃离此处的样子。这样的屋子配上她的怪异气息，显得特别搭配。

难道，真的仅仅是因为这女孩显得怪异，他对她容易产生某种异乎寻常的感觉，不是爱情的召唤吗？绝不是。

十四号终于到了，热力公司忙着派人过来整修暖气。经过一整年的休息，有的屋子暖气片老化，出了问题。唐沔和汤嫣屋里的暖气都需要修，他这边是部分暖气片发热，部分不热；而她的，完全就不发热。

让唐沔的特异感觉又有所启动的是，他注意到一个细节。当修理师傅去敲汤嫣屋门的时候，她没有及时把门打开，而是先把门拉开一条缝，探出一个头，警觉地说："等一下。麻烦您先等两分钟。"

过了五分钟，她才把门拉开。等师傅进去后，她忙不迭地把门关上了。关之前，还探出头向廊道两边察看了一眼。

当时，唐沔正好在廊道里站着，她举动中的一切细枝末节，都被他收罗进脑中。这之后，他开始恣意揣度她刚才的举动。

他并没有揣度出个所以然来。

只是，十四号这天中午，他出来坐进大门内侧的小型餐区时，听老板娘说了一句话，这句话似乎令他身体里那种特异感又强化了一些。老板娘说："也真是奇了怪了，自从你上次跟我说那姑娘跟常人不怎么一样时，我注意看了她几次，还真看出些不一样。"

"比如呢？"唐沔感觉自己浑身的触觉都变得锋利，它们茵出身体，全体支棱起耳朵，向老板娘探过头去。

"怎么说呢？她以前可不是这样儿的。以前我看她，挺文静、忧郁的一个姑娘，闷不吱声的。虽然长得不怎么样，但性格倒还喜兴，

204

也不见她带男人回来，她住在我这儿小半年了，一次都没带过。可最近几天也不知道她怎么了，别人跟她说话，她就跟个刺猬似的，反应特别激烈。她还老带不三不四的男人回来，我给算算，加上昨天你见的那俩，光最近一周，她就带了五个男的回来过了。"老板娘忽然眼睛一亮，恍然大悟了似的，"莫不是——她开始干那个营生了？这可使不得，我可是正经租房给人住，这样的人，我惹不起，不行，那可不行。我得好好去问问她。"

唐沔有种受打击的感觉。仿佛仅仅是出于对这种打击感的排斥，他大声替汤嫣辩驳道："不可能。绝对不可能。大姐你绝对是想多了。她就住我斜对门，她那里的动静我能听到，要真是你说的那样，她屋里哪能没动静？你千万不要那么想。"

"那谁知道呢？现在的女的，特别像这种单身女的，谁说得准？"

唐沔忽然有些厌恶老板娘，他认为她如此理解汤嫣，归根结底缘于一种鄙视——像她这种已成功留驻北京的俗气女人，内心里对他们这种只能租地下室住的"北漂一族"无法不鄙视。

"大姐，你要那么说，我也没办法。不过，我还是希望你别把人想得太坏了。"

"你这是怎么说话呢？我怎么就把人给想坏了？行，我还真不信这个邪了，这两天，就这两天，我就去她屋里好好看上几眼。"

暖气的到来，并没有替唐沔除去那种寒冷的感觉。一方面，外面照样那么冷；另一方面，那种跟很多熟人同处一城却彼此不觉得必须要见的感觉，令唐沔常在夜半醒来时深刻感知到心里横亘着一种凉意。

他有点儿担心，如果他在这座城市待久了，会变成那种他自己都不想变成的人。

然而，他又难以说服自己，叫自己索性离开这座城市，回到他原来生活的那个小城市。只要一想到毫无收获地回去，将给他在那里认识的人带来多少的话柄，他心里不免就恐慌。于是进一步想到，他自己其实也不能接受毫无收获地回去，那对他来说简直是一种侮辱，所以，他一定要坚持在这里待下去。

唐沔决定坚持下去。三个月来，他已经换了四次工作了，可喜的是，一次比一次如意那么一点点儿，薪水也每换一次前进一小步，按这样的趋势看，他是有机会走出地下室的。出人头地的可能性肯定不大，摆脱"极品屌丝"的概率还是很大的。坚持！继续！这座城市满大街的人都在这样的口号下，坚定地耗在这里，他为什么要退却？

暖气开通后的第二天，唐沔一改自己被动的性格，约请他的新同事们下班后出去吃饭、K 歌，尽管一开始同事中的大多数人都用各种理由婉言谢绝唐沔的约请，但在唐沔难得一见的持之以恒的态度下，同事们最终都答应了。一次聚餐、K 歌行动，就此成行。

这个夜晚，这样的一次活动，给唐沔带来很好的感觉。他放任自己的酒性，痛快喝酒，用变调的嗓子，尽情唱歌，快活极了。

这次由他组织的成功聚会，让他发现，在这座巨大的城市，只要他愿意及时调整个性，其实很容易获得友情和欢乐。他之前备受孤独的煎熬，仅仅是因为，他的个性对这座城市而言不够讨喜，因此极容易被友情和欢乐拒之门外。

回来的路上，唐沔坐在出租车上，对着窗外狂吐，吸着冷风傻笑。他知道自己终于开始了适应这座城市的旅程。往后，那些个焦躁、孤独、慌乱，以及不见得必须要秉持的敏感，抑或敏锐，将会逐渐远离他的身体。他其实特别讨厌那种因为焦躁、孤独、慌乱而变得像充足了电的感觉，那种再多一伏电就能将身边人击中的感觉。

因为宿醉，他错过了当晚发生在地下室里的一次来自公安部门的突袭。

夜里，唐沔倒是迷迷糊糊听到了屋外、来自廊道或其他屋的异样声音，但他没在意。第二天早上，他起床，打起精神出门上班，经过大门口的吧台时，老板娘突然把他拉到一边：

"我弄错了，她不是卖的。"

"不，没弄错。是我弄对了，我还是弄对了。"

"她杀人，杀过人。我的妈呀，她是个杀人犯。"

老板娘的话颠三倒四。

"以前，她有一辆电瓶车，早上她骑着车出去，倒是出去得不算早，但晚上回来会很晚，现在的超市，都要十点才下班的嘛。我就说呢，怎么最近没见她的电瓶车了呢，原来出那事了。"

"她撞了人，然后就跑了。被撞的人，让 120 装走了以后，没救过来，当天夜里就死了。"

"路上群众说，撞完后，她倒是停下车跑到被撞的人那里，去扶人家的，但不知道怎么回事，突然，她就跑开了，然后，骑到车上，跑了。在车上，她还回头呢，但后来她不回头了，只是奋力地蹬车，越蹬越快。"

"这是一周前的事情。这一周以来，公安一直在找她。因为她的电瓶车没上过牌照，公安部门一时半会儿没找到她。"

"多亏我脑子愿琢磨事儿，趁她不在的时候，打开她的门，去她屋里好好看了看，就看到衣橱最底下压着条裤子，裤腿上有血。你说她也真是怪，为什么不把这裤子扔掉呢？又不是一大具死人的尸身，不沉，也不碍眼，她想扔的话，把裤子揣到包里出门，随便往马路边哪个垃圾桶里一扔，不就完了吗？这样的话，我也不会怀疑她有问题，也不会打110。"

"她是丹东人，男朋友跟一个有钱的老娘儿们好上了，踹了她，她伤心、憋气，一狠心，就来北京了。可你说，现在那些博士、硕士的，在北京都不好混呢，她一个中专学历的人，来北京干吗呢？我真想不通。她确实够怪的。她来北京前的那些事，是上午警察给她做笔录的时候，她自己说出来的多余话。不是多余话吗？说那些干吗？像你们这些年轻人，谁个来北京没点儿原因？她说那些，可真是多余。"

"我就不明白了，她怎么就不把那条血裤子扔掉呢?"

"对了，她还说了，出事之后，她难受，你知道她想了个什么招让自己不难受吗？她找男人玩儿，就在网上找，找到谁就是谁。你猜她是怎么说的？找个陌生男人，瞎玩一天，就会好那么一点儿，没那么难受。听听，这是正经姑娘的话吗？她真的不是正经姑娘，她自己说的，她还跟每个她约过来见的男网友都睡了觉，说是，睡一睡，就更加不那么难受了……呸！"

那天早上，老板娘一个劲地说着汤嫣的事，没完没了。唐沔觉得该听的都听得差不多了，抓住她停下来喝水的空当，快步走了。

一整天，唐沔都想着汤嫣不把那条血裤子丢了的原因，对同样

208

刚来这座城市不久的唐沔来说，太容易理解了。老板娘理解不了，是因为她在这座城市待得太久了，并且深知自己已经是这座城市的主人之一。唐沔不会告诉老板娘的。告诉她，兴许她也理解不了。只要是别人理解不了的事，唐沔都不会告诉对方，因为，那意味着，他们不是一路人。

晚上回到家，唐沔一进屋，就在床上睡着了。暖气实在是太热了，叫他这短暂的一觉睡得不舒服，他脑子里乱糟糟的。

"出事之后，我难受，我就想到了一个招儿，以便让自己不难受——我找男人玩儿，就在网上找，找到谁就是谁。找个陌生男人，瞎玩一天，就会好那么一点儿，没那么难受……我还跟每个我约过来见的男网友都睡了觉，睡一睡，就更加不那么难受了……"

睡梦中，唐沔看到汤嫣坐在他的床前，低垂双眼，身子一动不动，如同一个被施了定身法的木偶，轻声地对他说着这些话。他躺在床上，看着坐在床前的她，多次试图去碰碰她，以确定她确实是一个真实存在的人，却发现自己浑身被一种无形的力量缚住，动弹不得。

有敲门声。活在唐沔梦里的汤嫣，惊恐地站起来，向门口跑去。还没跑到门口，她的身子被一道光击碎了。唐沔迎着空中迅速遁为无形的光的碎片，猛地从床上坐起来，跳下床，去打开门。

老板娘站在门外，说："今儿早上，我话还没跟你说完呢，怎么就走了？"

"怎么？"唐沔淡淡地问。

"忘了交代你，一、别跟以后租这儿住的人说她的事，我不想让人知道我的房子租给一个杀人犯住过；二、警察刚才来找过你了，说是要问你点事儿。"

"问我？我有什么好问的？"

"太有问的了。我都想问你呢，你是怎么怀疑上她的？要不是你起先那么说，我还压根儿想不到去怀疑她。"

警察："你真的说不清为什么觉得她反常？"

唐沔："真的说不清。"

警察："你什么时候住到她斜对面的？"

唐沔："三个月前。"

警察："在那之前，你没注意过她吗？"

唐沔："没有。我印象中，那之前，我几乎没见过她。可能，是因为她下班回来晚吧，我下班回来也晚。最近几天，她出了事，没上班，我才注意到她。她这个情况，是你们刚才告诉我的。"

警察："你可以先回去了，还有什么要问的，我们再找你。"

唐沔："我会一直在北京的，你们什么时候想找，我都在。"

几分钟后，唐沔迎着冷风走在马路边上，想起警察的问题，用心想给自己找一个答案。对啊，当初，他为什么会关注汤嫣呢？为什么？他就那么使劲地想着，一直想了一路。

热力公司发布停暖公告时，唐沔已经换了两次租房了。汤嫣出事后，他们原来租住的那一长溜地下室，按北京政府有关出租房的管理规定，被取缔了出租资格。但有更多的地下室出租房照样营业。于是，唐沔换到了隔壁小区的地下室里去租住了两个多月。那两个多月后，唐沔因为加薪而得到了一些自信，果断地从地下室转移到了地面上住。他在某个老旧小区一幢楼的顶楼，租了个一室一厅。

一年中无疑有两个时间段叫人最感觉寒冷，也就是即将供暖和开始停暖的那十天半个月。然而，相较于去年等待供暖时的那十几天，眼下这个已经停暖、只等天气回暖的十几天，并没有让唐沔感觉到有多冷。

不容易感觉到寒冷，令唐沔对自己失望。他有点儿怀念初来北京时，那种浑身带电的感觉。

唐沔故地重游过一次。在春天到来后的一个周末，回到了那里。他发现，那一长溜地下室，又开始正常营业了。老板娘还是那个胖女人，租客大多都换了。老板娘没认出他来，那些租客，更没有一个人认识他。

需要补充的是，那晚，唐沔并没有立即走进地下室，而是先去找了小姐玩儿。

他不能不记得，那个夜晚，他身上的电力足到了吓人的地步，仿佛他那一米七八的身板一时间变成了一个能自发电的变压器，把那小姐电得嗷嗷叫。但她忍着，一直忍，直到唐沔自行短路，身体里那些尖利的触须全体碳化。

有那么一阵子，唐沔老是去找小姐。他的终极目的不是为身体找乐子，而是想找回那晚那种能把人电死的感觉，但那感觉再没回来，仿佛他身体里那些尖利的触须经了那晚的碳化，就彻底与他告别了。

（原载《青年文学》2015 年第 3 期）

死了一个秦香莲

　　他是一个爷们。很寻常的某晚，一个整形失败的僵尸脸姑娘假装把自己喝大了，在一个宽阔的 KTV 包间里用一种娇嗔所允许的最大声音扮演华妃娘娘，她脱下一只 Christian Louboutin 红底高跟鞋举成小手旗挥舞着大喊大叫："我需要一个糙爷们跟我谈一场不分手的恋爱，是糙爷们的站出来。"包间里的男人们，带女朋友来的和没带女朋友来的，喝了酒的没喝酒的，对那姑娘有兴趣的没兴趣的，对姑娘这个种类有兴趣的没兴趣的，他们一边交头接耳地讨论她的鞋到底是正品还是高仿货，一边出于应景的需要把手举过他们想象中的天际线大声起哄："我是糙爷们，选我，选我。"姑娘就用红鞋跟一个男人一个男人地点过去，点一个摇一下头："不行，喊，你不行。"末了，她的鞋跟指着他的光头固定住："就是你了，本宫今晚翻你的牌子，还不快快滚到我的碗里来。"

　　那个晚上他跟没跟那姑娘回家，那姑娘跟没跟他回家，不值一谈。人类已经奔跑到了一个说翻牌就翻牌的时代，哪些事值得作为谈资哪些不值得，那得拎得清啊，不然我们就会被人暗中讥讽是从刀耕火种的年代里穿越过来的陈年 low 货。那个夜晚勉强可以被当成谈资的，是他被陌生姑娘选中，这件事情说明了他的皮相可以视作一个爷们的范本，就这么一点点而已。是哟，他就是一个一目了然的爷们哟。至少，在姑娘们眼里是。可这种认证不就是姑娘们说了算吗？

很多姑娘在跟他谈过一场恋爱后都说：哥们，你的心跟外表一样爷们啊，真是个好人。她们的评判标准简单得令人肃然起敬：她们以前经历过、以后要经历的男人，在顺利泡到她们之后，都会把这个事拿出来当谈资，仿佛那才是他们的真正目的，她们是怎么变成八卦的呢？还不就是因为跟她们好过的那些个男人拿她们作为他猎艳生涯的战果四处宣扬了吗？他，在这方面很不一样。他是断然不会干这种事的。这真是一个要求低到尘埃里的时代啊，衡量好人的标准居然变成了被人泡了、耍了，只要他不说出去。这个时代到底会走到哪里去啊？阿尔法狗都已经隆重出场了，下一个时代好像也不能让人轻松到哪儿去，姑娘们用大笑掩饰着心里的忧虑，趴在他的怀里哭。你还好，你勉强还称得上有创意，你的创意或许能帮你活着挤入即将到来的全面人工智能时代。也不知道她们这句话的逻辑点在哪里。她们引以为创意的例证是他是一个养刺猬的人。不说她们了，反正这个时代你想到哪里就说到哪里也没人会真的在意你说了什么，就说刺猬好了。现在，他的一只刺猬死了。

不是他养了两年的那只母刺猬，是他的母刺猬刚刚生下的两只小刺猬中的一只。母刺猬叫嫦娥，死的这只小刺猬是两只当中稍后出生的，叫秦香莲，先出生的叫潘金莲。

他刚发现秦香莲去世的时候，电话响了，是一个来找他吐槽的人。在一个你吐槽我、我吐槽你，不会吐槽、不愿意跟风吐槽很可能会被视作装×犯甚至因此变成最佳吐槽对象的大吐槽时代，来吐槽的人是谁、是男是女都无关紧要。这就是一次例行公事的正常吐槽而已。他一边按照往日的习惯跟电话里的人吐槽，一边走到秦香莲身边。嫦娥和潘金莲正围着秦香莲呜咽。他一边打电话，一边蹲下来，抚摸冰冷的秦香莲。这个时候，他的胸口里面被什么东西扎了一下，痛哟。他想挂了这个电话，理由是十分正当的：他的宠物死了，他现在难过了。可如果把这个理由说出来，电话对面的那个人一定会取笑他的吧，下一次，就成了这人跟别人吐槽他的理由。他把秦香莲抱在怀里，一边继续接电话一边想，要是现在死的是一个人就好了。

这一天才刚开始，他还有很多的疑似朋友要见，就像往日里的每一天一样，为了活路，这儿那儿地去串个场子。他的活路也没什么特别，就是靠微信粉丝量卖产品，只不过他卖的产品稍有点特别，他卖的是整形美容医院的手术套餐。他一个糙爷们做着卖整形美容套餐的活路，听起来真是违和。可这种违和就是他的特色。但是，光有特色却不懂得经营自己的特色，是抓不住活路的。他很懂得经营自己的特色。他的方式，就是不遗余力地调侃自己的特色，让人们觉得他是一个特别可爱的人。他就这样，可爱地巩固着自己的活路，活得还不错呢，月入紧逼时髦的"十万＋"，比当文人好多了，他的另一个身份，是一个民间作家。

他现在要去参加的正是文学圈里的一次聚会。现在他在一张特大型号的餐桌上坐下了。他坐的位置，离主宾位是非常远的，如果把坐在主宾位上的那个中年男人比作太阳系中的太阳，那么他就是围绕地球转的一颗人造卫星。他往往是自己主动坐到那种远离中心的位置的，这样一般不会坐错。他又不喜欢这个圈子，他任何圈子都不喜欢，他只是个过来攒粉丝量的路人甲，因为坐错位置被人拉入黑名单就有违他强迫自己参加这种聚会的初衷。好啦，作为一个以成为粉丝收割机为己任的整形美容机构中间商，他现在要开始吸粉啦。他的方式，是用与众不同的说话方式，把注意力吸到他这边来。

"我今天死了一只刺猬。"

他高亢有力地说了这么一句话。

其实他不完全是那样说的，如果把语气助词也算进去的话，他应该是这样说的：

"我今天死了一只刺猬，哈哈哈哈！"

千真万确，不是"哈哈"，也不是"哈哈哈"，而是"哈哈哈哈"。"哈"这种语气助词，多一个少一个，效果和意义全不一样。超过三个，那是笑。四个以上，那可以称之为狂笑。如果某天某个人一口气用了十个以上的"哈"，那他的神经中枢肯定受损了。

这句话说完之后，他看看大家。如他所愿，大家的注意力成功被他吸引过来了。美中不足的是，座中人都没有接他的话。怎么接他的话呢？明明"我死了一个刺猬"是一个偏严肃性质的陈述句，他却在后面加上了四个"哈"，这样一来，严肃一下子就显得不正经了。连严肃都不正经了，这世上还有什么正经事？你叫人怎么正经接这个话？

他其实是有意为之。他死了一个刺猬嘛，今天于他是个晦气日子，他除了需要迅速把大家的注意力吸引到自己身上来，眼下还有与他人进行情感互动的需要。但流露真情实感这个事情，是需要拿

215

捏的，露出来几分，藏几分，都需要有一个科学估算。现在，他是想先用这句加上了笑声的话，来做一个试探。我今天死了一个刺猬，我心里挺难过的，如果现在我来表达这个难过，你们会不会取笑我？如果你们不取笑，我就好好把心里的难过宣泄一把。

他之所以有这样的心理活动是有原因的，座中有个人就在微信上转过一篇长文，在那里作者对一条宠物狗受到的爱与关怀远远超过了街上的流浪汉这样的社会现象进行了嘲讽和抨击。用表达愤怒赚取声名，也算是一条文人活路，这个相对剑走偏锋的套路他看得明白。他可不想变成某个工于心计的文人通往功名的一次"举例说明"。

问题在于，此刻，满桌子的人都没有着他的道。他们交付给他的，就只有沉默。这些沉默让他的试探变得没有意义。这样一来，他居然完全不知道怎么办好了。看来是难过影响了他的发挥，往常在这种情况下，他马上知道下一步如何维系别人的注意力。他摸了摸光脑袋，干笑一声，为自己打圆场：

"喝酒。来，喝酒。"

大家就都喝了一口。马上，有人甩出一个新话题，他也跟着这个话题胡说八道起来。几分钟后，坐在他下首的那个人，把手机举到他眼前：

"是哪只刺猬啊？"

这个人在社会上的位置是很低的，这也是此人把他刚才那句带了笑声的话牢牢记在心里并用心思考如何接住这个话的原因。

他也是从最底层爬上来的，看到这个人像看到了从前的自己，于是他心里感激着这个人的好意，热情地搂住这个人的肩膀，头靠头地看人家手机屏幕上他昨天发的那条朋友圈。他黯然望着这条朋友圈里秦香莲的照片说：

"就是它。奶奶的，今天早上刚死。早不死晚不死，我早上正要出门，它死了。这是个什么事儿嘛。"

这一次，他用了一个由好几个短句组成的长句子。那么长，他也没有加一个"哈"字，这样严肃就真的是严肃了。在座的人这才注意到他的表情，其实是有点落寞的。马上，全体人都觉得，不把焦点转移到他的刺猬这儿，是违反社交规则的。

"你死的刺猬有名字吗？"

"有啊，秦香莲。"

"好熟悉的名字啊，好像在哪儿听过。哈哈哈！"

有人被戳中了笑筋。

"我有三个刺猬，最初的一只叫嫦娥，我养它两年了，嫦娥半个月前被我找了一只公刺猬配种，大前天生了两只小刺猬，一公一母，公的一只是老大，叫潘金莲；母的那只是老二，叫秦香莲。"

他这一段话里有太多笑点，好不容易捉住的严肃一下子就逃走了。满桌子是哈哈大笑的声音。他习惯了大家被他逗笑，但这次还是有点愕然，怎么就下意识地把大家逗得笑成这样了呢？

就在他发怔的这段时间里，大家开始推而广之地把话题延伸到了整个宠物圈。没有人养刺猬，养狗养猫的人还是有，这几人就开始抢着说他们的猫狗。座中有一多半人是不养宠物的，不过他们中却有个别人对猫啊狗啊的知识有些研究，到底是文人，他们便卖弄起自己的博学来。有一个人，知道很多猫和狗的段子，他说了一个让人能够假装被逗笑的段子。一时间包间里荡漾起一种热烈的讨论氛围。这样的热闹，是此类活动最华彩的篇章。他就在大家七嘴八舌的声音里，暗暗叹了一口气，思念起秦香莲来。

"你在想什么呢?"

刚才讨好他的那个人，又来讨好他了。他有点责怪自己的黯然和落寞逼得一个处于最低位的人不得不表现出关心他的样子。他是个卖整容、美容套餐的人，他最容易看得到一个人为了得到表面的美感，为了维持表面的美感而付出的努力。他敏锐地窥视着这个人的心理，感到特别不好意思。

"喝酒喝酒。来，咱俩喝一个。"他端起酒杯，站起来说，"奶奶的，我一听到这些刺猬啊猫啊狗的就来气，都别说这些烦人的宠物了。谁再说我跟谁急。"

他几乎是用一种大发雷霆的语气说完了这番话，逃跑似的离开了这个他不喜欢的场子，去赶赴另一个他同样不喜欢的场子了。

现在他要去的这个场子是另一个圈子的，到那儿开车要二十来分钟。开车去往那个场子的途中，他又想起了秦香莲。真是奇怪，他居然产生了一种掉头回家的冲动。但很快心里冒出一个声音制止了他:

"就是死了一个刺猬而已，又不是死了一个人。每一天有每一天的活动，该干吗还是干吗，犯不着为了一只刺猬改变行程。"

他是一个糙爷们啊，又不是个伪娘。糙老爷们有糙老爷们的准则，一个糙老爷们，亲人死了都得忍住悲伤把眼泪往肚子里咽呢，何况是一只刺猬，何况，他还有那么多的场合要去应对。

他进行着这样的自我说服，斗志昂扬地来到了他的第二个人间欢场。这是一个露天的网红火锅店。这里人气爆棚，火锅味和咀嚼的声音让他不好意思再想他的秦香莲。他在火锅味的包围下，主动向别人敬酒，也把自己喝多了。他在这方面是经过了充分历练的，就算喝得多，他也清醒。现在他清醒地感到，他心里的那种难过，又发酵了，他的心间，还出现了一个叱骂的声音：

"秦香莲死了，你怎么还能这么欢腾地在这儿那儿喝来喝去？"

这个叱骂，有点矫情吧？他是个爷们啊，前妻跟他离婚的时候，他都没有难过过一次。那些跟他曾经迸发过熊熊烈火的姑娘离开他的时候，他也没难过过一次。前几年，他查出自己得了抑郁症，也没有难过过一下。怎么现在竟难过起来呢？

他被心里的质问喊醒。那种难过的感觉就此被踢开了。可很快它又跑过来了。他再次愤怒地踢开了它。下一次它却回来得更快。它就这样越来越频繁地来到他的心里，打扰他，让他无法顺利地装傻充愣了。突然地，所有人都发现他站在餐桌边，瞪着一双吓人的酒眼，动不了了。这简直是一个惊心动魄的时刻。他就那个样子，一动不动地站在那儿，用力地驱逐着心里的难过，因为难过而自责，因为自责而自责，胸膛里面整个儿翻江倒海成一片。

"你怎么了？"

旁边一个人拍拍他的肩膀，把酒杯举到他面前，跟他碰了一下。

"没事没事。喝酒喝酒。哈哈哈！"他跟那个人碰了一下，一饮而尽。

喝完，一个重心不稳，摔到桌子底下去了。

他是个大家眼中的糙爷们，摔一下是常事，何况他是一个扁平足，摔摔是本分，不摔才不正常，更何况，他这一次摔得不比往常任何一次重。大家就先把他拉起来，嘻嘻哈哈地取笑他。他自如地应付着大家的取笑，就此打败了那个叫作难过的小鬼。

结束了这一场，路灯全部亮起来了。这个城市的午夜生活全面开启。在那些个活色生香的夜场里，充斥着他爱过的没爱过的打算爱的不打算爱的姑娘们。她们都比较可爱，喜欢自由奔放的男人。他就是个糙爷们啊，不用演就是。那么，扑面而来的午夜场才是他真正的舞台。现在，他要上场啦。

"我死了一只刺猬！"

他一边撒着酒疯，一边大声对两个正在玩社会摇的姑娘这样说。他的声音里有一种撕心裂肺的质感，那是因为他今天喝了太多的酒，此刻是酒把他的嗓子伤到不成体统的时候。

"我死了一只刺猬，我死了一只刺猬啊！"

他重复地吼叫着，一边象征性地像那些个姑娘那样，扭一扭自己粗壮的腰，拍拍自己蓬勃的腹部，他们今晚都莫名其妙地爱死了这种叫作社会摇的舞。这真是一个"娱乐至死"的时代，每天都冒出来新的好玩的东西，让每一场聚会都有新花样可以玩。今天大家就社会摇啦。社会我×哥，人狠话不多。大家喊着这样的网络热话，摇啊摇啊摇。昏暗是这些午夜场的标配，脸不再能够看得清楚，一切都变得模糊，这个模糊感正好被他利用，是哦，他在音乐声、假意叫床般的人声和摇动的人体之间，大声地哭了起来。前几天他查出他的抑郁症变重了，他都没有这么哭过啊。只有在某一个晚上，他为自己对好几个人做了足够的暗示而他们却依然不知道他查出了抑郁症而轻轻地惆怅了一下，就是那次，他也没到难过这个程度，更不曾哭。可现在，他哭啦哭啦哭啦。

"我死了一只刺猬啊！"

他感觉到眼泪从眼睛里面迸了出来，顺着脸颊往下流，流啊流，他用舌尖舔了一下，居然舔到了泪水的味道。他是个糙爷们啊，哎呀，却这个样子地把自己弄得稀里哗啦了，而且是为了一只刺猬啊，一只不过是养了三天的刺猬，他要是死了亲娘，不知道会哭成什么样子，哎呀他简直不能接受自己现在的软弱。

他什么时候变得这么心软的呢？这真是太奇怪了。他小的时候是个坏孩子，猫见猫躲狗见狗跑的啊，他还杀过刺猬。二十来岁的时候，在那些个场子里，有人因为离别或者什么的抱头痛哭，别的人就跟着哭啊哭的，全场皆哭。那个时候，他为了不让自己显得另类，赶紧在心里酝酿痛苦，眼泪却就是下不来，他怎么用力挤都没有用，只好趁别人不注意赶紧往眼皮下面抹了点口水。真是没想到，现在的他却成了一个因为一只刺猬的死而流泪不止的人。

没有人发现他其实现在是在伤心当中的，就算是看到他流泪的人，也不认为他真的在哭，还以为他在表演哭呢。他平时就是这么演来演去的。

不知道哪个鸟人把开关打开了。模糊的感觉顷刻间不复存在。刺目的灯光下，有人立即看到了他脸上的泪水。

"你怎么哭了？"

"我怎么可能哭？我又不是傻×。"

他吹胡子瞪眼地叱责那个说话的人。他是个糙爷们，开什么玩笑，他怎么可能哭？

"你刚才一直说，你死了一只刺猬，那是真的吗？"

"那还能是假的？你假一个给我看看。我死了一只刺猬我容易吗？"

"那你刚才就是哭了，你为你死去的刺猬哭了。"

221

"一只傻刺猬，我没叫它死，它就死，这不是乱死吗？为它哭个二姑奶奶家的笨驴的大腔。"

"没看出来，你是一个这么有感情的人呢。"

"我总是很有感情啊，哪像你们这些人，每天都泡在虚情假意当中。你们大概被虚情假意泡得连脑门都秃了吧？"他故意说着丑陋不堪的胡话。

"得了吧，你也就今天这么真情实感一回吧。说说，死了一只刺猬到底是一种什么样的感觉。"

他冷静了片刻，默默地把所有人都打量了一次。他是个兜售整容和美容套餐的人，每天与真与假的本质打交道，他太有能力分辨真假。现在他发现，人们其实是真的被他的哭打动了的。

总有那么一个时刻，人们会被某一种真实的东西打动。

表达对秦香莲思念的珍贵时刻终于来到了。他跑了一整天，终于等到了这样的时刻，他该好好把握。

他开始用一种正正经经的语气，向人们讲述他从养那只母刺猬起的这两年来的心路历程了。他一边讲着，一边鼓励自己讲下去，不要怀疑自己，不要让自己有任何害怕讲下去的理由。

在这个虚情假意的世界里，他一个糙爷们，能为一只死去的刺猬真心诚意地痛苦和悲伤，那并不是一桩该羞耻的事啊。谁敢怀疑这样的痛苦和悲伤，谁敢笑话这样的痛苦和悲伤，谁敢就此笑话他不是一个爷们，那是他们的问题，不是他的问题，该羞耻的是他们，不是他。

他在心里用这样的话鼓励着自己，直到把他心里的真情实感统统讲完。在此期间，他放弃了克制和压抑的想法，狠狠地体会着心

222

里那种死了一只刺猬带给他的真实痛感。在这个人人曲意承欢的世界里，这样一种真实的痛感多么来之不易，他该好好享受这难得悲痛的一刻不是吗？

"我虽然叫它嫦娥，但在我心里，其实是把它当成女儿的。真的，它是我女儿啊。"

他这么说那只母刺猬。说这个话的时候，他已经没有考虑这样说会不会捅中别人的笑穴了。人们开玩笑地把自己的爱宠喊成儿子女儿，但其实喊的人和听的人大多不是真的那样定义那个关系的，但是现在他居然要说成这是他与他的刺猬之间的真实关系，这怎能不让人的笑穴发颠？可是，经历了这一整天的被难过折磨却不敢真实表达难过的痛苦，他真的不怕被笑话了。再说了，笑过了就笑过了，过了今晚，就是人们明天都奔赴了别的社会场，谁还记得昨晚为着什么事取笑过什么人啊，不记得的，都不会记得。

"秦香莲是我女儿的女儿，她死了，我作为外公，我真的很难过啊。"

他又说道。

这句话一出来，就真的越来越像说笑话了。

那种人们容易被任意打动的时刻，就这样因为他疑似玩笑的这句话灰飞烟灭啦。立即有人开始卖弄他的嘲讽能力了。

"你刚才说'女儿'的时候我就要吐了。你说到'女儿的女儿'的时候，我胃里的东西就升到嗓子眼儿上了。你说到'外公'，我不得不赶紧去吐了。哈哈哈哈！"

这终究就是个午夜场嘛。午夜场有午夜场的潜在原则。一切都是那么的模糊和不确定啊，那些个一天不嘴狠几次不行的人，还不

223

赶紧趁机让心里的刻薄有所释放？

那个人便装作要呕吐的样子，往外跑。其实他就只是在表演，哪会真的吐。吐不吐不重要，在这样的时候表演一下才重要。

他有点生气，冲过去把那个人拉过来，用两个指头捏住对方的两腮，迫使这人的嘴大大地张开。他又把手机里的手电筒设置打开，对准了去，照亮了这个湿漉漉的口腔。

他把嘴对准这个口腔，漂亮地往里面吐了一口唾沫。

众人发出一声惊呼。

"现在你必须吐了。吐，把老子的体液给我吐出来！"

震耳欲聋的音乐声里，他高声提醒这个人。

对这个人来说，这当然是必须真的吐一下的时刻。他就真的趴下来啦，真真切切地干呕起来。人们都笑得身体大幅度摇摆。摇啊摇，这才是今晚的最高潮。他这一口吐沫，可真是神来之笔，够大家乐好几顿饭的工夫了。

"我女儿的女儿死了。我就这么说怎么了？我女儿的女儿死了。"

他大喊着，把那个趴着的人从地上拉起来，甩开粗壮的膀子，"叭叭"给那个人来了两个大嘴巴子。那个人站起来，二话不说，也给他来了两个大嘴巴子。接着下来就是你揍我我揍你啦。然后两个人都蒙了，静静地站在那儿对视。莫名其妙他们就抱头痛哭起来了。

"你哭什么？我死了一只刺猬，我要哭。你为什么要哭呢？"他抽抽搭搭地问。

"我比你还惨啊，你死掉的是你女儿的女儿，隔了一代呢，我死掉的是我女儿啊，我的 iPhone X 啊，我的乖女儿，嫡亲的女儿啊，亲闺女啊，不，其实是儿子，我亲生的儿子啊，我的娃，我的宝贝，我还没用上你半天，你就寿终正寝了呀，白发人送黑发人，悲剧啊。哈哈哈！呜，哈哈哈哈哈哈哈哈哈哈！我不想活啦，送我去见我那 iPhone X 的冤魂吧……"

这个人就这么没皮没脸地扯起犊子来了。如果要在全世界范围内评选本晚最佳演艺之星，魁首非他莫属。

"我老娘三年前死了。"

有个人突然这样说了。

这个不会有假。要不是真的死了爹娘，谁会说爹娘死了呢？那不是诅咒二老嘛。所有人都沉默了，怔怔地望着这个新说话的人。

"我啊，一直在找机会哭一下的，今天这个氛围太合适了。都别拦我，我要号啕大哭。"

这个人还没真的开始哭，所有人就突然都陷进了无边无际的郁闷里，任凭那黑压压的郁闷遮天蔽日地覆盖着肉身和心了。

"总是平白无故地难过起来，然而大伙都在，笑话正是精彩，怎好意思一个人走开……"有个人唱起李宗盛来了。

真是应景的歌啊。

"都会唱吗？会唱的一起唱。"那个人号召。

独唱就变成合唱啦。

当所有的独唱都变成合唱，这是夜晚看似光辉实质上最可怕的时刻，他带着足够的警惕跳上了他的越野车，风驰电掣地离开了这一天他最后的社会场。

（原载《青年文学》2018 年第 1 期）

蛇

一

一条蛇向七岁的小布匍匐而来，倏忽而去，在小布的记忆里留下不可磨灭的印记。

或许，那不是一条蛇。小布的父亲王昆就这样断定。他还扬言要把小布扔到河里去。

他说这话时挥动手臂。那凶悍的上臂里躲着一只令小布惊骇的老鼠。

总有一天，这只老鼠会拱出他的手臂，扑向小布，咬他的脸，吸他的血，让他比王发群老头死得还惨。每当王昆挥起铁臂，小布不禁这样联想。

事情的起始是这样的。小布去河边淘米，刚在滩排上蹲下，一条蛇就从背后冒了出来，向前面一丛茭白游去。小布大骇，站立不稳，跌进河里。米篓里的米一粒不剩泼入水底。他捞起米篓，连滚带爬逃离河滩。离去之际，仓皇回头：早晨清白的太阳倒影在河水

226

里，在浑浊的河面上摇曳、旋舞、变形，春天的茭白茂盛得如同李灿仙老师潦草得难以分清笔画的粉笔字。蛇早已踪影皆无。

小布湿淋淋跑进灶房。黑洞洞的灶窝里，蓬头垢面的陈美芬急吼吼地往灶膛里添着柴火。她要赶紧烧好早饭填饱肚子去田里，那里有干不完的活，哪顾得上洗脸梳头？看到小布拎着空米篓站在灶房口，陈美芬大叱："淘个米淘介多辰光，还以为你落到河里淹死了。真的落到河里啦？"陈美芬抓住小布手里的空米篓，尖叫，"米哪里去啦？个短命鬼！泼到河里了？"

小布惊魂未定，瞪着陈美芬："蛇。"一直闷声坐在饭桌旁的王昆出其不意地伸出手，将小布扯进他的身体。王昆通常不会和小布有身体接触，如果有，那么小布要挨揍了。"你知道一粒米要长多少辰光吗？"王昆说，"晓不晓得，你泼了介多米，等于泼掉老子多少汗？"小布惊恐地在王昆怀里扭动。王昆早已在他头上凿了一个毛栗子。"看老子不扁死你！"

王昆想扁什么的时候可不管手里是个人还是只馒头。陈美芬警觉地从王昆手里抢过小布："要死啊！没轻没重的，凿他头干什么？凿成白痴老了谁养你？乖小布！妈再舀点米给你去淘，你要快点，晓得哇？锅里水都开了，太阳都挠屁股了，再不赶紧吃好饭上田里去，今天的玉米种又下不完了。"小布说："不去不去，滩排里有条蛇。""什么蛇不蛇的！"陈美芬不耐烦了，"冬梅家的滩排里老有蛇去我晓得，我家滩排里蛇从来不来，听没听见？快去。"小布说："真的呀，真的有蛇。"

昏暗的灶房里王昆的眼睛里蹿出一个火苗。"哦！讲讲看，它是什么样子的？"小布胆怯地望望王昆松散放下的胳膊，这会儿老鼠不

227

见了。"反正是条蛇。"王昆说:"身上有鳞吗?"小布嘀咕:"这个我没看清。""尾巴是扁的还是尖的?"小布说:"没看清。""扁的?"王昆诱导着小布。小布仔细回忆,却已经记不起那条蛇的具体形状,他痛苦地摇摇头,又点了一下。

王昆胳膊上的老鼠惊心动魄地跳到小布的眼前,这时它摇身变成一个铁锤,随时会砸到小布脑门上。"老子告诉你吧,那是条黄鳝!以后再胡说八道,老子把你扔到河里去。"

小布颤抖了一下,下腹坠胀起来,鬼晓得他怎么想撒尿了。原来那是条黄鳝!他想,可是黄鳝他是见过的,聋子老四去年夏天里带他去河畔下面钓过好几次。好像不是那个样子。也许有的黄鳝就是那个样子?鬼晓得?救命!他飞速逃离灶房。王昆是他老子又不是黑社会老大,当然更不是一条蛇,鬼晓得为什么他一被王昆沾上,就想喊救命。

二

一上午教室里的小布都在想那条蛇或黄鳝。这个上午一定出了什么问题,否则怎么这么巧,李灿仙老师今天竟要教学生们"蛇"这个字。乡村教师李灿仙经常不讲规范,偶尔心血来潮,他会教这些正处于学习拼音期的一年级学生一两个汉字。不过这也不一定算得上不规之举,这样的乡村学校,还不是老师说了算?本来就谈不上规范。

李灿仙老师在黑板上笔走龙蛇,只用一个笔画就写了一个字,看起来有点复杂,但不特别,在小布眼里,要说特别就是李灿仙老

228

师收笔之际将粉笔一带，向斜上方带出一条由粗向细的长长线条，看起来倒像一条出洞之蛇。李灿仙老师在狭窄的讲台前转过身，面朝拥挤的教室说："春天来了，阳光明媚，万物复苏，蛇都醒过来了。昨天夜里，一条蛇跑进我家鸡窝，要不是我听到鸡叫拿手电筒去看，肯定有鸡被蛇咬死。"

　　他说得一本正经，本意不是说笑话，谁知教室里发出一声窃笑。笑声来自他的儿子李薛珉，大约他想起了父亲昨夜从被窝里爬起来去赶蛇的龌龊相。学生里唯一敢放肆的人是这个龅牙的李薛珉，他是李灿仙老师四个儿子中最小的那个。李灿仙老师向小儿子所在的方向嗔怪地望了一眼。"这个就是'蛇'字，大家先照着写十篇。"说完他首先跑到李薛珉座位旁，摸了摸李薛珉的癞痢头。李薛珉涎笑一下，金鱼眼上下翻动，给了他父亲一个讥诮的白眼。李灿仙老师重新走到讲台上。"写完了没有？写完了都给我把头抬起来！"他开始向学生提问，"没有人没见过蛇吧？谁给我讲讲蛇的样子，对！是描述。"局促的教室立即宛若群蛇出洞，充满了小声的议论，汇成轰隆之声。李灿仙老师扫视大家。"你！"他用粉笔指着李薛珉座位后的小布说，"对！就是你！你讲！"

　　小布惶然站起，头脑竟一片空白。李薛珉转身向他做了一个鬼脸，这使得小布的思想更加不能集中。"黄鳝！"小布低声这么说了一句，换来一阵哄堂大笑。李灿仙老师顺手拿起黑板擦。黑板擦铁质的背面和桌子碰得乒乒响。教室立即肃静。李灿仙老师的目光蛇芯般越过前排几个学生的头，最终"哧"地咬住了小布的脸。小布抖了一下，只听李灿仙老师大声道："一个字，笨。两个字，笨蛋。你给我好好站着。"说完转身擦掉那个蛇字，在黑板上写起今天要学的拼音字母。趁着李灿仙老师在黑板上写字的工夫，李薛珉侧身面向小布，迅速用钢笔在练习本上画了一条线。他举起钢笔，在小布眼前戳来戳去，用和他父亲一样嚣张的语气说："笨死了！这不就是蛇嘛？！"

小布不敢看李薛珉，只紧张地盯着李灿仙老师的背影，他怕李灿仙老师突然转身，看到李薛珉在和他讲话。"喂！你看我的钢笔，是我爸给我新买的。"李薛珉把金鱼眼翻成死鱼眼，又从死鱼眼翻成金鱼眼，周而复始，向小布炫耀他的钢笔，没完没了。小布怎敢接话，正迟疑间，李薛珉将钢笔猛地一甩，说："你听没听我讲话？"有什么东西向小布飞掠过来，紧接着小布看到自己的白衬衣被李薛珉甩了一身墨。小布惊讶万状。这白衬衣可是陈美芬新做的，染了墨水后还怎么穿？洗不掉的。今天回去不给王昆揍扁才怪。小布并未因此发出一点声音，他不敢。李灿仙老师不知何时走了过来。小布抬头之际，一桩不可理喻的事情发生了。李灿仙老师铁锹般的巨掌不分青红皂白地落在了小布的脸上。

刹那间金蛇狂舞，小布恍然看到李薛珉向李灿仙老师做了个鬼脸。这之后，小布惶惑无知地向窗外望了一眼。窗外，风吹麦田，青色的麦苗大力地游行，使整个麦田看上去像无数蛇身织就的一张巨网。应该可以听得见窗外的声音，可是小布一时什么都听不见，只能够在低头间看到墨迹斑斑的衬衫。过了许久，他终于听到了一些声音。原来是李灿仙老师在大声训话。讲台上的李灿仙老师用黑板擦拍着桌子，向着鸦雀无声的教室厉声说："这就是不遵守课堂纪律的下场。"

三

　　整个上午小布的耳朵都嗡嗡响个不停。中午放学，小布避着同路的孩子独自一人慢吞吞地往家赶。从村办学校到小布的家之间，要路过两个村民组。小布舅舅家就住在其中一个村民组。小布经过舅舅家门口时，他舅母正好提着篮子到河里洗韭菜，看到小布，就从河边奔上来，拉住小布，叫他在她家吃中午饭。这种拉饭的情形自小布上学后经常发生，从前小布都会欢天喜地接受。然而这次小布死活不肯。在和舅母的拉扯过程中，他还骂了舅母一句脏话："去你的！"

　　这是他舅母始料未及的。小布在舅母愣神之际蛇一样蹿开，飞速在土路上狂奔起来。他不断撞到放学的孩子身上，那些孩子都拽住他不让他跑。他不停挣脱他们。后来他索性脱离了土路，在油菜地里跑着。路上的孩子们异口同声指着他大声说他发神经了。他终于感觉到累，这时已经接近了家。他看到油菜垄间有一个坟，是锁江爷爷的老坟。不过因为清明时刚蓄了新的坟帽，所以看起来像新坟。他喘着粗气，一屁股坐到坟帽上。

　　油菜长势正猛，菜叶呼啦啦覆盖了大片田地。小布坐在锁江爷爷的坟帽上望望天空，望望阳光在油菜叶上落下的光晕，一阵接一阵地发呆。一会儿后，他听到屁股底下隐约传出"嗦嗦"声，他跳起来。锁江爷爷的坟脚像一顶磨烂了边的帽檐，迸裂出许多洞和细沟，其中一个稍大的洞口醒目地出现两条正在交欢的蛇。它们身上布满红黑相间的斑纹，像火与冰的完美交融。二蛇忘情地在洞口缠绕。真的是春天来了，阳光明媚，万物复苏，蛇都醒过来了。小布一跳惊动了它们。它们的头神速分开，身体更紧地交缠，四目齐视小布。蛇眼阴黑。小布哀叫一声，向家的方向奔去。

陈美芬和王昆已经从田里回来，做完了饭，等小布回来吃。陈美芬首先看到了小布衬衣上的大片墨迹，她揪住小布号叫："你个短命鬼！匣子鬼！枪毙鬼！无常鬼！短命鬼！丧门星！这件衣裳才穿几天？到底是怎么回事？"

小布想："我告诉你们，你们会相信吗？"

他推了陈美芬一下，径直往灶房走去。

王昆的巨臂从来都是神兵天降，斜刺里钳住小布的腰。"老子今天一定要把你扔到河里去。"说话间他已经将小布横在腰间挂牢，大步向外走去。"老子现在就把你扔到河里去！"他高喝。大事不妙！看来王昆这次不再是吓唬人了。老虎发威，这次要动起真格了。小布大声哀哭起来。他的脸白得离奇，大约这个使陈美芬若有所悟，她追上前，抢夺小布。"放下放下，要扔以后再扔。先吃饭。不抓紧点，今天玉米种我看不一定下得完了。想扔的话什么辰光不能扔？"

四

吃完中饭小布不敢去上学了。王昆和陈美芬叮嘱他一句晚上放学早点回来后就去田里了。小布踽踽出了门，往学校走。太阳老高，路边是油菜地和麦地，到处一片寂静。走着走着小布心里充满恐惧，离学校越来越近，恐惧越来越强烈。终于他掉转头，改变方向，走上了与学校方向相反的另一条路。

不一会儿小布走近一条宽阔的河滩。这河滩夏秋两季用来种稻，冬天用来荒芜，春天用来长草，现在河滩里的草正当茂盛。小布在河滩上方的路边坐下，河滩里有个中年人正在草丛间扑打着草捕蛇。小布远望中年人肩上的蛇袋和手上的捕蛇器，发起了呆。春天来了，阳光明媚，万物复苏，蛇都醒过来了，蛇真多啊！几乎每隔十分钟，中年人手里的捕蛇器就夹住一条蛇。

小布远远望着中年人数次将扭成一坨的蛇扔向蛇袋，心里蠢蠢欲动。看了一会儿，他踩翻一片一片的草向河滩里的中年人走去。草丛里一条油光水亮的青蛇斜刺里蹿出来，吓得他再不敢前行，嘴里大喊："蛇蛇蛇。"中年人闻声跑来，捕蛇器嗅觉灵敏，对准蛇身箍去，再起落一番，那蛇便被捉离地面，在半空中挣扎叫嚣。小布欢呼不止，心里的恐怖和兴奋都蹿到顶点。待中年人将青蛇放入蛇袋，小布望着沉重的蛇袋问中年人："这是蛇吧？"

"这不是蛇，是屎。"中年人冲小布挤了挤眼睛。这个人额头上一窝牛皮癣。小布望着他的额头，追问道："是不是吗？喂我告诉你！真奇怪！早上我爸说这种东西是黄鳝。"中年人奸笑："是吗？它不是蛇也不是黄鳝，是男人的那个东西，搞进女人的那里女人就爽得哇哇叫。"小布扭头便走。中年人在他身后喊了起来："小孩别走啊！来！我告诉你哦。"小布转过身。"那你说嘛。"中年人再次奸笑起来。"你爸说得对说得对，当然是黄鳝了。"小布兴高采烈地跑回去。中年人将捕蛇器放到地上，提着袋口使蛇袋底部在地上支住。小布将头向袋口探过去，说："你捉了这么多黄鳝，要吃好多天。"中年人说："嘻！我不吃，我明早拿到集上去卖。"小布说："要卖好多好多钱吧？"中年人说："你喜欢我可以给你几条，拿回

233

去给你爸下酒，算啦，我就不收你钱咯。"

小布雀跃起来，说："真的吗？我要我要。"中年人说："当然真的，不过，你想要的话就自己用手到袋里去抓好了，想抓几条都行。"小布想黄鳝他不是不会抓，聋子老四去年夏天教过他的，三个指头扣住黄鳝的脖子提起来就是，他当时一学就学会了。小布踮起脚，手飞快地落向蛇袋口，并深入下去。他的动作太快，中年人想制止已经来不及了。只听河滩上空蓦地传出小布和中年人同时发出的惊呼。小布惨叫一声，手从袋里跌出，一屁股坐到地上。中年人扔下蛇袋。蛇袋奋拉下去，刹那间，群蛇奔涌而出，如火山熔岩向四面八方流淌。中年人擎住小布的手，大嘴一张，将小布手指头全部吞入口腔。一种温暖的感觉电击般流向小布全身。小布抖了一下，忍不住失声狂笑。中年人大嘴一张，将连血带唾沫的一口东西吐入草丛。紧接着他从兜里取出一个白色小瓶，将一些黑色粉末撒向小布手指的伤处并狂抹一番。"你是谁家的小孩？怎么真的敢去抓？真没见过这么大胆的小孩，连蛇都敢抓！"中年人说，"这个药灵不灵就听菩萨的了，我自己用都没用过。"

他连蛇袋都不要，丢下小布，一步一回头，向河滩上面的土路跑去。留下小布迷惑不解地坐在河滩上。

五

不知是蛇没毒还是药真的灵光，小布一点事都没有。他走过河滩，上了土路。

他并不知道这个下午该去哪里，去学校吗？这会儿他实在不敢去。他走着，渐渐再次感觉到那种莫可名状的恐惧。王昆和陈美芬都不在家，他突然往回跑起来，不一会儿就回到了家。他从水缸里舀了碗水一气喝掉，水冰凉冰凉的，像李灿仙老师乍然凶恶起来的目光。小布始终弄不明白，李灿仙老师为什么会经常突如其来地凶起来，更不明白的是李灿仙老师为什么要打他耳光，如果今天有一个人该打，这个人只能是李薛珉。为什么李灿仙老师不是他的父亲王昆呢？如果换了王昆，遇到今天这事，他的巴掌一定只会落到自己的儿子脸上。心念至此，小布打了个寒战。他想到王昆或陈美芬随时可能回来拿东西或者喝水。这一想他片刻不敢久留。

小布迅速离家。走到明华家门前，他在明华家那棵老榆树下站住。榆树密集的树枝和繁碎的叶子使整个榆冠深厚密匝，正好躲人。他三两下爬上去，但立即溜了下来。那么现在，他究竟去哪里呢？他浑浑噩噩地跑动起来。不久他跑至东河，一头扎进河边的芦苇荡。芦苇荡里充斥着多种腐败物质混杂过久而生出的腥臊气，使他恍惚觉得这河床底下淤埋着无数经年蛇尸。他脑热心烦，迅速钻了出来。到底想去哪里？该去哪里？

他向远处眺望，遥遥望见一片麦地。他呼出一口气，拿定主意，向麦地跑去。终于进了麦地。他并不急于蹲下，而是先四下里顾盼一番。麦地远离土路，这时节的麦无须施肥也无须锄草。无人到麦地来，麦地四周便一片寂静。他终于放心，在一畦麦垄间蹲下。他又躺下。泥土的芬芳和麦秸的清香狂潮般扑涌入心脾，在身体里游荡，使身体深处腾起一股温暖之感，他的心情奇迹般安定起来。

他仰身躺着。和阳光一起覆盖下来的是麦田上空的飞虻，这些闪着金色光芒的小东西碎屑般浮游在空中，使他觉得神奇。他坐起来，低头间又看到许多蚂蚁在泥土间跑来跑去，它们跑得扬扬自得，又放纵又快活的样子。这诱惑了他，他也趴了下去，四肢着地，爬行。这游戏给他带来了快感，仿佛这才是最适合他的行走方式。他乐此不疲。就这样他从麦垄的一头爬向另一头，从麦垄的这一畦爬至另一畦，如此往复。后来他爬累了，坐下，屁股却被什么顶了一下。他挪开身往底下看，原来是一条蚯蚓，它正做着爬出地面的努力，头已顶开泥土。他激动不已，双手掘地，刨出蚯蚓。他将蚯蚓放在面前的地上，它扭动着，他不觉得它在挣扎，他觉得它是在跳一种他看不懂的舞。他看得入迷，许久过后，一簇麦秸动了一下，一只青蛙出其不意地跳了出来，猛叼过那蚯蚓，出其不意地跳走。他惊讶万分，待醒过神来，青蛙和蚯蚓已一起消失进密集的麦秸间。他爬着四处搜索它们，却不能找到。他并不失望，只沉浸在一种幻觉般欣快的奇妙感觉中。

不知多久过后，一阵青蛙的叫声将他从未知之处拉回。他循声而去。他欣快了许久的心再度惊恐，它被眼前的场景愕住，又是蛇。

真是春天来了，阳光明媚，万物复苏，蛇都醒过来了，这世界到处都是蛇，一条蛇已将先前的那只青蛙吞进大半，它吃得艰难，却显然在经历绝妙快感，青蛙的哀鸣无足轻重，最多只能做蛇的佐餐乐。小布是突然间怒火中烧的。没有人能够讲清一个七岁的孩子怎么扼住那条蛇的喉咙的，就算捕鳝高手聋子老四恐怕也不能如此迅速而准确。

小布一手三指扼住蛇的七寸，将它提起来。他的眼与它的眼对峙，直到蛇身不再扭动，软软地垂挂。他将蛇尸随手丢在麦垄间。天色渐暗，他睡了过去。他做了梦，梦里除了蛇就是水，混乱不堪。

236

很久后他醒了。夜露刺激着他的头，使他凛然清醒，他站起来就跑，又想起什么，回来摸索着捡回那条蛇。

　　小布拎着一条蛇向家的方向奔，路上撞进一个人怀里。很显然王昆已经找了他半夜了。"叫你跑！"王昆大吼，"今天一定把你扔到河里去。"小布站在夜色里，向王昆怪笑了一下。王昆的手伸向他。"叫你笑！"小布猛地扬起手，同他的手一起出场的是那条蛇。蛇腹晃到王昆的脸上。王昆失声惊叫，所有表情纠结在一处。小布扭身就逃。逃出几米远，他回头吃惊地看到一贯凶悍的王昆正直挺挺地向地上倒去。小布咯咯大笑。

　　这个寂静的夜晚，小布独自跑到了河边。昏暗的夜色里，河水昏黑一团。小布在河边站了许久，后来背对河面弯下了腰。很多年以后，小布无数次回想那个越过两腿缝隙察看河面的混乱夜晚。他想起当时什么都没能看清。

（原载《厦门文学》2006 年第 1 期）

237

男 孩 池

一

都力爱爬树，还专挑高树爬。河金家房后有棵泡桐树，有房子两倍高，是宋园最高的树，它成了都力的最爱。

去往那棵泡桐树有很多种路径，都力偏偏要从那个废弃的粪池走。

这旧池子是敞开的，直愣愣地对着天。池底的砖被宋园某个贪小便宜的人撬走了一小半，因此即便宋园是多雨的，也不能使雨水在池底贮留两天以上。但它显然不可能干燥。平日里，池底总是湿漉漉的。至少有五种草兴冲冲地在那里安了家，直往茂密里长，很有些在此定居的气势。有四棵瘦硬的芒草大概觉得小地方更容易展露头角，颇显自得地长在正中央。还有一高一矮两棵麦子，本应是广大农田里的尊贵的主角，却不识时务，跑到这种地方来凑热闹，大约终又觉得来错了地方，慢慢地，它们沮丧地长成了缩头缩尾的形状。总之，因为有了这些爱凑扎堆的植物来捧场，这旧池子里是热闹的。

都力每次途经旧池子，必会蹲在池沿上看一看。那两棵不幸的麦子，是都力的杰作。他并不是有意的。谁叫他口袋里曾莫名其妙地出现几颗麦粒呢？他只好随手把它们丢掉。旧池子现在是都力生活的主要舞台，它们只好被"随便"进这个隐秘的所在。

都力只要在池边蹲上一小会儿，脑子里便会冒出怪主意。有一次，他猛地站了起来，眼睛盯着那池慢慢地往后退了十来步，接着他就迎着它冲过来啦，再接着，他一跃而起，并理所当然地让他小而瘦的身体砸断那几棵意气风发的芒草。池子像一口硕大的井、缸或桶，它的口径足有都力三倍长。能跳过去才怪呢。都力明知道自己跳过去的可能性微乎其微，但还是要试上一试，不是他心存侥幸，而是那一瞬间他心里突然产生了一种跳跃的冲动——那是一种不可遏制的冲动。

都力的后背给池底一块支棱着的断砖硌破了，他的母亲盘问再三后洞悉了那旧池子的危险，便勒令都力与它断绝往来。都力自不会答应，仅一天过后，他又让自己的身体与池底亲密接触，这回砸断了那两棵命运多舛的麦子。

他母亲很想把那池子填实了去，可惜啊，填不填她说了不算。粪池们有自己的主人。宋园只有一个粪池的生杀权由都力的母亲掌握，那就是她自家的粪池。没有别的办法，她只好抱了两捆稻草，抹着眼泪往那池里跳了一次，细致地将它们铺进池底。

有了一层松软的"护垫"，都力更没有理由不做那个跳跃运动了。事实证明，只要多练，人的极限是能够突破了。大约在跳了十几次后，都力竟然能够跳过去了。身怀绝技的人，往往无法克制展

239

示绝技的冲动。变成跳远能手的都力，更频繁地途经旧池子，向那棵泡桐树走去，日复一日。

这些事发生在一个春天。都力九岁，那棵泡桐树超过三十岁，旧池子的岁数不详，但有一点可以肯定，它的被废弃史也就半年左右。都力的母亲，是个瘦高的、不会笑的、左脸长了一颗大瘊子的、心地善良的女人，三十五岁。整个春天，都力、它们，以及他的母亲，这年龄长短不等的四者，因为都力的冲动紧密地联系在了一起。都力负责制造事端，它们充当他的舞台或道具，而都力的母亲负责哭和扮演都力的对手。宋园的人几乎每天都能看见都力高高站在泡桐树上俯视他母亲的情形。

"有本事你也上来啊！"都力向母亲挑衅。

他母亲不会爬树。

"再不下来我去找篙子来捅了！"

她抽泣着吓唬他。

"篙子才没那么高呢！"

都力的母亲束手无策，央请打开后门出来看热闹的河金爬上去把他的孩子捉下来。河金决绝但缓慢地摇头。再会爬树的人也不愿意在这个时候发挥特长，一发挥就没热闹看啦，谁都认为生活热闹起来比什么都重要。都力的母亲愤而转身，回家去了。都力在树上喊：

"我看到你头顶上有虱子！真的，树上什么都看得见。我看到的东西可多了！"

诚然他是在骗母亲。他倒是想看到很多别人素常看不到的东西，这大概也是他热爱爬高的原因。想归想，其实他在树上看到的与在

240

平地里看到的没什么两样：低矮的房子，麦田，忽宽忽窄的寂静的宋河，如此等等。树毕竟是树，无法给都力的视野插一对翅膀，帮助他冲出这广袤的平原。

二

春天快过去的一个早上，都力跳过旧池子后觉得不怎么对劲。他折回身，又跳了一次。在空中，他觉察到池底来了新客。这是一只壮年青蛙。看到有人从头顶跳过，它惊恐地蹦跳不止，墨绿色的斑纹随着它的跳动在都力眼前扑来闪去，使它看起来像一只正在求欢的蝴蝶。这池对青蛙来说太深了，任它如何努力，都只能继续充当笼中困兽。都力对青蛙不生疏，宋河岸边的湿地里到处都是草丛，草丛里盛产青色的水蛇，而青蛙的数目至少是水蛇的八倍。在都力的感觉中，青蛙们总的来说是一群行动迅速的小东西。有几次，都力想吃肉，便从柴房里取出五齿铁叉，去宋河边奔忙了一个下午，却只能眼睁睁看着青蛙们从他身边逃开，最终空手而返。按都力的洞察，它们从来都是不受世人控制的。现在它突然以囚徒的身份出现在都力眼里，这让他觉得兴奋。

都力蹲到池边，往下面扔土疙瘩，吐口水，撒尿，享受突然监控一个自由主义者的快感。青蛙是愤怒的，用持续的、更有力的跳蹦躲避凌空而下的各种"武器"。它不发出叫声，坚决不，只是跳，不知疲倦。都力是越来越开心，完全不想停下袭扰之举。青蛙大概意识到它的反抗是徒劳无功的，便自认倒霉地缩进了稻草里，只留了喙突和两只鼓眼在外面，监视着居高临下的都力。都力从旁边的竹林里提来一根细竹竿，伸进去戳挠青蛙。它却横竖不打算动了，四肢紧缩在肚子下，趴在稻草里。都力索性跳了下去，把它捉在手里，对着阳光仔细打量。

举着青蛙的都力面临几个选择了。剥它的皮，掏空它的五脏六腑，吃它的肉？可按照他对自己能力的理解，他知道很难再逮到别的青蛙。用一只青蛙去做一道菜，母亲是不会应允的，那不是浪费柴火和油盐吗？不妥。如果都力为青蛙的命运着想，应该将它抛出池子，恢复它自由义士的身份。但都力下意识地排斥这个方案。不为别的，就为他好不容易获得一个可贵的玩具，他还没玩够呢，怎么舍得让它重新变得不受世人控制。哦！都力的心思已经昭然若揭：他想让它变成这池子里的永久居民，直到他把它玩腻为止。

"我每天都会来看你的！"

都力在心里小声对它说。

他将不知何故变得木头木脑的青蛙塞进稻草里，攀着池壁爬了上来。如同往日一样，他向那棵泡桐树走去。大约是心里有了牵挂，走到半途他又折了回来，趴到池边赏看那青蛙。这一天，都力没去爬树。如果有比爬树更能令他充实的事可做，他当然可以不去爬树。

就是从这天开始，宋园里的人渐渐发现宋如意家的小儿子变了。他很少再去爬树，不再是个惹是生非的怪孩子，甚至于，人们很难再看到他身轻如燕地跃过那池子了。

不让别人看到他出现在池子那边，是都力的策略。他对青蛙的寄望太大，因此不想让别人发现它。那旧池子不在宋园任何一条路的旁边，如果不是以前都力总往那儿跑，它其实是可以被宋园人忽略的，只要都力不给宋园人去制造关注它的机会，青蛙被人发现的

242

概率就不是很大。

　　理所当然，都力只是在跟宋园人捉迷藏，实际上他去那池子的次数是一天比一天多，只不过他每次都用一种神不知鬼不觉的方式来到那里，譬如趁宋园人午休或去田里干活的时候，或者从旁边的竹林里绕着走，走出竹林向池子进发时改匍匐前进。聪明的孩子要想掌握几招障眼法，从来都不是难事。

三

　　都力通常不会两手空空地来到那池子，他小小的拳头里总攥着一些食物：麸皮、米粒或泡过几开的茶叶，最多的是青色的肥蚯蚓。他认为青蛙爱吃这些东西。每到池边，他总迫不及待地将它们对准青蛙的喙突掷去。青蛙没有哪个时候不躲闪，只要都力一有动作它就跳，都力往这边扔食物它就往那里跳，不停地跳，跳啊跳，似乎从来不打算臣服于都力。

　　总是与都力一同出场的食物说明都力已经不仅仅把青蛙当成了一个玩具——说明他对它有了平等相待的心态，确切地说，这个春天，都力很快把那只青蛙当成了他的宠物——都力的情感变异得真是太快了，他与青蛙认识三五天后，它的地位就由玩具变成宠物；而半个月后，它已成了他的密友——他对它一日不见，如隔三秋。有一次，宋园突然下起连阴雨，都力蹲在竹林里，偶或以臂当伞，冲向池子，焦急地向池底探看。池子里的水一天比一天多，有水的池子变得扑朔迷离，青蛙每每遁入水底，让都力不能发现它的踪迹。青蛙的行踪在水的掩护下不再能够被都力控制啦，那几天里都力着

243

实焦虑无比，那种似乎与生俱生的冲动回到了他的身体里。一天早上，忙着做饭的母亲央求他去把脸盆拿到屋檐底下去接水，他放任无名之火指挥他的手，将脸盆摔到了院场上。母亲跳出灶房追打他。他把两只手叉到细腰上。

"宋如意！你敢过来，我就离家出走！"

他恐吓母亲。母亲吓得连哭泣都忘记了，惶惑地瞪着都力，脸上的痦子坚挺得像一种压抑的控诉。

幸好雨几天后就停了，池子里的水慢慢渗走，池底重见天日，都力重获掌控他的密友的能力。如同经历了一场折磨人的漫长离别，池子彻底变干的那一天，都力跳进去，亢奋得心跳加速。他跟青蛙说话，叽里哇啦地小声说话。那一天他说的话比他跟母亲一年说话的总和都要多。青蛙自是不吭不哈。都力现在理解了它，不再计较它的冷漠。只要能随时看到它，这就够了。

"你得有个名字！"

都力对它说。

他脱口而出叫它小花，却觉得这像宋园里每一条狗的名字，不能呈现他对它珍视的心态，便立即将这个名字抛弃。他在池子里待了一个下午，名字是取了一个又一个，却哪个都不满意。最终都力决定以后随着当日的心情喊叫它。为了表明他与它的亲密无间，他在那个下午先沿袭自己名字的音韵，给它取名叫嘟嘟。都力说：

"嘟嘟！你不许离开这里！听着！你永远都要和我在一起！"

青蛙依旧是只惊恐的青蛙，它跳来跳去，从这里跳到那里。都力现在能够因它的四处逃窜开怀大笑了。他笑着它显而易见的不明智，并因此感受到内心的充盈。他爬出池子，目光越过宋园一户人家的房顶爬向狭窄的天空。他展开想象，看到了有青蛙相伴的未知的无限生活，觉得那些生活不会令他恐慌——如果以前他或多或少因为遥想未来而恐慌的话，现在他不了。那种遐想令他不再会产生任何冲动。都力平静地感受着这些遐想，觉得自己是一个拥有了强大秘密乐趣的人，他轻松愉悦地笑，笑出了声。

四

宋园里来了一场暴雨，使农田与宋河变得水乳交融：在雨的冲刷下，一条深而窄的水沟割开农田，伸向宋河，并牢牢将后者抓在手里。都力跑到水沟与宋河的汇集处。宋河里的鲫鱼最爱赶热闹，水沟里的水奔向宋河时发出欢畅的喊叫，这引起了鲫鱼们的注意，它们前赴后继往这里涌。

都力把网兜支在沟口，跑到水沟里，把那些逆水而上的鲫鱼往下面赶。鱼们因了都力的恐吓转身往宋河跑，正好落入都力预先架设的牢笼。

都力提着满满一兜的鱼离开宋河。走了几步路他被一个念头吸引了。他将网兜搁到一边，坐在路边揣度那些即将成为盘中美餐的鱼。最终都力提起网兜回到了宋河。他沿着宋河往前走，后来拐进了一处偏僻、古旧、细瘦的死水沟。他没有把鱼倒回去，这是很愚蠢的。他只是把相对较小的几尾鱼挑出来，扔进了河沟。在它们重返水域之前，都力给它们做了记号。他将每条鱼的尾巴掐掉了一小截——全部掐掉是不妥的，那可能会导致它们死于非命。重获自由的鱼迅速躲进了水草之间。都力站在水中央，感受水草抚过腿肚的

245

亲密感，很是热烈地投入了某种遐想。

这是春天已经结束的一个下午，换句话说，都力正站在夏天的河里感受内心的秘密。

在都力的想象中，那几条被他标记过的鱼已经变成了他的另一群密友。与对待那只青蛙不同，这次都力是在心里跟鱼们做了一个久长的约定：他一年后将走进这条河沟，寻找他的这群密友。它们肯定会与水里无所不在的各种各样的鱼混到一起，但因为这是一条死水沟，只要都力使劲地找，总能找到它们的，他认为。都力想象他一年后找到它们中的某一位的情形：兴许它长得比今天长了几寸，它们会不停地长，那么两年后、一百年后，他与鱼们重逢，它们会以什么样子出现在他眼前呢？

这些想象总令都力内心里生出某种无力言说的充盈感，他因此对未来产生了近乎隆重的向往。供他寄托的东西越多，未来就越热闹。都力想好了，只要有可能，他会去制造更多的丰富未来生活的机会。

"你们哪里都别去，就在这里等着我。"

都力轻笑着跟鱼们约定。

回去的路上都力是跳着走的，哼着歌。经过那口旧池子，他差点对着青蛙笑出声，但他还是忍住了。要不要把他刚刚制造的秘密跟青蛙分享呢？他考虑再三，还是觉得独占新秘密要更有意思些。他在池子里追撵奔逃的青蛙，为它不能洞悉到他的新秘密而沾沾自喜。后来有一刻，他停下来遥想起一个浩大的场景：假设某一天，他突然将一条鱼带到青蛙眼前，在那一天，他向青蛙娓娓道来今天就已经占有的这个秘密，这将是一个多么美妙的揭秘日。

五

　　宋河边草丛里的蛇似乎正团结一心地进行一场种族灭绝行动，它们悄悄爬行，肚皮紧贴湿冷的大地，不发出一点声音，看到一只青蛙，它们蜷曲的身体以后三分之一处为支点，一下子就射了过去，"嗖"地擎住那青蛙，接着连皮带肉地将它吞入腹中。这可怕的场景主要来自都力的想象，想象的诱因首先是因为一天下午他在宋河边目睹了一次水蛇追击青蛙的情景，其次是连续几个夜里响彻宋园的青蛙的哀叫，都力躺在床上支棱着耳朵倾听着被杀戮者的求救声，说不上是愤恨还是伤心，他是一点睡觉的心思都没有了。

　　无疑都力要为他的池中密友担忧了，从另一个角度说，都力清醒地感受到了一种危机：他刚刚组建的秘密王国正遭受强敌的胁迫。他内心里那个初具规模的王国在瑟瑟抖动，随时可能崩塌的样子。

　　都力坐立难安，在一天早晨天还没亮透的时候奔到了旧池子边。站在池边都力心里游动着一种即将国破家亡的痛感。他像往日那样蹲下来，望着他的爱蛙发呆。一旦有蛇掉进这池子里，这青蛙连躲的地方都没有，只好坐以待毙。那真是太可怕了。如此说来，这池子现在成了青蛙的陷阱了。怎么办呢？把它带出去吗？他可以把它藏到一处蛇们无法涉足的所在，可哪有别的地方适合它躲藏的呢？没有，根本没有。藏到别的任何地方，都可能使都力永远失去它，在米缸里、床底下，它势必会被他母亲发现后摔死，在广阔的宋河里，它将再也抓不住它，再不能成为它的统治者。都力在池边坐了半天，最终也只好垂着头离开了。太阳明晃晃地刺痛他的眼睛，使他深切地感受到一种无望和空虚。

这个夏天都力最终变成了一个特别具有战斗力的孩子。他把柴房里的五齿铁叉取出来，用砂纸打磨得又尖又亮，接着他在宋河边忙乎起来啦。他穿着母亲的高靿雨靴，疾步走动在草丛里，见到蛇就没命地追，并适时把铁叉掷出去，蛇既然是青蛙的天敌，那表明它们的行动更为敏捷——能被都力刺杀的蛇屈指可数。都力白天里的多数时间在宋河边刺杀强敌，少数时间去看望那只青蛙，这样的日子太不平静了，很是让他烦躁。后来的一天，他放弃了主动进攻的战术，改用侥幸心理抚慰他不平静的心。他想，蛇掉进那池子的可能性毕竟不是很大，那么就听天由命吧。

事实证明都力是杞人忧天，夏天过去了，秋天过去，冬天快要来了，仍没有一条蛇掉进那旧池子。青蛙一直完好无损，现在，它在那里已经生活了大半年了。它似乎已经认了命，不再热爱跳蹦，这使得它长得肥硕了些。事实上如果它一早就端正生活态度，就会意识到那池子是个天堂。那里的草越来越多，因此逐渐成了蚊子、苍蝇、蚯蚓们的乐园，这使青蛙可以得到充足的食物。如果青蛙放弃重获自由的野心，那池子不是天堂是什么呢？好在青蛙最后还是识了时务。再蹲在池边时，都力望着变得乖顺的青蛙，慢慢心里就踏实了。

冬天自然是说来就来了。人们都说，青蛙在冬天会躲进土层，开始冬眠。都力一早就意识到了这一天。他用盆子运了几次土，倒进池子里，在池底垒了一个小丘。风有些割脸的某一天，青蛙不见了。都力站在池边，望着那小丘，揣度着它正安详地躺在里面入睡的情形。他虽然很是怅然若失，但到底还是对这样的生活感到满意的。他在心里和青蛙做着约定，告诉它下一个春天一到，他就跑过来与它重逢。至于这个必将寒冷而寂静的冬天，则因为有了这个约定，而肯定是容易度过的。

六

现在是另一个春天了。都力长高了些，但内心里那种不明确的冲动还是若隐若现，随时会穿透他小小的身体似的，幸好有那些设想中的重逢阻止它们，使他总体上还是成了一个安妥的孩子。都力几乎是狂奔着去往那池子的。一路上都力回想整整一个冬天他因思念青蛙而忧郁的那些早晨、夜晚，那些突如其来的内心骚动不已的时刻。这种回想令他后怕、心有余悸。他几乎要对自己顺利度过冬季庆幸了。除此之外，他心里就只剩下一望无垠的充盈感。

青蛙瘦了，墨绿色的斑纹变浅，这令它的皮肤略显透明。都力花了三个上午的时间才找到它。它竟没有躲进他为它盖的土巢。都力是在两块牢牢贴着池底的砖后面发现它的。它暂时没有完全醒过来，懒懒散散地，卑怯地向都力伸胳膊动腿，也许它是在挣扎，但苦于没有力气挣扎得大张旗鼓。

都力第一次觉得就算把它取出池子，它也是能够受他控制的，于是他捧着它爬出池子。他带着它向前走，在向阳的一块麦地里坐下，将它放在两腿之间，赏看它艰难的挪移。傍晚到来的时候，他把它揣到口袋里，回家去了。

都力与青蛙有了同床而眠的一个不眠之夜。他将它用温水冲净，避着母亲的目光将它塞进被窝里。夜里，被焐热的青蛙重新变得强健。它冲出被窝，跑进床底。都力紧张不迭地跳下床，趴到床底寻找它。他的母亲应声打开灯。都力看到突然被灯光照得失去反抗能力的青蛙惊恐地静立在地上。他一把捉起它，牢牢将它扣压在怀里。母亲看到了都力怀里的青蛙，大惊失色，挥起鸡毛掸子就要去捅走青蛙。都力快速跑出屋子，在夜色里奔跑，一口气跑到旧池子。他将它扔进池子，而后在紧跟着追来的母亲的目光中佯装平静地回到床上。

　　就是这个夜晚之后的第二天，都力向池子走去时，发现了一男一女两个正在池边忙乎的人，他们的身边是一根扁担和一个担泥的竹筐。都力认出来了，他们正是这池子的主人。新的春天来了，他们似乎忽然想起了这口废弃的粪池，便跑过来整饬它了。那哪是整饬呢？他们完全是想把它填平，以便将这一小块空间与他们的农田合并成一体。都力还没走到池子时就意识到了这一点。等到走到他们跟前时，他发现可怕的事情已经发生了。

　　池子已经给填了约莫三分之一。草不见了，青蛙更是遁于无踪。都力瞪着笼罩在池里的新鲜的褐色泥土，猛地扑向那对夫妻。他用身体撞开他们，并捡起扁担向他们挥舞。

　　"我的青蛙！你赔我青蛙！"

　　都力哭闹起来。旧池子的主人莫名所以地望着都力，在听懂都力的责问之后，他们告诉他根本没看到什么青蛙。都力坚信他们看到了，将它埋在了泥底下。他跳下去，挥舞着双手刨土，疯了似的刨，任凭池外二人惊疑地对他的行为展开讨论。他无法使池底重见天日，这边的土刨完了，却盖到了那边。都力最后绝望地号哭，大声叱骂那对夫妻。被无端叱骂的两人起先不跟这个孩子计较，还笑着说宋如意家的孩子真没有教养，慢慢他们也生气了。男的提起扁担做出欲向池中人砍杀的样子。都力毫不让步地骂，最终男女二人合力将挣扎的都力拉出池，一直将他端到宋河，扔下来，转身走了。

"我×你妈!"

都力对着他们的背影语无伦次地哀骂。

他们不理会他。

七

都力像个濒死的老人一样，上气不接下气地往前跑，直往那个死河沟跑。春天那么欣欣向喜，却只能令他惶恐。他闻到被他踩碎的大豆散发出浓郁的气味，而这种气味令他感到痛苦，一些莠草被他踩断，轻盈的枝冠扑簌簌在他身后颤动，都力什么都不想看到，什么都不想闻到，只想提前去跟那些先前他约定一年后见面的鲫鱼重逢。

都力跳进水里啦。水沟不深，却幽长而复杂，还没来得及复苏的水草紧密地笼罩了水面。都力不顾冷，全力以赴地扑在河里，以身体当网，一路向前，搜索他的那另一群密友。

没有，它们都不见了。有一会儿，都力的手碰到一条试图与他擦身而过的鱼，他敏捷地捉住了它，但它的尾部完好无损，并且那是条小得不能再小的鲳鱼。那些鱼全体失踪了。或者它们躲藏在一个都力无力搜捕到的所在，而显然，再不打算让都力搜捕到了。都力低泣着站在河沟里，感觉自己轻得像朵云，无所归依，找不到支点。始终聚集在他身体里的那些冲动全部醒过来了，它们在他身体

251

深处爆炸，都力听到锐利的轰鸣声，他痛苦不迭，失声吼叫。

都力开始跑了，一边跑一边哭喊。起先他不确定该跑向哪里，只是漫无目的地跑。后来他脑海中渐渐有了目标。他就向那棵泡桐树跑去了。

都力的母亲大概得到了旧池子主人们的通报，满田满地寻找他，自然是看到他了。等她看到都力的时候，他已经爬上了那棵坚挺、孤直的泡桐树。都力坐在上面号啕大哭。他的母亲没有新招，只是在下面恐吓他。"我马上去找篙子把你捅下来！篙子！谁借我一根篙子？"

都力对一切置若罔闻。后来，还是他自己主动爬下泡桐树。他的母亲想去搂他，被他推开了。他眼睛里的绝望令她恐慌。她跟着他，仿佛他是他的父亲，她一句高声都不敢有。

这个喧闹的春日里，宋园里的所有人都目睹了都力沉重的脚步。许多人都跟在他和他的母亲身后，想看看接下来都力身上到底会发生什么惊世骇俗的举动。

八

都力跳进宋河里了，在他的母亲忘记了那个不平之日的几天后，在所有宋园人停止关注他的一个正午。他沿着紧临房屋的宋河的南岸在水里漫步。正午的宋河因宋园人的忽视而变得沉静，都力成了河面上唯一行动着的活物。都力的脚掌心用力地踩向河底，他途经之处，被踩散的淤泥前赴后继向水面升腾，都力的身后留下长长的混浊的水幕，浓腥的淤泥气味在水面上四散游开，所有这些都不能抚平都力内心快速繁殖、分裂的那些冲动。

都力的母亲终于站到了岸边来了。她大喊：

"快下来！都力！小心割破脚！"

都力才不理她呢。他所置身的这一部分宋河的水底里，因为处于人家的房后，布满了人们丢弃的酱油瓶、针管、螃蟹壳、铁丝、瓷碗的残体、玻璃片，可谓刀枪林立，危情密布，宋园人爱耍水，却从不敢来到宋河的这一片区域。都力正处于这杀人区的腹心地带，往前或往后走，都逃不开被割破脚的命运。都力不是没长耳朵，如此一个人所皆知的情况他不可能不知道。都力当然是知道得一清二楚啦，往日他同所有的宋园人一样都对此地望而却步，但今天他不啦。他是故意跑到这里来的。都力心里有一种连他自己都吃惊的冲动。他要试一试这片充满暗器的水域到底有多危险，换句话说，他要看看他的脚到底能被伤得多么深重。割破脚那是肯定的，问题是他要不要把身体的其他地方也弄破，那是挺简单的事，只要暗器出现，他倾身往前一扑就是了。

都力的母亲才喊了一句，他的意愿就实现了。他感到了一种尖锐的痛，它沿着脚心快速涌向身体的四面八方，然后恐惧来临了。他感受着那个已牢牢扎入脚掌的锐器，一动都不敢动，生怕稍一动作那锐器刺得更深。

都力的身体因为渐渐在心头弥漫的畏惧抖起来了。他低下头，凝望从河底汩汩冒出的气泡，以及气泡间游荡的一抹抹殷红。恐惧愈来愈多啦！他大哭起来。

都力的母亲紧张得眼泪哗哗地流。她跺着脚高喊：

"都力！不要动！等着我！"

她狂乱地向自家的房子方向奔去，不久她提着她的高鞘雨靴跑了回来。她忙不迭地将雨靴套到脚上，把水踩得轰隆作响，跑向都力。

　　宋园很多人都闻讯跑过来看热闹。他们看到宋如意猛地将都力提出水面，力大无比地将他抱到河岸上。

　　这个突然喧闹起来的正午，都力像所有无法应对突发事故因而变得柔弱的孩子一样，紧紧地将头埋进母亲的胸膛。他什么都想不起来了，只知道用头一个劲地顶他的母亲。他只有一个浅显的意识，要让他的头进入一处安全的区域。母亲松软的乳房渐渐驱散了他的不安和恐惧，他很快便不再动了，乖乖躲在母亲的怀抱中。

　　都力的母亲也不再哭了，她抱着儿子沿着宋河岸边的堤坝往家里走，如释重负地喘着气。就在她走到快接近自家房子的时候，令宋园人百思不得其解的事情发生了。人们看见都力突然被魔鬼戳醒似的，迅猛地绷直了后背，紧接着，他的头用力向前冲了一下。而都力的母亲，陡然发出一声惨叫，撒手扔掉都力，躺到地上，哀号着打起滚来。

　　都力满口的鲜血，无助而惶惑地站在堤坝上，呆望着地上的母亲。等意识到自己这次闯下了真正的大祸，他慌忙吐掉了口中的乳头。大概是出于一种掩盖恶行的下意识，他又飞步上前，将那乳头踩进他刚刚被玻璃洞穿的脚里。但如此卓著的伤害行为是如何都掩盖不了的。人们纷纷上前，惊望着那位受伤的母亲以及她大逆不道的儿子。每个人都为今天发生的事啧啧称奇。而我们的都力呢，他是除了哭就只知道颤抖了。他抖啊抖，一刻不停地抖。正午在他的颤抖中慢慢就过去了。

（原载《文学界》2009 年第 9 期）

雷木与桃桃

一

　　四十岁之前，雷木的人生就是一次拖沓的长假。一切的因果都藏在人们的嘴里。四十年来，朱家园的人都说："嘿！雷木，你是个傻瓜。"雷木摸摸头，搓搓耳朵，跑到竖蛇河边照照自己的脸，接着他就眯起眼睛看天，日子就这样过去了，无所求取。

　　因果的种子先是从雷木父亲的嘴里发芽的。事隔多年，等我们伤心地发现雷木不是个傻瓜的时候，才慢慢确信，这个生养雷木的男人是条毒蛇。他向全世界散布有毒的言论，却活得比谁都逍遥。我们不自觉地畅饮他排出的毒，却乐在其中。为了促成雷木的不幸，我们都变成了伤心而有毒的人。

　　雷木出生那天，他父亲喝了很多糯米酒，因此看什么都觉得不真实。他在竖蛇河里捉了一天黄鳝，却什么也没捉着，一生气他的两只脚就乱了方寸，不知不觉就把自己连人带酒瓶撞进了河里。天正在转凉，把他给冻坏了。越冷他就越生气。等他湿淋淋地把自己

255

带到家，雷木就遭殃了。据说他回到家时，是黄昏酉时，雷木的母亲正在奋力配合赤脚医生把雷木从她的身体里拽出来。雷木架子有点大，任凭大家千呼万唤，他就是赖在娘肚子里不出来。雷木的母亲痛苦地哭喊着，还倒过来喊雷木小祖宗，也真是奇了怪了，这一喊雷木就出世了。雷木的父亲大概觉得妻子说话没分寸，必须给雷木一个下马威，等赤脚医生终于如释重负地将黏糊糊的雷木移交到他手上时，这个历来说一不二的男人给雷木来了一声断喝。"狗日的！要造反啊？"说着他就似怒似喜地抬手在雷木脑袋上拍了一掌。雷木本来正哭着呢，这一拍可好，哭声骤止，一止就止了一个月。

鉴于雷木初来人世的首月始终保持沉默，他的父亲就认定生了个傻瓜。这傻从何而来的呢？雷木的母亲理所当然地把原因归结为丈夫多动的手掌。雷木的父亲当然需要别的解释。他说这狗日的前世就已经傻掉了，跟他雷某人的手一点关系都没有。这个男人的乖张不仅表现为他热爱撇清嫌疑，还是个说话不负责的人。渐渐雷木会说话了，他仍然热衷于将雷木说成一个举世无双的傻瓜。

"傻瓜！傻子！"不分人前人后，他总是这么说雷木。起先他说的时候还跺脚，后来是咬紧牙关冷笑，再后来他笑得有点不对劲了，欢实得很，两颗门牙整体露出唇外，眼睛里面放出光，仿佛他终于因祸得福地获得了一种珍稀的生活乐趣。

朱家园的人起先还有点犹豫，见这男人如此坚定地要把儿子塑造成大家生活中的特例，就都很坦然了。"嘿！雷木！你是个傻瓜。"一旦雷木出现，大家就这么逗他。男人们唆使雷木去吃屎，女人们邀请雷木去抚摸她们干瘪或过于饱满的胸部以此获得扇他一耳刮子的理由，连孩子们都不放过欺负雷木的机会，大男孩把裤子褪到膝盖上，假称自己刚刚有所觉醒的玩意儿是那个时代珍贵的冰棒，小男孩和小女孩就用石子、烂泥团掷他，一次投掷不中，就两次、三次，直到雷木哭着把他小小的脸埋向大地。

同龄的孩子都在大队自办的小学上了两三年的学了，雷木的父亲才心不甘情不愿地把儿子送到学校。那个时候乡下的孩子出奇地多，学校的教室却只有三间，除了五年级能独享一间教室之外，一、二、三、四无法各就各位，只能掰成两半。雷木的父亲把自带的凳子和雷木一并丢到教室就扭头走了。正在给学生上数学课的吴先生大概觉得这个连招呼都不打的家长不尊师重教，立刻往雷木头上撒气。"喂！凳子放那儿，人过来。"吴先生阴着脸喊雷木。雷木听话地向里走，刚走了一步，吴先生就把黑板擦挥得粉笔灰簌簌往下掉。"谁叫你来的？站好了。"雷木一下子被前言不搭后语的吴先生弄蒙了，茫然瞪着吴先生，又把头摆向满锅饺子一样密布在教室里的张张小脸。孩子们都没心没肺地笑了，把教室弄得稀里哗啦的，跟饺子突然煮爆了一样。雷木长到十岁，第一次经见这么复杂的场面，吓得不敢喘气，开裆裤又藏不住他被惊吓的秘密，汤汤水水地诱导着孩子们抓住机会去鄙视并控诉他。"他是个傻瓜！夜里尿床的傻瓜！"马上有同为朱家园的孩子举手向吴先生汇报他的洞见。吴先生人其实不坏，见雷木都吓成这样了，马上掉转思路去制止教室里突然出现的骚乱。"闭嘴！"他捻起一个粉笔头掷向举报者，接着就指着教室后方的一个缝隙示意雷木搬凳子坐过去。雷木不争气，凳子刚提起来凳腿却绊住了开裆裤的嘴，哧啦把他那条旧裤子给扯烂了。

有一个不好的开端做引导，雷木只好成为学生们最珍视的玩偶。他在大队小学里上了五年的学，留下的笑料可供学生们播撒一辈子。

很多年过去后，雷木的那些小学同学，男男女女，只要一得到谈论雷木的机会，嘴巴就再也闲不下来，关乎雷木的糗事，在他们嘴里历久弥新。透过他们的嘴，我们可以轻易看到雷木小学五年的生活全貌。这个全貌其实主要由一件事构成：

睡觉。

雷木似乎随时随地都在睡。上课睡，下了课还是睡。感谢所有人，如果没有他们协助，雷木不可能睡得那么持之以恒。一开始，雷木也知道不该睡的时候睡觉不好，就下了课才睡。但是雷木的同学一看到雷木趴到了地上，就赶紧往他耳朵里塞东西。这样雷木就不能听到上课的铃声。下一堂课早就开始了，雷木仍然流连在他那些别人无法洞悉的梦里。阳光把校舍的外墙挤压成一片阴影，雷木蜷曲的身体呼应着阴影的缓缓位移，上午或下午的时光，就这样过去了。有时候睡神拦住了去往学校途中的雷木，他就在路边坐下来与它静静地搏斗。雷木的同学们自然都是雷木肚子里的蛔虫，经过他身边时，通常都会及时给予他安心睡去的理由。"睡吧！雷木！我刚听说，今天的课不上了，放假。"雷木一头栽倒在地。更可怕的是一些大人，他们非但不对孩子们的谎言予以拆穿，还助纣为虐。见雷木在路上睡得正酣，他们就把他挠醒，告诉他有比大地更适合制造美梦的地方，那就是他们家的床。要想睡到某张舒适的床上去，就必须先帮他们干活。雷木昏昏然跟在他们的屁股后头去了，理所当然，活是干了，却连床边儿都没沾到，一天就这样又过去了。一个孩子总是爱睡的，怎么都睡不够，有那么多可以睡觉的理由，雷木没法不一直睡。吴先生起先是一看到一听说雷木瞌睡就骂，很快他发现雷木确实比别的孩子要难以规训，就不管不问了。要管的孩子们太多，他顾不过来，更何况雷木与别的孩子脱节太多。

就这样雷木慢慢长大了。渐渐连狗都看得出来，他身上生长着太多的傻瓜的证据。斗大的字他不识几个；听到嘲笑和谩骂他只是茫然望着对方，一点都不懂得羞耻；多脏的东西他都吃得下去；更别谈他的样子了，鼻涕都流到唇缝之间了他也察觉不到；别人走路直腰直背，他从来都是脚步踉跄，身躬如虾；他还经常穿反了裤子，把袜子当成手套……有些时候能看出雷木对自己也很疑惑：他惶惶然摸摸脸、挠挠头，跑到竖蛇河边照照自己的脸，想弄清为什么他会成为别人嘴里的傻瓜。这样的情形很少。通常他都很认命。我们后来猜测当时的雷木，普遍认为是那些无所不在的针对他的定论最终奴役了他：既然人人都说他傻，他肯定就是傻瓜；既然他就是傻瓜，就傻下去吧，毕竟傻比聪明落实起来要容易得多。

雷木第一次见到桃桃那年，他十二，她十一岁。那是秋天一个上午，陆家园的桃桃来朱家园她父亲的一个朋友家玩。那朋友家就在雷木家西边。雷木进屋的时候，桃桃正在向几个同样过来看陌生孩子的朱家园的孩子发麸皮面馒头干。桃桃的父亲是落户知青，家里的粮食比其他乡下人家要持续，上一年冬天蒸下的馒头干可以吃到下一年的秋天，这注定做客朱家园的桃桃会成为孩子们眼中美好的异类。桃桃跟别人不同，分发馒头干时她一视同仁，见雷木进来，也往他手里塞了两片。一视同仁本不值得惊诧，但有幸被雷木消受，就是个奇迹了。那个上午，雷木的心里陡然响起一阵惊雷。他瞪着手中意外到来的粮食，对桃桃满心爱戴。桃桃也争气，用她清雅的容颜轻而易举地将雷木的爱戴在他心里夯实。

"吃吧！快吃。"

桃桃平静地说。听不出任何潜台词。

雷木永远记得，那天的桃桃扎着马尾，穿一件束腰开领的格子衬衫、一条的确良料子的藏青色裙子、一双带搭襻的圆头黑布鞋。她有点瘦，比同龄孩子略高，还没发育，手指和脸一样白。她说话声音不高，但字字珠玑。陆家园见过桃桃的人都说，这是他们有生以来见过的最好看的小女孩。他们还说桃桃教养好，料定她会好命。

二

雷木第二次见到桃桃，她已经成为人们口中的荡妇了。

一如我们所料，雷木没能上初中。没考上。就是考上他父亲也未必让他上。那一年，突然就包产到户了，像雷木父亲这种焦虑的农民，是不会对这样的形势无动于衷的，他迫切要做的，是去看看绝对的勤劳到底能换取多少所得，为此，家里能用上的劳力他一定要用。雷木是家里唯一可以肩挑背扛的孩子，其他一男两女三个孩子都尚未脱离童年。更不幸的是，雷木还发育得过好：胳膊粗，腰板硬，大腿上有明显的腱子肉，走一天的路人都不会累。他的身体性价比那么高，不立即交付给他繁重的农活，他父亲会疯掉。天知道雷木是怎么了，他竟然拒绝成为父亲人生规划里的筹码。以前，他对上学这件事那么无所谓，现在，却让学校变成了他生活中的诱惑。他瞅准可以脱身的机会，跟在他那些考上初中的同学身后往学校里跑。新学校叫三河民中，离他家足有三里地，他跑来跑去的，从不感到疲倦。

三河民中远远比那所大队小学要大和复杂，陌生孩子层层叠叠，雷木怯懦地站在远处，任何人走到近前他都赶紧把头低下。只有上课铃响之后，雷木才觉得这学校与自己有关。他蹭着冰凉的墙壁往窗口靠，而后向里露出半张脸看里面的光景。学生们都在发育中，个个都容光焕发，老师们在雷木看来都英俊或美丽，让他咽口水。他似乎经常能听到自己的身体在发出声音，那种幻觉令他恐慌。有一次，他在放学后的教室外面扒开窗户往里跳，发现自己的腿稍微一抬就搭在了窗台上，这才洞悉自己的腿有了几年前的近两倍长。这是傍晚时分，他一个人坐进空荡荡的教室里发起了呆。我们后来猜测，雷木就是在那个独坐的傍晚有所开窍的。正在匆忙发育的身体给予了他必要的人生警告，提醒他思考对于人的重要性。于是，他不得不开始拷问自己了。为什么别人把他区别对待？他真的就那么傻吗？傻瓜，就是他这个样子？就是他这种人？为什么他又觉得自己其实和别人没有两样？都是两条胳膊一张脸。这肯定是雷木最初的思索轨迹。那么的拙劣，那么不切入中心。但是不要紧，他会无师自通地走进真理的大门。我们等着瞧。

雷木忽然喜欢上了看书。语文、数学、地理、历史，只要学生们有书遗落在校室里，他就偷出来回家看。可惜这样的偷窃机会少之又少。甚至于后来因为学生们关注到了这种失窃，任他怎么在放学后的教室里搜索都只能空手而返。因此雷木在三河民中游荡了几年，自学的成果微小得可怜。更多的时光，只能被雷木用来惆怅。他身体里的声音越来越大，吵得他嘴唇上跑出一整排细密的毛。更令他恐惧的是，他的下体在他未曾觉察的时候发生了暴动，层峦叠嶂地快速策反着他。越来越多的发现，带来越来越多的疑惑。雷木得快点找到事情去解救自己。有一天，他找来一把剪刀，撕开偷来的练习本乱剪一气。一不小心，他就剪出了一张女性的简易脸。这个游戏甫一出场就成了他一生的最爱。他很快就成了一个剪纸高手。鸡、鸭、猪、羊、树木、开放的月季花、崭新的砖瓦房，以及梦中载人奔向月宫的马车，他都手到擒来。却没有人有幸分享他的神技。他把作品藏在床褥下、鸟窝里、墙缝中，一切隶属于黑暗的角角落落。

在被剪纸欲折磨得无法自抑的许多时候，雷木总会想起第二次见到桃桃的那个时刻。然后桃桃成为他的御用模特。她逼真地在他的脑海里巧笑嫣然，他手起剪落。

那是个怎样的时刻呢？很久以后，雷木想起她来，都会难过。那同样是秋天的一个上午。开始雷木并没有认出桃桃来。只是，他的目光突然被一个女孩吸引了过去。这一年桃桃刚刚历经一次发育的高峰。简直是脱胎换骨，现在的桃桃真是人如其名了，在雷木看来，她身上揣满了熟透的桃子，从前面看，上面有两个，从后面看，下面又有两个，并且是桃子的升级版。哪里还有雷木第一次照面时的半点影子。雷木当然不能认出她来，只不过突然犯起了一个青春期男孩该犯的毛病：他就那么站在一棵树下面，向桃桃行注目礼。桃桃谁都不看，只盯着自己的脚尖。就算她看见雷木，也未必认得出他。发育后的雷木同样能对桃桃的记忆形成挑战。她在初一年级的教室前面拐了个弯，贴着墙根往厕所方向走去，经过雷木身边，渐行渐远。雷木那一刻千真万确傻掉了。他痴望着桃桃，直到她消失于厕所门口。突然雷木的裆部就被人掏了一下，紧接着雷木听到了一阵淫笑。

"嘿嘿！傻雷木！很不错哦，都可以干女人啦。"

雷木回身看到一个和他同过五年学的男孩，以及对方脸上高深莫测的促狭。没等雷木吭声，这位兴奋得过了头的男孩就推搡起他来，往厕所方向推，边推边叽里呱啦大声说话：

"傻子！嘿！我说傻雷木，快去干她，她是全国粮票，谁用都可以，你不是想用吗？去吧！快去。"

雷木惶然抱紧自己，坐到地上，不解地抬眼打量支使着他的那个小人儿。男孩不悦了，照着雷木的脸就来了一脚。

"雷木！你不但是个傻瓜，还是个胆小鬼。连赵晓红都不敢干。呸！鄙视你。"

原来桃桃的大名叫赵晓红。这当然是雷木后来才知道的。当此时分雷木只知道茫然，只能无助。他快速逃离取笑他的男孩。刚逃了几步，就撞到上完厕所出来的桃桃身上。雷木刹住自己，慌得浑身都抖起来。桃桃差点给撞倒了，但她没一句责怪，也不看撞她的人，木然快步离开。远处传来激动的一大片笑声。雷木站在朗朗晴空下，不知该怎么办好。

接下来一些时日，雷木故意往热闹的地方蹭。慢慢地，无所不在的关乎桃桃的议论满足了雷木对那个曾经给予他惊鸿一瞥的女孩的好奇。透过人们的嘴，雷木获知这女孩的父亲是陆家园的落户知青赵丙林。谁不知道赵丙林啊，这个因为在插队期间爱上一个本地女人从此留守在陆家园的知青。就算傻子都无法不知道他。因为他的爱情相对奇特，他本人以及他的家庭从来都被人们津津乐道。就这样，雷木知道了那个美得奇异的女孩就是他十二岁时爱戴过的桃桃。很快雷木又听说桃桃是三河民中有史以来最无耻的荡妇。人们说，她经常躺到麦地里，给率先发育好的男同学们干。干过桃桃的

263

男孩都是谁，这一点基本上是秘密。就有一个男孩，是三河民中成绩最差、长得最像流氓坏的，叫李志冲，只有他的奸夫声名是确凿无疑的。连傻子都能看得出来，还没发育的许多男孩都在暗中使劲，以便促进自己的发育，这样就可以早点去干桃桃。雷木是多么难过啊。桃桃竟然是这么不要脸的人。有一阵子，伤心的火焰烧灼得他胸口疼，他又不知道该如何排遣它们，只好冲练习本发火。剪刀咔嚓嚓切碎它们薄脆的身体，雪白的纸屑掉了一地，就这样桃桃的脸和身体艳丽出场。雷木夜里偷偷下床跑到屋外，对着月光举起桃桃的剪影，看了又看。渐渐他就不伤心了。既然人们都说他是傻瓜，他就该傻得合格些。傻瓜怎么会伤心呢？雷木就是这样说服了自己。

　　游荡在三河民中的雷木其实有很多机会与桃桃接近，就像他跟任何学生都可以靠得很近一样。但是雷木不再让自己认得桃桃。不知何故，他开始认为眼下这个臭名昭著的女学生不是他早年见过的桃桃。她们完全就是两副样子，怎么可能是同一个人？这个反问句叫雷木心安，渐渐地，再听到人们诋毁桃桃，他也能够跟着大家一起笑了。有时候，桃桃独自走过雷木身边，他竟发现自己对她是有所厌恶的。

　　就是这样，这个疑似桃桃的女孩，在雷木眼里也是个荡妇了。有这种心理垫底，某一天雷木看到桃桃被人强奸时，也让自己保持了应有的淡定。

　　强奸桃桃的是代课老师莫洪俊。事后多年，当雷木再想起当时的情形，他才洞悉，那并非桃桃第一次被强奸。可是，那时候，雷木一心要去相信人们的话，一心要扮演一个合格的傻瓜，因此，即便他觉得不对劲，也只好漠视桃桃的哀求，置之不理。那是在傍晚，放学之后，雷木刚在属于他一个人的教室里静坐了许久，悄悄爬出窗户，从校舍西头的教师办公室突然传来了一个女孩的尖叫声。雷木循声爬到办公室外面的窗下。悄无声息地将头探上去，他看到了让他难以置信的场景。莫洪俊已经脱光了自己，正在进行开场前的必要倾诉或洗脑工作。

"我喜欢你！别怕！我是真的喜欢你。我会娶你。等你大了我一定娶你。来吧！我的乖乖……"

桃桃只是躲，她从一个办公桌之间的空隙躲往另一个空隙，周而复始。她的衣服已经消失了多半，硕果仅存的那些，被她紧紧拽着。

"不要……我不要……放了我吧……"

桃桃如是喊着。后来她闪避到了窗户这边。雷木赶紧把头没下去，却还是被桃桃看到了。

"救救我！请你……救我……雷木……"

她竟然知道雷木的名字。也难怪，被唤作傻瓜的人都是著名的，不知道她是否知道自己十一岁时，曾经跟他有过短暂的相逢。莫洪俊终于逮住了桃桃，就在窗户里边。无可避免地，他也看到了雷木。

"傻瓜！给我滚开！你这个傻雷木，快滚。"他急躁地呵斥。

雷木一猫腰，箭行而去。路上，他溜到桑林里坐了一会儿。天已经黑下来了。雷木想，他终于弄清楚人们为什么要把桃桃说成荡妇了。原来她真的和男人干的。他们干了吗？无数个日子，他脑海中闪现的竟然是这个问题。有时候，他挺后悔，觉得自己应该在那窗户底下多待一会儿，这样那个问题就会明朗化，不至于使他在日后漫长的数年里永远对此心存疑窦。有些夜里，他把自己想象成莫洪俊，咯咯笑醒。

三

　　有超过十年，雷木再也没见过桃桃。但桃桃后来的故事，他时有耳闻。没有办法的，到处都是关乎桃桃的流言。雷木躲不开它们。我们都和桃桃一样，不断分享着由桃桃柔美的身体支撑起来的流言盛宴。这盛大的宴席，菜品越来越多，逐年丰沛。我们在这种目的不明的享受中慢慢老去。桃桃嫁人了，嫁得很远，不但脱离了流言区域，甚至不再与我们这个辽阔的多河地区有所关联。一个被流言制裁、镇压着的女孩，翻身的最佳途径就是远离，越远越好。据称桃桃嫁到了这个国家的大陆最南端。那里有椰风、蔗林，还有深邃、浩瀚的大海，无论风景还是人，都与我们的多河地区迥异。若论实质，桃桃的婚姻其实是让人仰慕的：她的丈夫，是个军官。把我们周边的村村巷巷翻个遍，能找出几个有本事嫁给军官的乡下女孩？人的命，天注定，桃桃本来就是城里女孩，如果她父亲当年及时弃妻归乡的话。只有城里女孩才有资格得到一个军官的爱。我们都在心里这么盘算桃桃的这场婚姻。但是我们还是不甘心桃桃就这么变成了一个幸福的女人。我们一定要为她的婚姻抹上灰，涂上黑影，竭尽所能。大家都辩解说，桃桃如果不远嫁，就只有死路一条，周边的人家不可能迎娶一个荡妇。如果她不走得远远的，指定孤老一世。只有在那些流言无法涉及的异乡，遥远的异乡啊，才有不知情的男人勇于戴上一只巨型绿帽。雷木不关心这些自圆其说的观点，他只是有点黯然。他觉得，跟他有关的事只有一桩，那就是：他可能再也见不着桃桃了。他学会了抽烟，背着父亲偷偷喝家里的糯米酒，常常喝得不省人事，倒在田间地头，在父亲的叱骂声中度过缺乏喜乐的一天又一天。后来他发现桃桃在他心里渐至模糊，再后来，他就年过而立了。

雷木的父亲真是个失败王。包产到户的时候，他用力地种地，却只是糊饱了家人的肚子。很快农民们都搞起副业来了，他就去承包鱼塘养黄鳝。刚刚养了大半年，眼看着黄鳝粗过了大拇指，突然整个多河地区的水全臭了。黄鳝非死即跑，跑掉的也是个死，只是死得尸首也找不到。这个男人老了，背也驼了，只一次打击就让他从此一蹶不振。为了养黄鳝他欠了不少钱，有三四万吧，看来一世都还不清了。经常性地，我们就听到他坐在竖蛇河边抹眼泪，一边抹一边痛斥这个让人无法掌控的世界。更多的时候，他就在家里找碴儿，打老婆，把雷木往外面赶。可是他却又对雷木越来越依赖了，因为他的其他三个孩子，都迅速成家，与这个瞎折腾的父亲一刀两断，只有雷木还听他的话。况且雷木虎背熊腰，永远是干活的好把式。再怎么败落，他也有雷木这个廉价的后台。雷木可以帮他种地啊。有了雷木，至少可以保证他不被饿死。我们都确信，这个最先把雷木往傻里说的男人，再怎么老去都是个自私鬼。道理很简单，他根本不为雷木的未来着想。按说雷木早该成家了。虽然他是个著名的男傻瓜，但多河地区的女傻瓜多的是，还有不少缺胳膊断腿的残疾女人，以及瞎子、哑巴、神经病，龙配龙，凤配凤，傻瓜也可以有归宿，雷木不是没有机会组建家庭。但是雷木的父亲从不主动为雷木张罗婚姻事。雷木又不是个女傻瓜，哪有别人家倒过来给一个男傻瓜说媒的事情。雷木就只好打光棍。

可是有一个情况，开始让我们意外。光棍雷木不知道什么时候变了。再等一些年过去后，我们会慢慢觉得，他是从三十岁之后开始正式怀疑自己不是个傻瓜的。就是这样的，三十岁之后，雷木忽然重视起仪表来。他自己到镇上买布料，请裁缝为他量体裁衣，穿着簇新的衣服，在朱家园里晃。夜暗来袭时，他跳到竖蛇河里仔细地洗澡，一天一次，很快把自己洗成了一个特别干净的人。等我们对他进行一次新型的瞩目时，发现他竟然是个有点英俊的男人。他的背也直了，走在路上两条胳膊摆得很有分寸。有一次，一个男人还是像早年那样试图去掏雷木的裆，却马上反被雷木绊倒在地，那男人不甘心，立刻扮演蜈蚣，全身心地扑到雷木身上，囫囵钳住他。然后我们发现了促成雷木智力突飞猛进的工具——一本书被他扯脱出来，从雷木的口袋里，掉在地上。

是本《新华字典》。它躺在寂静的路上，风吹过来，扑哧哧翻动，向我们透露雷木日益精进的秘密线索。时代不同了，雷木不用再去三河民中偷，就可以得到他想得到的东西。他懂得了去镇上、去城里买书。那些书，为他拨开层层的雾霾。一个傻瓜，竟然随身携带书。我们这些聪明人，都早就不再看书了呢。这个雷木，真是的，想造反？那男人突然甩开雷木，冲向地上的《新华字典》，一脚踢飞到灌溉渠里。他不仅仅因这场殴斗的失败恼羞成怒了，还要用实际行动抗议雷木的身份突变。

"一个傻瓜，看什么书。看得懂吗你？"

"你才是傻瓜。"

雷木步履镇定地跳进灌溉渠，捡起书来，又跳出来迅速回击那人。这是雷木第一次用自己的嗓门抗拒他是傻瓜的定论，掷地有声。

我们都蒙了，顿有天旋地转之感。所有人都很失落，你看我，我看你，心里面突然就寂寞得不行。这时候大家才想起去扪心自问，才知道身边有一个傻瓜存在对生活的重要性。也有人开始自责，把头低下来。个别多愁善感的人暗自叹气，渐渐人群散开。

从什么时候开始，雷木不是个傻瓜的呢？换句话说，什么时候起，雷木开始发现自己不是个傻瓜的呢？不得而知。一切都像风中之风，扑朔迷离，我们无缘悉知。

雷木渐渐开始决定自己的人生。又几年过后的一天，他托人帮他说媒，不下三次。他给媒人买鞋、烟、茶叶、搽脸油，从来都是四件套，比谁都讲究礼仪的全面性，事实上他践行的这一套，在我们多河地区已经过时了。因为过时，他对礼仪的重视没有得到媒人的认可。媒人都用实际行动表达对雷木的轻视。他们给雷木分别带来傻瓜、瞎子和神经病，并直言不讳地告诉雷木，因为他的傻瓜之名已经深入周边每一个村落，在每一个人的心里根深蒂固，他想找身体健全的人，只能是妄想。雷木用笤帚柄砸媒人们的头和身子，把他们全轰了出去，还跑上门去索回那些礼物。不是必须说他傻吗？那他就傻给大家看。雷木很快又认命了，这回是针对自己的婚姻。他想，他大概只能孤老一生了。如果没有全人嫁给他，他宁愿独身。就这样吧，无所谓。他开始把心思放在剪纸上。真是让他欢喜，原先剪纸只是他的兴趣，现在竟可以成为他的谋生工具了。他剪出鸡、鸭、羊、猪，用篮子提到街上，供那些提前富起来因而需要精神生活的人挑选，最终成为许多人家五斗橱、门和床上的装饰，竟也供不应求。一张剪纸卖五毛钱，后来是一块，再后来两块，逐年涨价，确保了雷木和他的父母衣食无忧。因了他对家庭经济命脉的把持，他竟也可以骂他的父亲了。不少时候，我们会看到雷木把唾沫吐到父亲的脸上，骂对方是个傻瓜。那个老去的男人，只好忍气吞声。大多数时候雷木不说话，只是抽烟、喝闷酒，在街上卖剪纸时，不跟任何人笑，像个哑巴，任随人们买或不买。同龄人脸上都开始起皱，很神奇他却永葆青春，一脸的光洁。有些时候，我们走过他身边，同时打量熙熙攘攘的人群，觉得他和这个人世很隔阂。雷木身上渐渐有了些谜的属性，令我们难过。我们痛苦地发觉自己已经无法真正洞悉雷木到底是不是跟我们一样聪明，还是真的有点傻？时傻时不傻？其实确实是傻的，只是没傻透？我们大家原先对他的论定都是对的，只是傻与聪明之间的界限模糊，我们后来需要还击自己，片面地觉得微傻的雷木和我们一样聪明？比我们还聪明？那些风中之风啊，像前生或来世一样，折磨得我们心慌。

桃桃忽然回到家乡了，在雷木三十六岁的那一年。她真是薄命，好好的一个家突然就毁了，她的丈夫，那个人们未曾见过的军官，跟随军舰去执行公务时牺牲了。桃桃带着烈属的称号和一笔抚恤金回来了，却只能掀起人们内心的兴奋。很快就有了关乎她的新型流言，说她克夫，是她的贱命把那个堪称完美的男人克死了。我们在县城的礼堂里看过一次以桃桃为主演的英模报告，顺便在下面窃窃私语，促使她的克夫属性能够向县城所属的任何村镇散布。雷木没有去听这场报告，多数人早就开始不搭理他，他的消息来源闭塞，等他获知桃桃返乡定居的消息时，桃桃作为报告者的身份已经被慢慢撤销了，她的生活变得比幼年时代还要落寞。雷木是半年后在一种自自然然的情形下偶遇桃桃的。有一天，他骑着自行车去镇上，途经陆家园，看到一个女人在离大路不远的田埂上散步，女人一抬头，他从车上摔了下来。

桃桃的样貌基本上还停留在她的三河民中时期，只是微有些发福而已。雷木永远不能原谅自己的是：在那一天，他竟然飞快地爬起来，仓皇离去了。这一路上，雷木的心里翻江倒海地疼。天空既高且远，使雷木不能对自己明察秋毫。他对自己感到不解，却把车子踩得更为用力。

为什么他不能请自己跑过去跟桃桃打声招呼呢，甚至告诉他年幼时心里曾有过的爱戴，少年时代因她而起的那些内心萌动、伤感、惶惑、厌恶。他们都那么大了，终究会老死掉，有什么不可以坦然说出口的？其实什么都不用说的啊，他就去站到她面前，告诉她，他心里一直惦念着她，这样他自己就可以高兴很多天了，为什么他竟然做不到？难道他觉得自己不配吗？他依然不能摆脱人们对他的牢固定论，这让他感到卑怯？那些风中之风啊，还有我们可怜的雷木，以及桃桃，就这样再次错失一次面面相对的机会。

雷木回去后剪了一整夜的纸，张张都是桃桃。现在他的手艺精进得吓人。每一个桃桃都活灵活现，艳若桃李。桃桃在笑，在哭，在黯然神伤；她跳舞，飞翔，沉睡；风掀起裙裾，她谜一样的腿若隐若现；她被强奸时无处藏身的悲情再现；一片馒头干被她托起来，与寂寞遥相呼应……这就是雷木记忆的角角落落啊，桃桃早就把他占满了。雷木把桃桃们拿到街上，一边收钱一边窥视人们惊叹的表情。那些时候他觉得自己的心情好了一些。回去的路上，他希望能像上次那样与桃桃巧遇，但是桃桃不复再现。有一阵子，雷木留心偷听关于桃桃的行踪，一年之后，他获知桃桃再次远嫁了。这次更远。她去了海外。一个叫作瑞典的国家。瑞典是个什么地方呢？雷木带着这个疑惑步入了不惑之年。

四

　　雷木在他四十岁那年为我们制造了一个天大的笑话。当然这个笑话得以使人们再次把雷木推举为大家兴趣的至高点，是因为有另一个笑话与它合作。另一个笑话是什么呢？聪明的人们不用猜就已经知道了。桃桃，这个我们隐秘生活中的流言库，她真的是克夫命哎，千真万确。不是吗？她去瑞典不到三年，丈夫就死了。原先，这个同样无缘被我们结识的男人，一直活得很健硕。据称是桃桃犯贱，好好的房子她不待，偏要鼓动丈夫去海边度假。一阵大浪涌来，那男人去追寻来世的足迹了。也怪桃桃自己，克就克了吧，她还得回来让大家有兴趣论证她的克。又是一个秋天，桃桃背着轻便的行囊回到了多河地区，这次她不回陆家园了，在县城，她买了一套大大的房子。可是这有什么用呢？只要她一天不让自己从我们的多河地区消失，就必须成为笑话。我们远远地观看这个面相愈益肃杀的女人，回到家里一边用草梗掏牙缝，一边把她往死里撅。"贱货！"经常就有人暗中这么叱骂桃桃。

　　雷木闹出的大笑话，是他去向桃桃求婚了。他穿上西装，打了领带，头发上抹了啫喱水，还戴了一副莫须有的眼镜，提着一个大花篮和一只装满剪纸的马甲袋，来到了县城。在桃桃的必经之路上，他拦住桃桃，问桃桃喜不喜欢看电视剧。桃桃不解。雷木就说，他们之间的事都可以写成一部电视剧了。桃桃马上认出了雷木。这女人真狠，竟然没有对这个当年对她坐视不管的男人产生一丝恨意。

她只是笑，摇头，末了把雷木带到县城最上档次的西餐厅。在那里，她歪着头听雷木紧张地谈论他的过去或者他们的过去。后来雷木被一口比萨饼噎住了，不停打嗝，桃桃就闻见，他其实是有口臭的。忽然她就很难过，但她不愿让他看出来。夜已经深了，她把他送到出租车上，意味深长地对他说："你是个傻瓜！真是傻。"然后她决绝地掉头离去。有人亲眼看到雷木当场倒在出租车边，浑身抽搐，口吐白沫。我们猜想，雷木之前得鼓足了多大的勇气啊，得先进行多么详尽的自我论证，才好意思、才敢于向桃桃表白，可是这个女人，竟然这么的不识趣。也有人说，她的克夫症已经大幅度升级了，就算男人只是爱爱她，爱爱她而已，就可以把死神引过来。幸亏雷木是个傻子，因为属于次品的人，幸运地被死神舍弃了。

要怎么样吗？这对我们认定的活宝，要怎么样才是个头？人生就这么渐行渐远了，他们就不能争一口气，一步到位地睡到一起去，让我们在想象中一边笑一边感觉到心里产生了一颗可耻的定心丸吗？我们突然比任何时候都牵挂起雷木和桃桃来。我们需要他们睡到一起，快点，快去睡，喊里咔嚓，睡完之后互相抽嘴巴，然后一前一后去县城的主干道上裸奔，再然后，男的一脚踩到一只松动的窨井盖上，死掉；女的，回过身来，当场就失声痛哭。

雷木和桃桃果然又碰面了，这回是桃桃主动找的雷木。就在离早已撤销变成村委会的三河民中旁边的竖蛇河边。我们不用猜，就知道他们在谈判。这两个在人世流落了四十来年的孤魂野鬼，他们需要找到各自身上尚有价值的火种，相互取暖。同样地，不用动一丁点儿脑筋，我们就知道他们交谈的全部内容。因为后来的事实很

273

轻易就能够为我们提供思考的线索。

桃桃说:"你确定想娶我吗?"

雷木答非所问:"我已经确定,我不是个傻瓜。"

桃桃问非所答:"可是,我是个荡妇。"

雷木说:"我是荡妇,你是傻瓜。你想这么说,也会有人相信。"

桃桃说:"我不恨任何人。我活明白了。"

雷木说:"他强迫你的是不是?"

桃桃说:"除非人们都不说你是傻瓜了,我们才可以在一起。"

雷木说:"哦!确实,傻瓜和荡妇在一起,会给人家说死的。"

桃桃说:"如果你想把傻瓜从人们的脑袋中彻底搬出去,就必须行动起来。"

雷木说:"你说吧。怎么办?我听你的。"

桃桃站起来,把雷木刚刚送给她的剪纸一张一张抖出来,往河里扔。

五

让我们匪夷所思的是,就在桃桃与雷木谈判后不久,整个多河地区出现了一个迷人的传说。我们怎么都没料到,这块土地,竟然是天神掉下的眼泪。盘古开天辟地之时,沉睡亿万年的天神突然醒来,发现他的爱人不见了,就哭,哭了一千年,于是这块土地就出现了。至于他所爱之人,原是采莲国的公主,此女一生多难,跌跌撞撞地在人世只活了三年。但是她死后化成了条条细流,与天神的眼泪密切融汇。知道吗?为什么我们这个地方,有那么密集的河流,纵横交错，此消彼长，养育人民千年，就因为有爱、有恨、有风波，终又因了爱，化解掉一切恶障，所以，人世才生生不息。谁曾见过，这世上，还有什么地方，有这么密集的河流群？没见过吧？这个地方，多么独具特色和魅力。

后来人们洞悉，传说的种子诞生于县委宣传部，当然现在县的说法已经消失，县市合并后，它成为市的一个区。多河地区的人都自发充当这传说的传播者，因为传播得愈广，我们的多河地区就越有名。而名气将为我们带来数不尽的财富，这个成为区的县，正在大力招商引资。我们总是热爱刨根问底的，渐渐洞悉到，传说的创作者，是一个叫赵晓红的女人。她魅力大过天，没怎么费劲，就在一次竞选中成为一名宣传部长。据称她文笔非凡，完全摸透了人们的心思，尽写些明显漏洞百出却让人勇于相信的文案。为了证明她所言非虚，她把一个叫作雷木的民间剪纸艺人推举到一线，向全世界宣布，他是第一代传说亲历者的第一千代传人。谓予不信，看他的手艺吧。谁能剪出这么富有传奇色彩的人物画？一个女人，可以在他手里活起来，眼泪缤纷，身姿妖娆——那就是传说中的采莲国公主，活在人们的记忆里，而记忆，使天人合一。她还向上面力荐雷木，迅速在由她任名誉董事的新成立的多河地区文化传播有限公司担任艺术顾问，而雷木，不久被人树立为艺术和智慧有效结合的人的典范。人们纷纷踊跃地成为他的徒弟，剪纸迅速成为多河地区的一门地域艺术。

多么霸道啊，这些拥有了实证的传说。我们都不想去推敲细节了，只想知道我们的雷木和桃桃到底睡到一起没有，除此之外，我们还想笑，因为有了这个传说，多河地区的确多了些投资者，我们的生活越来越好。至于雷木和桃桃，不知从哪天起，双双从我们的视野中消失。但我们知道，他们都活着。唯有想象，可以让我们终生与雷木和桃桃坐拥一隅——许多夜里、白天，风吹过树尖的悠长时光里，我们看到这两个人，静静地坐在河边，相视而笑。

我们打算这样告诉后人他们的故事：雷木和桃桃，从此幸福地生活在一起。

（原载《西南军事文学》2011 年第 2 期）

村里有个曹凤来

一

曹凤来不会骑自行车。在他这个岁数上，九界河村不会骑自行车的男人倒不止他一个，打生下来起就患小儿麻痹症的李要广就不会。九界河村不乏当着别人的面撒尿的男人，他们不觉得这世上有丢人的事，有的人却连放屁都要避人三尺远；人跟人不同，曹凤来丢不惯丑。学自行车总要经历一个丢丑的过程，曹凤来才不要。因此，他只好与自行车绝缘。

徒步生活的曹凤来从我们身边走过时，很难得说句把半句话。他步子从来都很急，瘦身板一蹿一蹿地往前戳，眼睛绝不斜视半点儿，好似电视里竞走赛道上最专注的参赛者，急着要去摘取他想象中的奖牌。他是这个世界上最不跟别人重样儿的人，古往今来独此一份，在我们共同的村子里扮演着独行侠的角色；我们想弄懂却从来都弄不懂他，心底里，任谁都觉得他傲慢、孤僻，但奇怪的是，很多年过去了，我们似乎都没有讨厌过他，在我看来，不少人内心

277

深处始终对他保有一份敬畏。

　　撇开曹凤来作为我小学老师的那几年不算，在他七十岁之前，我只见过他一次。那是九十年代中期的一天，在我们村头一个丁字路口，曹凤来迎面向我冲来。我至今仍能感受到当时的恐慌。真是老母牛劈叉——邪门儿了，即便当时我已二十好几，在军旅生活的长期滋养下体格也生得不弱，可就是恐慌得不行。没办法，童年总会变成一块巨大的云翳，在我们的心里终生飘荡。我无疑想起了我八岁时他给我的那一巴掌，以及他为了表明那一巴掌有多么必要的他咬牙切齿的面形。多少年过去了，我始终觉得他给我的那一记耳光过于蹊跷，一丁点儿的必然性都不具备。该挨巴掌的是他的小儿子啊。这个大板牙、歪脖杆，学习成绩好得离奇，情商却低得离谱的聪明白痴，在一九八〇年夏季的某个上午，突然向正在低头看书的我用力甩动他手中的钢笔，墨汁飞溅到我唯一的白衬衣上，我惊愕无语，紧随而至的事情是，曹凤来停止正在进行的板书，从黑板前转过身向我冲来，他连犹豫都不要的，都不知道他那么急到底想表明什么；就是这样，这个年过四十的男人，利落地挥起他指关节突出的大手，给予了我童年一记重创。然后，他竟然还气鼓鼓地瞪了我一眼，这才转身向黑板走去。天哪！这世上最别出心裁的人莫过于他了，他要为他集天才与白痴于一身的宝贝儿子的寻衅行为制造一个逻辑，竟然是选择这种特异的方式。就好比有人为了证明一个刚被强奸的女人是个妓女，就另找一个男人再把她强奸一次，于是她就真的成了妓女——这是什么思维？可恨是的，即便我知道曹凤来的那一巴掌多么错误，我至今仍然没有讨厌过他。我最多只是由此患上了恐曹症而已，一见他，一想起他，就恐慌得不行，仅此

278

而已。这真是不可理喻。就算是我的母亲，在得知我曾经无端领受过曹凤来的一记耳光之后，也不曾厌恶过他。多年之后，我把八岁那年遭受的那次奇耻大辱第一次随口向我母亲回顾了一番之后，她也只是惋惜地长叹了一口气，随后说了句："这个曹先生，真是不对。"她竟仍然下意识地用先生的尊称来称呼曹凤来。别的不说，她也不想想，这个阴沉面容、轻易不跟人搭腔、家庭成分为地主的男人，早在上世纪八十年代中期，就主动辞去民办教师的工作，变成一个最终被失败眷顾的厂长了。

二

九界河村临河部位有一块极方正的地，远超过十亩，是这个屋舍疏散的村子里并不多见的一块整地。往前推算，这块地曾是曹家的私产。从前的曹家是拿它种党参的。长达数月的党参开花时节，曹家的雇农们走进腻白的花丛之中摘虫、锄草，为曹家的资产增殖贡献汗水和体力，顺便为他们自己兑换生活的希望。这场景，至少延续过上百年。有人说，曹凤来还没笤帚柄高时就一身霸气。每个党参花期里，他每日都会像个小大人一样，背着手，站在那块地西侧的大土路上，接受雇农们不得已而为之的奉承，以便接下来把头扭向一边去充当聋子。当然，一如所有稍有点历史常识的人所知道的那样，曹凤来未及成年就失去了表演的阵地，包括这块地在内的曹家所有资财都被收公。曹凤来此后必定会对这块地耿耿于怀，因为，他终究还是跟它耗起劲儿来了：一九八四年，我们这个地方被划为沿海开放城市之一，曹凤来与承包这块地的那十几户村民协商，

279

并获得政府的批准，把这块地给征用了。

　　曹凤来当然不是租来自己亲手去种，他怎么可能会种地呢？小的时候不需要会，生产队时期，前半段时间他主要被用于批斗，后半段因为某种我从不曾深究过的原因被任命为村办小学的老师。他连锄头怎么握都不知道，种地这样的事，这辈子也别想爬上他的人生履历。曹凤来用这块地办厂，生产螺丝和螺帽。办厂的主意据说是他一个在外省搞政治经济学研究的远亲出的，曹凤来本人的见识，与九界河村那些老实巴交的村民并无本质上的区别。厂里三十来个工人都来自邻村；本村的人，明显都忌讳被曹氏聘用。螺件厂办了五年，效益其实很一般，并未使曹凤来成为先富起来的那部分人，但终究还是为他带来了一些名望——这就算是他不错的人生收获了。那五年里，曹凤来为厂里配了两样比自行车要气派的交通工具：一辆摩托、一条尾部搁着一台小型柴油发动机的驳船。摩托停在螺件厂的入口处——螺件厂本身没有门，它是开放式的，说穿了这只是个类似厂的制造作坊。摩托由曹凤来专用，一个瘦小、精明的邻村青年是他的专职司机，曹凤来目不斜视地坐在摩托后，去乡或镇上出席某场必要的活动，或者，去往最近的乡镇公路上的某个站点坐公共汽车而后开始他的一趟外省旅行。驳船用于运送螺件，它将它们运过九界河，去往邻乡一个托运站。最终，它们会到达曹凤来远亲帮他建立起来的客户们手中。

三

　　那五年曹凤来着实在九界河村鹤立鸡群了一把。他的家人也争

280

气，个顶个地为他的人生增添彩头。曹凤来的三个儿子，个个都是课本杀手和考试机器，他们的成绩单从小学到高中都一路飘红。但曹凤来的这三个儿子，都遗传了曹凤来缺乏语言天赋的特点，并且，他们在这方面比曹凤来还遭人嫌，当父亲的是认定了自己的嘴是金子做的，一开口就是损失；这些当儿子的倒好，他们爱说话，比同龄人更爱说话，但他们的嘴都很臭、很毒，惹人生气。比方你跟他们说："今天的天气不错啊。"他们会接话说："这就叫不错了？大惊小怪。"这还算小儿科的放毒气呢。说个大的吧，有一次，一个同学的父亲英年早逝，班上谁都过去安慰这个可怜的孩子，轮到曹凤来的二儿子了，他走上前，拍拍对方的肩膀，说："节哀吧！人总是要死的，他不过比你早走了一步。"那个哭哭啼啼的孩子立马要上来跟他拼命，幸亏被旁人拦住了。更要命的是，这曹家二公子竟一脸茫然地问别人："我没说错啊！他这是怎么了？"无疑，曹凤来的三个儿子都是史上最聪明的白痴。他们脑袋里的细胞全被开发成学习模具了，没有为人情世故预留一点缝隙。可这又有什么要紧呢？学习好才是王道，所以，曹凤来的三个儿子，归根结底都是曹凤来人生履历簿上的精美配饰。这三个聪明抑或愚蠢透顶的家伙，就在曹凤来以厂长身份活跃在九界河村的快意五年里，陆续考上了大学。

在九界河村，一个孩子考上大学，已经够光宗够耀祖的了，曹家一口气整了三个，就好像龙门是只会为他们曹家开绿灯似的，他们的儿子跑到跟前，轻轻一跃，就过去了。这还了得，真是太离谱、太偏心了！可以设想，曹凤来的家庭那阵子是遭很多村民暗中妒忌的。这么说可不是空穴来风。你看！村民们终于要来跟曹凤来算一笔总账了。他们举起锄头、镰刀、扁担、砖，冲进了螺件厂，将这个本来就不具规模的厂子砸得七零八落，把可以降格成废品卖的铁质仪器悉数拿走，不能降格变卖的抛向河底。这发生在上世纪九十年代初的一天。因为没有门，他们又是组织得当、人多势众，这场打砸和抢，总共就只持续了一个下午。

构成打砸者的主体，是拥有这块土地承包权的那十几户村民，当然还包括跟这块土地无关的其他村民，他们掺和在里头，起哄，吆喝，大喊大叫，顺便从本已包装完好却被砸得散架的柜子里拾那些锃亮的螺丝和螺帽。肇事者的理由很充分：这破厂成天敲敲打打，让他们睡不着觉、干不好活，甚至，个别人认为，他们一度交过的霉运就源于这个厂阻在他们房子前方。还有，他们原先跟厂子签订的协约不公平，他们每年应该分得更多的红利。有理由相信，这最后一个理由，发自他们的内心，才是最靠谱的一个，其他的，都是借口、胡诌。这些人不但把厂子砸了，还扬言说不许曹凤来再踏进这块地上一步。他们说："你敢来，我们就敢砸断你的细胳膊长腿，我们就告你侵犯土地承包自由。"

事后第二日夜间，厂里两个幕僚来到曹凤来家，密谋危机公关之策。他们一致建议曹凤来挨个儿去这十几户人家，跟他们好好谈一谈；哪怕，不每家都谈，拣主要的谈也行。曹凤来拒绝这一危机公关方案，他死活不干。叫他去找他们谈？还不如一刀捅死他算了。他曹凤来这辈子最忌讳的是什么呀？叫他矮下身段去低三下四地求人？万万办不到。不是不想叫他踏进这块地吗？不来不就来，就不信离了这块地，地球就转不下去了。曹凤来毫不犹豫地停了厂子，真的再未踏入这块地一步。他这一撒，连肇事者们都蒙了，这显然并不是他们预想中的真正结局。就好比，他们刚拉开大幕，戏才整了一场，唱对手戏的主角收工了，弄到最后他们又得重新去种自己的承包地，一年到头辛辛苦苦也就那么回事。真可谓两败俱伤。

螺件厂倒闭了一阵子后，那两个曾给曹凤来指点迷津的原幕僚又过来出主意了，他们让曹凤来重新租用一块地，另起炉灶让螺件厂东山再起。曹凤来拒绝了，这一次，他的理由倒是明智的。他说："还不都是一丘之貉？难道另一块地的承包户们以后就不过来找事了？我懒得跟他们打嘴仗，一辈子都不要打。"这是曹凤来最发自肺腑的心声。他似乎明白自己的死穴在哪里，不再轻易把这死穴供到刀枪和棍棒上去。

我们后来才知道，曹凤来拒绝让厂子再生，不全是意气用事，更缘于他与生俱来的自信。曹凤来要把炉灶支到更广阔的天地里去。第二年，他离开了九界河村，去了一个大城市，开创他的另一片江山去了。当然，他必须要去重新启动他的事业，还因为当初开厂的启动资金是从本村各家各户筹集到的，有十几万呢，本金加年年滚动的利息，他得自个儿还。厂子开着的那五年，曹凤来年年都只是落了个收支持平，所以那段时间他并没有还掉过一分钱。事到如今，他要是不尽快找到一个可以助他还清债款的稳妥事业，下半辈子就别想安生。

四

此后的曹凤来，只能用屡屡失意来形容，他干过不少事，桩桩都以失败告终。大城市里的人似乎比九界河村的人更难对付，曹凤来完全不是对手。开始，曹凤来信心满满，选了个大的事情干，搞

283

运输队，在城乡之间贩运五谷杂粮。这其实是个挺来钱的活儿，但关键是有一次大生意对方愣是拖着不给钱，这么一弄他尽管前面每次生意都赚但最终还是全部赔光了。这运输队曹凤来又是借了钱才搞成的，这回的借款，来自他大城市里先富起来的几个远亲，加起来有六七万。这样一来，曹凤来总共就欠了近二十万的债了。曹凤来屡败屡战，他后来在城里开衣服店、饭馆、小吃摊，还跑过夜总会专门向小姐们推销一种蕾丝边的内衣，最后他经远亲介绍在一家外资公司的门口给人家站过一年的岗。他的事是越做越小，到头来近二十万的债款都滚到三十万了，他还是一事未成。要债的本村人每到年底就潜伏到曹凤来家周围，一等他出现就蜂拥而上叫他还钱。

曹凤来哪儿来的钱还，他直腰直背地端坐着在债主们的包围圈中。他基本上不开腔，任大家把嘴皮子说破。谁真把话说得太狠了，他就用目光还击，瞪人。他眼里天生有股霸气，让人不敢逼视。骂者竟然真的会别过头去，下意识地放低声音。但也有人不买他这种账，以刚克刚。有一次，对方就冷笑了，大力一拍桌子："我说曹凤来，你还不了钱倒还有理了不是？你别给我们臭脸，要摆也轮不到你。你说你钱还不了，态度好点我们还解点气，你连句软话都不说，有你这样做人的吗？"曹凤来的反应让人大跌眼镜。只见他"噌"地站起来，背着手往里屋走，没等众人反应过来，他已在房门口停住，轻悄转身面朝大家站定。"今天就这样吧！你们先回去！钱我会还！我从来没说过不还，请你们耐心等待。"简直让人要气要笑，弄得他在给人开总结大会似的。大家肯定都不干了，马上有人嚷嚷："你这话说了十几年了，我们耳朵根子上的茧不说一尺厚至少也有一寸了，到头来你还过多少钱了？"曹凤来用一个凌厉的劈手动作打断了那人，接着他抬了抬下颌示意他楚楚可怜的老伴。"送客！"众人瞠目结舌。实在是拿他没办法。到后来，债主们只好主动让步，说："要不然这样吧，利息我们都不要了，你就把本金尽快还了，行不行？"哪来的行？曹凤来眼看着就进古稀之年了，这把老命又不值钱，拿什么东西去换钱抵债？

我们当然不能忘记曹凤来的三个儿子，俗话说父债子还，做老子的还不了，儿子凑着还呀，很可惜的是，这条出路注定是死路。曹凤来的三个儿子，虽然最后都在城里站住了脚，但他们还真都没什么大出息。据说曹凤来的小儿子，就是那个无端向我身上甩墨水的家伙，有一年还差点给所在那个大型国企整下岗呢。再说了，城里样样都要买，大到房产，小到一颗菜、一个碗碟，他们自己生活都累得不行，哪来余力来帮助父亲。曹凤来又素来宠爱他的孩子们，他们始终是他保持自己家庭在九界河村具有独特性的最大保证，他怎么能容许他们成为他失意人生的殉葬？就是这样，曹凤来只能独扛他从前一再高估自己的苦果了。

五

曹凤来无疑是一个跟我们思维迥异的人。他要真跟我们大家一样的话，也不至于那么高的债务十几二十年地一直在那儿筑着。九界河村的人虽然从来都缺乏创见，只能被时代牵扯着鼻子走，但大家至少懂得顺势而行。后知后觉并不见得一定会吃亏。你看，这些年来，我们这一带发展得真是不错，外资一年比一年多地被招引过来，乡镇企业逐年增多，好的就不提了，就说村里最不济的那些家庭，他们兼着在自己的承包地上收种粮食，把更多时间用于去镇上打工，哪家一年到头没有几万的余头。曹凤来只要效仿这些村民，就有希望在不到十年的时间里还清债款。可他偏偏就不愿跟人一路。曹凤来接下来该怎么办呢？我们都在心里期待他新一轮的选择出现。当然，最终他还是来给我们交答卷了。这一回，同样出乎我们的意料。

就在曹凤来整七十岁的那一年，九界河村最令人同情的残疾人李要广家来了一个稀客。正如你们所猜到的那样，这人就是曹凤来。这是春天，曹凤来提着四瓶价格不算太低的白酒坐进了李要广家的堂屋里。李要广想站起来，以表达对曹凤来来访的惊奇，或者类似受宠若惊之感，但有小儿麻痹症的他当然只能坐着表示讶异。"你今年还卡鱼去吗？"一上来曹凤来没头没脑来了这么一句。

这不是明知故问吗？谁都知道，李要广是九界河村目前唯一还在以卡鱼为生的人。就因为卡鱼如今是一个九界河村任何一个好手好脚的人都抛弃的生计，但残疾的李要广不得不以此为生，这唯一幸存的卡鱼人得到了广泛的关注。

我变成作家后写过些关于家乡生活的小说，其中有两篇是我经常拿出来看的，一篇是关乎我童年莫名其妙挨了一记耳光的童年印记，另一篇是卡鱼这件事。二者代表了我对童年最深刻的记忆。作家们有把过往的苦难拿出来反刍的习惯，我总喜欢把那篇卡鱼题材的小说拿出来品评，这就说明卡鱼对我来说是种苦难记忆。九界河村的人要不是自认为走上了绝路，谁还会去以卡鱼为生呢？辛苦自不必说，更何况，这些年来河道污染得厉害，尽管后面污染的状况有了些改观，但多数河还是没恢复元气，水里的鱼早就不像从前那么好卡了，劳顿一场也挣不到几个钱。

李要广说："我去！我年年都去卡。"又补了一句，"像我这样的瘫子，不去卡鱼能干什么？"

曹凤来有半晌没开腔，他扭开头向外面望。四面八方都是楼房，新的、旧的，有的还是欧式的小洋楼呢，琉璃瓦的屋顶，大块瓷砖贴就的墙面。九界河村的人生活水准的确不错。曹凤来终于说话了："我想学一学卡鱼，你教我？"

李要广人瘫脑子灵，一下子就悟出了曹凤来即将出场的人生大计。"你也要去卡鱼？怎么会？"

曹凤来哑了一阵子还是决定向李要广说点心里话。"我年纪大了，再有本事活，最多也就活个十来年吧，欠人的钱总要还。"又哑了一阵，他补了一句高深莫测的话，"我等不及了。"

不知道他何来的等，又到底等过什么。

李要广说："你可以去打工啊，比卡鱼要来钱。"

曹凤来开口前先叹气。"我做不来！我已经知道了，我做不来这些。"

李要广心思太灵，没去深入推敲曹凤来的话，就泛泛地对曹凤来的话感同身受了。他点点头，说："好！我教你！"

曹凤来说："我这就回去打船。"

李要广说："用桑树打，打完上桐油，记得上过一道后晾干了再上一道……"

他是迫不及待要来教授曹凤来了。显然地，他为能够辅佐晚年的曹凤来而感到荣幸。往前推个二三十年，曹凤来也是他的小学老师，尽管由于身体的拖累他只上过一年学而已。

六

　　就这样曹凤来捡起一个被九界河村人抛弃的生计，真正用一种脚踏实地的方式，开始了他的还债历程。河已经不再是从前的河了，它们仿佛也像曹凤来一样，不得已进入了老年，河沿在一年一年的风化中往下塌陷，河床里淤积的泥慢慢隆起，于是每一条河都壅塞、狭窄。有的河道索性就堵死了，船一经过那儿就得由人下去推。在这样的河道里行船，那不是自讨没趣吗？所以，河上从早到晚难见到一条船。曹凤来的船在寥落的河面上且行且止，像被蛀空的秸秆上一条孤独的老虫。曹凤来用了一个夏季的时间才跟李要广学会了撑船，学会了穿卡、收卡的各种程序，第二年，他终于开始和老伴二人单干了。傍晚和早晨，他和老伴坐在船舱里往卡上塞鱼饵，白天，他们穿过一条又一条的河，将卡放到河里，过一阵子，过来收卡。这样的场景，组成了他七十岁之后的主要生活面貌。

　　有时候，两个满头华发的老人会放慢行船的速度，沉默地打量岸上景物。河岸之上，到处都是新砌的楼房、壮硕的厂房和娇秀的民居，大大小小的公路泛着白光，映照一闪而过的车辆钢质的外壳，穿戴簇新的姑娘小伙儿坐在里面，目光专注只往前看。生活风生水起，世界像刚刚从汽车上掉落的轮子一样，"哗啦啦"地滚动，"咯吱吱"地扭摆。但生活在河面上的人仰望地面上的生活，却自会得到一种不同的感受。无论上面的世界转得多么让人眼晕，曹凤来还是会有一种置身事外之感。这就是从下至上打量生活的益处，你总可以使自己成为一个旁观者，不为眼前的喧嚣所动。曹凤来终于找到了自己在这个世界上的位置，他活到现在才看清自己，那就是：他其实什么都不行，他比常人都不如，他根本驾驭不了这个世界；他不是当厂长的料，当初如果不是有他的远亲们帮着，那厂说不定连转都转不起来。难道不是吗？原先他厂里的那两个幕僚后来合伙办了一个模具厂，那厂现在还开着，风光得不行。他也不是做生意的料，他遇到事情就急，一急事情就不再有商量的余地。他根本不会跟人打交道，这就是他的本质。

曹凤来还真开始还起钱来了，通常一年几千，好的时候能上一万。那些债主，本来早就已经不再对追回债款抱有希望了，更何况，现在的一万，都值不到早先的一千，他们借出去的本金，就算尽数回收，也不能从本质上提升他们的致富路，所以，即便曹凤来还得零零落落，他们也不再计较。

我后来才听说，他的三个儿子，是有心帮他分担债款的。跟我想象中的不一样，他们并不是不顾父母的自私鬼。只是，曹凤来一再抗拒，他们便只好由了他去。我还听说，曹凤来的儿子们，是想把父母接出去的，让他们去远离九界河村的那些城市生活。但曹凤来对这样的安排完全不予考虑。

七

我最近一次见到曹凤来，是在今年春节。说起来，是我主动去找他的。曹凤来这种个性，自不会来找我这种仅在三十多年前与他有过短暂不愉快交集之后从未与他的人生发生过任何联系的人。至于为什么要去找他，深想起来我认为是我心里对他若有若无的敬畏在作怪。要往具体里说的话，我去找他，是因为我发现自己突然可以帮他一个小忙。

这得从我那篇我经常拿出来自品的关于卡鱼生活的小说说起。是这样的，我的那篇小说发出后，有幸被我们市文联的一个同行看见了。连他自己都不知道，我们这里还有卡鱼这种古老的生计，他觉得神奇，可以引以为我们地区非物质遗产的一种。据说，本市正在大肆进行新一轮的开发，其阵势称得上轰轰烈烈。为了配合这场开发，所有方面都要密切跟进。这位文联的仁兄负责一个市旅游开发项目，该项目涉及各种有本地特征的古老生活技能。他认为可以在某个旅游区里设立一种表演，展示卡鱼这种绝活，给游客们观看。得知我春节期间回到家乡，他把我请了去，问我能否为他找到一些尚还健在的卡鱼人，他将汇集一些人的名单，上报给有关部门，最终精选两到三人，安排在那个旅游区长年表演卡鱼技术。如有幸被选上，待遇会还不错，至少比自己卡鱼去卖过日子要强一点。应该说，这活儿不累，是好活儿。曹凤来能被选上的话，对他来说，不算坏事。

我终于见到曹凤来了，就在他家门外的晾晒场上。曹凤来的家，跟我想象中的一样。他家的房子，就是那种显然没跟上趟儿但又竭力维持尊严的外貌。要知道，我们那个地方，如今已经很少见到平房了，但曹凤来家，至今仍然没盖起楼房，但这个家的人又不想矮人一等，就在平房的外墙上贴上瓷砖，顶上铺上琉璃瓦。这样一栋平房，夹杂在一群楼房之间，多少显得有些怪异。

曹凤来没认出我来，也许他是认出来了的，只是不想予以表现。我自报家门，跟他与他的老伴寒暄了一小会儿，曹凤来始终是高深莫测的样子。他基本上不搭我的话，但他微笑，在特别需要搭话的时候，小幅度地抬头，向我微微一笑。那样子令我觉得我是一个特别不受欢迎的人。实际上，我不必多心，据说，曹凤来从来都是以这样一副散淡的样子待客。我终于主动说明了来意。曹凤来听罢却是一点反应也没有。又扯了几句无关正题的话之后，我重复来意，这一次，曹凤来有点反应了。他快速走进屋去，也不知道他进去干什么，过了一会儿，他背着手出来了，站在我的旁边抬头看天。很明显，他不想跟我再谈那个话题。我真是不知好歹，又过了一会儿，我再次将来意重复，末了，我说：

"曹老师，您考虑一下吧！"

曹凤来突然皱起眉头来。他就这样，皱着眉头，深深地打量了我一下，忽然，他说了一句我至今仍不解其意的话。

"你觉得有意思吗？"

我实在不知道他是在问我这样的聊天有无意思，还是在问我要帮他张罗的这份工作有没有意思，甚至于，他在质问我，如此戏弄他，是否太过无聊？

我们都沉默了。我站起来，小心向曹凤来辞别。

后来我很庆幸那日曹凤来没有应承我。说起来真是丢人，许久后的一天，我无意间跟文联的那位文友通电话，得知他的那个关于卡鱼技能表演的设想报上去之后未获批准。那个旅游区要不要设立，都还在论证当中呢。什么都说不准。"说不准的事儿，咱就甭再提了。"我的文友哈哈大笑地说。

（原载《文学界》2012 年第 11 期）

年年有父

一

　　农历新年前，这地方家家户户都要做同样的事：贴春联，掸尘，洗蚊帐；馒头和年糕蒸得越多越好，最好装满几口大缸；还要架起油锅，炸些肉丸、鱼丸、虾丸、长生果、兰花豆，用它们款待新年期间前来拜访的亲戚；年后该走的亲戚，是要预先走访一遍的，送些年货过去，顺便敲定年后的拜访时间……这些事最好在腊月二十到二十九之间做完。二十之前太早，二十九又太晚。过了二十九，就只剩三十这一天了。这一天，有更重要的事要做。

　　腊月二十九以前的天明跟大人们一样忙，但大人们忙的是手和脚，天明忙的是眼睛和心思。天明的眼睛盯牢了父亲，心思被父亲的动作牵上牵下。

　　天明是在监控父亲。他担心父亲偷偷把那件事给做了。这样，他就不能像去年那样，去做那件事了。

　　去年这个时候，天明做了那件他觊觎了好几年的事：

他把家里的春联写了。

大门、房门、灶房、树上、猪圈、羊圈，加起来二十几副春联，都由九岁的天明写了。

天明觊觎这件事有三年了，从他上小学一年级在描红簿上用毛笔描出第一个字开始。去年，天明终于遂了心愿。这得感谢从南京来的小晚。小晚是个四十多岁的妇女，她脑子虽然有点儿欠缺，却有一鸣惊人的抱负，不说话则已，一说话就大惊小怪。那天夜里，小晚从外面走进天明家里。天明正趴在煤油灯下写语文作业，小晚踅到他身后，发出一声高喊："哎呀，陈秀志，你快过来看，你家这个小孩到底是个什么小孩啊？"

"怎么了？怎么了？"天明的母亲陈秀志慌里慌张地跑进来。

"你看看，看看。"小晚说，"你家这个小孩的字，吓死人了。"

"怎么回事？你乱说什么'吓死人'？"陈秀志紧张起来。

"好看。"小晚说，"哪有小孩写字这么好看的？没有。我走南闯北，从来没有见过。天明是我见过的第一个。"

经小晚这么一说，天明像被烈酒呛了一口似的，满脸通红，但同时他激动得小心脏直往上蹿，幸亏他的手捂得及时，没让它从嗓子眼里钻出来。终于有一个人如此猛烈地夸赞他写的字了，虽然，这个人，这个女人，不识字。

最终，激动战胜了羞涩，天明摆正了脸，直视光影里的小晚，像看一个难看的仙女。他就这样看着缺了一颗牙、瘦得八十斤不到、颧骨尖尖的小晚将他的练习本举起来，在他的母亲陈秀志眼前挥动。陈秀志当然也像小晚一样，是不识字的，她要识字才怪了。理所当然，在此之前，她要懂得天明的字写得好看与否，那更是怪了。现在，小晚的表扬令她的虚荣感取代了理智。于是，她把头伸过来，与小晚的瘦脑袋紧贴在一起。她二人瞪大眼睛望着天明作业本上的字。然后，陈秀志就把自己的头从煤油灯的光辉里挪走了，挪到那些光辉与黑暗的交集之中。

在那里，陈秀志用一种故作淡漠的语气说："小晚，南京到底是大地方呀，把你的眼力弄得这么好。"

"全南京没有比我眼力更好的人。走遍江苏全省，都找不到比我眼力更好的人。"小晚把南京等同于整个江苏，生活在南京就觉得走遍了江苏全省，看来脑子欠缺得不是一点半点。

小晚接着又说："我活到四十多岁，从来没见过谁家小孩的字有你家小孩写得好。哎呀！我今年四十几岁？四十一还是四十二？四十三？"

如果是别的时候，女人身、男人心的陈秀志对这样的提问一定会报以尖刻的讽刺：你个小晚，还是像在这边做姑娘时一样没脑子呀，南京人到底怎么了，竟然把你这个痴货给娶过去了，你多少岁你自己都不晓得，别人怎么好意思晓得？但现在陈秀志自然懂得去羞辱一个说好话的女人是不妥当的。

于是陈秀志说："小晚，你不需要晓得自己多少岁，你只需回到南京的时候跟南京那里的人说一说，你娘家这边有个小孩字写得好得不得了，那就行了。说不定你这一说呀，旁人就记住了，我们家天明长大以后可以去南京，靠写字吃饭。"

"那是。那是。"

小晚走了。

天明的脸还在烧。他在想，天底下还有比他不怕害臊的小孩吗？

这是两个不识字的女人啊，其中一个还疑似智商有问题，所以，刚才这顿表扬是毫不足信的，但他竟然无视这一点，坚决地让自己兴奋得不行。只有一个理由能解释天明会放任这种无视了：他对自己的写字水平足够自信。

至少，天明写得比父亲王卫丰好。别的不说，就说王卫丰写的春联有错别字，就能证明天明写得要好一些。

不是这个道理吗？

比如：前年堂屋大门上的"瑞雪兆丰年"被王卫丰写成"端雪兆丰年"；

东厢房门楣上的"五福临门"，"临"字的左偏旁，多出了一个点；

后门上那句"百年天地回元气"，"元"字，写成了"无"。

不独王卫丰爱写错别字，是王家园里许多人家的春联上都有错别字，所以王卫丰写的字在王家园里即便不算好，也不能算差。以王卫丰的人生哲学，做人不掉队，就不足以警觉，所以，他是向来不会去在意自己在春联上写了错别字的。

可是，天明一看到自家春联上的错别字，就浑身上下难受。亲戚、邻人来串门，眼睛不小心往那上面一瞟，天明就警觉地认为他们看到了那错别字，觉得人家肯定会因此看低了他们家。

天明不想被别人看低了自己家，因为，他从来都力争做王家园同辈小孩中口碑最好的小孩，他认定父亲的错别字是他去往好口碑的道路上的障碍，他务须把它清除。在争强好胜这件事上，天明遗传了母亲陈秀志。

还有一个令天明恐惧的担忧，天明怕一年三百六十五天对王卫丰的错误字低头不见抬头见，会使他对父亲这个称呼失去应有的敬意。当然，这样的担忧，在王家园里，也就天明这种早慧的小孩会有。从这点来看，一个小孩的早慧，对一个父亲来说，不见得全是好事。

二

小晚走后，天明突然就在心里面想：为什么他不趁着刚被小晚大大夸赞了一通的这个夜晚、这个好时机，向母亲提出由他来写今年的春联呢？

于是，天明瞪着从黑暗里走到煤油灯的光晕里的陈秀志，突然说："姆妈，今年春联哪个写？"

这是一个曲折的提问。每年的春联都是王卫丰写，所以，天明这个问题问得实在莫名其妙。但知子莫若母，陈秀志的目光在天明脸上略略触碰了一下，便立即从天明的曲折提问里提炼出了天明的准确用意所在。

"你写啊。"陈秀志说，"今年的春联，天明，可以由你来写。"

以前春联都由王卫丰写，现在就不能改成不由王卫丰写吗？以前王家园的地还属于集体呢，从去年起，分到个人了，不是家家户户缸里、柜里、桶里的存粮更多了吗？这是另一个让陈秀志答应天明来写春联的心理依据。

天明把头深埋到煤油灯的光照不到的桌面以下去。他怕自己过于喜形于色，遭母亲取笑。更重要的是，他担心自己高兴过了头，使母亲突然想到他还是个不该被委以重任的孩子，然后收回她刚刚说过的话。再有，春联在这个家里约定俗成是王卫丰的事。突然要变成天明的事，陈秀志是要去做王卫丰的工作的。

陈秀志怎么去做工作的，天明就不知道了。反正，腊月二十七那天，天明真的被允许挥起毛笔在红纸上写春联了。

"好雨知时节，当春乃发生。随风潜入夜，润物细无声。"

"泪眼问花花不语，乱红飞过秋千去。"

"富在深山有远亲，穷在闹市无人问。"

"亲戚或余悲，他人亦已歌。死去何所道，托体同山阿。"

为了表示对春联这件事有独到的审美，天明专挑王家园里的人家没写过的写、挑没人敢写的写。稍微念过几本书的人都能看得出来，它们中，有的根本就不是春联，是诗，或者是挽联。

挽联不要紧，只要够特别。跟别人家不一样、能引人注目，这是第一要义。

反正陈秀志不识字，也不知道天明写的是什么。反正，爱写错别字的王卫丰也不见得一定知道"亲戚或余悲，他人亦已歌。死去何所道，托体同山阿"这样的"春联"是天明在语文课本上学到的那个叫陶渊明的东晋名士所作的一首《挽歌》，天明大可以在写春联这件事上大展生平所学。

春联由天明写完，由王卫丰贴。天明个子太小，贴门联这件事，只好有劳王卫丰了。王卫丰的面色怎一个阴沉了得。贴春联的时候，他把门板敲得"哐哐"响，明确表达他对让天明来写春联这事的反对态度。事实上，自从腊月二十六那天，他去乡上的集市买回春联纸、裁好纸，直到把纸和砚、墨在桌上摆好的这长达一天多的时间里，几乎没说过一句整话，中间吃早饭的时候，他还狠狠用脚踢了那只兢兢业业为他家捉了五年老鼠的老猫。

陈秀志和天明都清楚，王卫丰是反对天明来写春联的。就仿佛这件事有打破了这个家庭延续了多年的规矩那么严重。但是，在这个家庭里一般时候王卫丰都说了不算。说了算的是陈秀志。陈秀志想叫谁写就谁写。

小晚傻归傻，见识是有的。他们这些人连汽车都没怎么坐过呢，既然从遥远而著名的南京来的小晚都说了，天明的字写得好，那肯定是真好，不让天明露一手，她这个当妈的也太不懂得在王家园里表现自己了对不对？

天明写得好，就证明她教子有方啊，这是她表现自己的好时机。

三

门联贴好了，王卫丰脚步用力踩着地，跑到灶房里不出来了，一个劲地在灶台后抽水烟。而天明这边却完全是另一种心境，他背起手，站到自家房子前面，站到离房子足有十米远的距离，把目光的焦距调好，一个字一个字地端详过去，欣赏自己此生第一次的重量级劳动成果——那些春联。没有错别字，像他这么聪明的小孩，要想写春联，不可能有错别字。而且，他比王卫丰写得好太多了！天明审视完后，心里面响起一个如此笃定的声音。

可是，令天明始料未及的事发生了：春联写完的当天晚上，常来天明家串门的郭金蓝装模作样地站在天明家的房前，同样装模作样地好生端详了一番天明写的春联后，又更加装模作样地大声对王卫丰说："王卫丰，你呀，你写的字就是好看。"

"好看吗？"王卫丰掩饰不住心里的悲愤，冷冷地问，"你说说，都哪里好看了？"

　　听话听音，郭金蓝立即感觉到了不对劲。往常，素爱跟王卫丰插科打诨的她在赞美王卫丰时，王卫丰首先要回以笑脸的。今天，不但没有笑脸，还来了句如此生硬的反问。为什么？问题出在哪里？郭金蓝到底不是个傻子，她一下子想道：也许发生了她所不知道的事。她试探地问王卫丰："今天给自家写了一天春联，写累了吧？我很想今天请你去帮我家写春联，要是你今天写累了，明天帮我去写也行。"

　　"不累，我闲得腿都要木掉了，今年我轻松了，不用亲自写春联了。"王卫丰说，"你要是看得起我，想让我像往年那样给你家写春联，我马上就可以帮你家去写。"

　　说着，王卫丰看了一眼天明，古怪地笑了一下。又看了一眼陈秀志，更加古怪地笑了一下。

　　郭金蓝一下子就知道不是王卫丰写的了。他看天明和陈秀志，说明这是他们两个人中的某个人写的。陈秀志哪里可能会写字？只能是天明了。

　　天明写的？竟然是天明写的？郭金蓝惊得眼珠子都快掉地上去了。

　　天杀的，接下来，这个女人竟然说了一句再没有原则不过的话："怪不得呢，我说你们家今年的春联怎么看着不对劲呢。原来是天明写的，那上面，王卫丰你快看看，那上面是不是有一个错字？那个，就是那个，是错字，对吧？唉，小孩子哪有不犯错的，难免的，难免的……小孩子做事，哪有大人牢靠……天明他一个孩子家的，他

　　　　　　　　　　　　　　299

写春联，哪有你王卫丰写得好哟……王卫丰，陈秀志，你们怎么能让一个小孩子去写春联呢？"

天明听到郭金蓝这样一说，恨不得跳起来上去扇她两个耳刮子，把她那个一年到头很少回来的男人扇回来，然后那男人替代天明再扇她两巴掌，把她打到河里面去。错别字？你一个不识字的女人竟然能看出错别字？小孩子一定没大人写得好？就不能写春联？这是什么歪理？呸！拍王卫丰马屁也没有这么拍的。

而王卫丰无疑对郭金蓝的话很受用，阴沉了一天的脸舒展了，他立刻开始像往日一样，跟郭金蓝插科打诨，十来分钟后，他在守活寡的郭金蓝的再次力邀下，迈着四方步，去郭金蓝家写春联去了。郭金蓝的男人在徐州当煤矿工人，一年到头难得回一趟家。所以，郭金蓝是王家园里最爱拍男人马屁的女人，拍拍马屁，男人们高兴了，多跟她说几句有男人气的话，这样，她守活寡的人生缺憾就得以弥补一星半点。郭金蓝是个无论生活怎么不完整，都有能力驾驭一部分世界的女人，王家园的人讨厌郭金蓝对自己残缺生活的经营，但也不得不佩服她的精明。嘘，不要说郭金蓝了，留点儿口德。

总之，去年，天明家的春联由于是天明写的，而后，这一年里的一天又一天，不管刮风下雨，天明常会房前房后地走过来走过去，眺望这些春联，与记忆中那些年里王卫丰写的春联做比，最终，他一次又一次地确信，他写得就是比王卫丰好。

可是，天明几乎没有听到别人正面确证他心里的这种论断。是什么原因呢？噢，想来应该是这样吧："王家园的女人几乎没有识字的，男人识字的倒挺多，但懂字好、字差的，不算多，敢于说天明的字强过他老子王卫丰的男人，就几乎没有了。"

反正，天明是这样想的。

四

不说去年的事了，还是回到眼前吧。现在，又是腊月二十七了，再不把春联写好、贴上，实在是不妥当的了。

王卫丰拖到腊月二十七才去街上买红纸，似乎，他故意这样的。这表明，去年的春联非他所写这件事，一直让他介怀到今天。

天明的心事却是另一种。他是这样想的：既然去年，他们家已迈出了春联由他去写的这家庭改革的第一步，今年会沿着改革的既定路线走下去吗？春联还会由他写吗？

会吗？天明满心期待。

王卫丰却一步到位地将天明的期待或幻想扼杀。

红纸买回来，王卫丰快手快脚地将桌子挪到堂屋正中，看都不看谁一眼，冷峻地裁纸、磨墨，之后，他拿来他参照了多年的折了许多角的春联簿，"哗啦"翻了几下，定好了要写的那几则春联对子，两腿撑开，半蹲半立，挥起毛笔就大写特写起来了。原先他写完家里所需的春联，要花半天甚至一天的时间，但这一次，他只花了两个小时，就写完了所有的春联。他在抢时间哦。仿佛，稍微写得慢那么一丁点儿，他手里的毛笔就要给人抢走似的。写毕，他同样冷峻地去调糨糊，再搬了凳子爬高爬低地去贴春联。整个过程，一气呵成，等去亲戚家预约完年后走访时间的陈秀志回来，屋前屋后、树上树下、猪圈羊圈鸡舍鸭舍外，已经红得稀里哗啦了。

在王卫丰写和贴的那段时间里，天明原本盯在王卫丰身上许久

301

的目光一点点地折断，幻想一点儿一点儿地破灭，心跌落到脚后跟。今年，他终究没有得到写春联的机会，终究没有。这一年里，天明摩拳擦掌，暗中等了一年，等着这旧历新年的到来，好再次在写春联这件事上大展身手。为了比去年表现得更好，在村办小学，每一堂对老师来说也就是开个课做做样子、对别的学生来说根本不重要的描红课，天明极尽认真。他深信，自己的毛笔字，比去年又长进很多了。可是，这一切，都被王卫丰的独断专行扼杀了。

天明还惊恐地感觉到，因为王卫丰这一次的独断专行，那种他所排斥的对"父亲"这个词的敬意眼下少到了微乎其微的地步。

五

王卫丰轻松明快地将高兴写在脸上。晚上，他温柔地推开陈秀志，把本该由陈秀志干的炸肉丸、长生果、兰花豆的事独揽。并且，他似乎不知道天明不开心似的，第一锅的肉丸炸好，他竟然笑着大声喊天明过来，要天明来尝尝他炸的肉丸的味道。

"不好吃。难吃死了。"天明假装吃了一口，立即把准备好的难听话说了出来。

他不好直接对父亲说，你写字难看，错别字信手拈来，你在春联上写了错别字，因为他还是知道，这种话是很伤人的。他更不好说，因为你写字难看却还不懂得藏拙，已令他难以对你产生应有的敬意。好，他可以不对王卫丰说这个，但他还不能说你王卫丰炸的肉丸难吃吗？难吃死了，太难吃了，就是难吃。

"哪里难吃了？"王卫丰笑眯眯地问，"我觉得很好吃的嘛。"

他将天明啃了一小口的大半个肉丸扔进嘴里，向天明做鬼脸。

"老大的人，在孩子面前没正经。"陈秀志嗔了一句。

"我要是正经，能生出天明吗？"王卫丰说罢，"嘎嘎"笑了起来，再次做了一个鬼脸。

看来，他今天是高兴得不行了，得意得不行了。

天明听得懂王卫丰话里的不正经。这让他甚至第一次对王卫丰产生了一点点的厌恶。

"别理他。"陈秀志说，"他是个痴货，天明，走，我们娘儿两个出去踩蚊帐去。"

天明赶在陈秀志的前头就往外走。

陈秀志叱了王卫丰一句："你看你，把孩子惹恼了。"她跟着天明走了出去。

这就是这个家庭的常规状态：王卫丰扮演被嘲笑、被讽刺乃至被辱骂的角色，而陈秀志和天明占尽嘴上的便宜。不仅如此，在这个家里，王卫丰一年到头也几乎得不到一件可以由他说了算的事。

天明提着一大一小两双干净雨靴，陈秀志抱着一只大而沉的木盆，木盆里盛着蚊帐，他们一前一后往井边走。然后，陈秀志从井里吊上来两桶水，将蚊帐在木盆里泡好，一边催天明穿上雨靴，准备站到木盆里踩蚊帐。天明的脑子却全不在这里，他下意识地总会将思绪落到王卫丰刚刚写过的春联上。天明在脑子里搜寻着必然会出现的错别字。显然，王卫丰今年写的时候注意了一点儿，错别字少多了，但仍然有一个。那简直是天明不能忍受的一个错字：

国"太"民安——。

天了啦，王卫丰已经不是第一次这么"太"了，他简直"太"

上瘾了。

"姆妈，跟你说件事，我早就想跟你说这件事了。"天明穿好雨靴，站到木盆里，把水和蚊帐踩得"咯吱吱"响，凛凛地说，"他写的春联上有错别字，每年，他写的春联上，都有错别字。"

出乎预料，陈秀志一愣，像没听到天明说话似的，低下头去，没有搭天明的腔。

"他写的春联有错别字，姆妈，你听见了吗？"

"是吗？"陈秀志看了天明一眼，淡淡地这么回应了一句无关痛痒的话。

天明怎么都想不明白陈秀志为什么要装聋作哑？越想不明白他越想拿话去掏她心里的话，于是天明大声嚷嚷起来："他在春联上写错别字，姆妈，你不怕人家看到笑话我们家吗？"

陈秀志仓皇瞪了天明一眼，大声喝道："别说话。踩你的蚊帐。"

天明吓得不敢再说下去了。他不明白陈秀志为什么要叱他。他说的是事实不是吗？一个说出事实的小孩不该被呵斥。天明忽然就对陈秀志刚才的呵斥很反感。

踩好蚊帐，娘儿两个一人拽着蚊帐的一头，合力将它拧干，陈秀志一个人抱着它走到房前，将它用竹竿顶起来晾好，然后她兀自进屋里去了，也不叫天明一声。天明简直纳闷极了。

"你不要说他写得难看。"晚上，趁着王卫丰应邀去给郭金蓝家写春联的时候，陈秀志拉长了脸叮嘱天明，"天明，你不能说他写得难看……不能这样说的，懂吗？"

天明一夜没睡好，梦里面，陈秀志的话响了一遍又一遍。

第二天早上醒来，天明感觉到自己身子很重。一些莫可名状的

304

惶惑、郁闷、烦躁，加重了他身体的重量。

六

腊月三十到了。王卫丰早早起床，忙活起来了。

陈秀志和天明倒完全地闲了，没有一件可去做的事了。

如果说一年中王卫丰还有哪一天明显是说了算的话，那就只有腊月三十这一天了。这一天，有一年中最重要的事，这件事得在做完所有杂事之后才去做，而这件事必须由王卫丰去做。只能由王卫丰去做。

祭祖。

谁都知道，再也没有比祭祖更重要的事了。

这件事必须在做完了一系列的杂事之后，让神思变得干干净净，然后才可以去做。这件事必须由王卫丰来做。只能由王卫丰去做。除了王卫丰，没有别人有资格做。

平日里吃饭用的饭桌，现在被当成了供桌，上面摆满了荤素八道菜、四样水果、四样点心，丰盛到不能再丰盛。仿佛，一年攒下来的最好的东西，现在全拿出来了，供上。祖祖辈辈曾经去世的先人那么多，多到不仅天明不知道有多少人，连王卫丰和陈秀志也不知道有多少人，所以，怎么丰盛都不为过。

怎么虔诚，也不为过。祖先们都会在这一天回来，默默地挤坐在供桌的四面八方，吃着敬供给他们的这些美食，免不了会边吃边议论在他们面前做供事的他们的子孙，否则他们的这顿饭多么无趣啊。他们一定会说的，一定会议论的，议论面前的他们的后人。虽

305

然王卫丰、陈秀志、天明听不到他们在说什么，但还是希望他们说出来的话，是赞美，不是怨言，不是摇头叹息。

王卫丰把铁锅在供桌之前架好，细致、耐心地在铁锅里摊好草纸、纸钱、锡箔、冥香，然后他先跪下来，向供桌周围无所不在的祖先们磕头，他磕得缓慢、扎实。庄重地磕。三磕三拜。上体笔直，然后，匍匐在地。末了，王卫丰动作缓慢有力地站起来，瞪大眼向陈秀志和天明看去。陈秀志立即会意，将天明拉进来，先叫天明磕头，她再磕。一年到头，她只有今天如此看王卫丰的眼色行事，唯有在今天，她会如此听从王卫丰的指挥。

都磕完了头。一切仪式毕。王卫丰默默地走到一边，走的过程中不看陈秀志和天明一眼，然后，他远远地隔着供桌，及供桌四面的长条凳，他就这样一个人在墙角旁的一张凳子上坐下，拿起水烟，尽量不发出声音地抽起来，目光盯着某处，定定地，很长时间不挪开。仿佛，他声音大了，目光动一下，会打扰到供桌上正在聚餐、用他们的方式交谈着的先人们。那样，是极其失礼的。

天明偎着陈秀志，远远离着供桌和供桌边的椅子，也远离着王卫丰，在另一个墙角边的凳子上坐下，时而看看供桌，时而看看王卫丰，如同王卫丰突然也变成了先人。天明的心里逐渐堆积起一种畏惧，不，是敬畏。这敬畏是针对那些他看不见的先人的，也是针对王卫丰的。

千真万确，就在这一天，一年中也就只有这一天，天明心里面丢失的对王卫丰的敬意会像退掉的潮水一样涌回来，堆积在他心里，堆积到该有的那么多。只有这一天，王卫丰突然在天明眼里有了气场，这气场将平日里堆积在天明心里的对他的挑剔意识驱逐得一干二净。天明也明确感到，母亲在这一天对父亲的感觉，是跟他一样的。

天明忽然产生了一种奇怪的感受：王卫丰把这一天，当成自己的节日了。

要这么去想的话，在这之前的某一天，腊月二十七，抑或二十六、二十五，王卫丰就已经开始在为自己的节日做准备了。而写春联，是他在自己的节日到来前所做的一个重要的预备动作。

哦，那是王卫丰在自己的节日来临前的一个预备动作。既然是自己节日来临前的预备动作，由别人做，总是不甘心的吧。哪怕，这个别人，是他最疼爱的他儿子天明。天明想，这就是王卫丰不想让他写春联的原因吗？

天明好像有点儿理解王卫丰了。

可是，在除夕夜即将到来之前，天明一个人去河边走了走，这期间他脑子里总是跑不脱王卫丰摊草纸、纸钱、锡箔、冥香和跪下的样子，这时候想来，天明总觉得，王卫丰每年这一天做这事时的这些样子，多少有表演的成分，而今年，他的表演似乎有点儿过了。天明忽然就觉得，王卫丰是想抓住做这事的机会，来增添或挽回他在这个家庭、他在儿子心里的权威。

想到这里，天明对王卫丰的敬意迅速就褪去了，褪到和一年中的其他时候一样的少。它褪得这样的迅速，都让天明感到惊恐和无助了。

七

长长的除夕夜来到了。天明和王卫丰、陈秀志默默地坐在堂屋里，守望着这年头岁尾的流逝。中间有一阵子，天明困得不行，上眼皮和下眼皮不停地打架，终究迷糊了起来。恍惚间，天明看到陈秀志把王卫丰拉进了厢房。天明下意识地醒了过来。然后，天明趴在桌上，听到了厢房里陈秀志在小声数落王卫丰。

陈秀志说："我知道你，你把写春联这件事看得顶顶重要。孩子要求他来写，你觉得如果满足了他，就等于你自己承认了自己写得不好。"

王卫丰瓮声瓮气地说："我是写得不好，但我写得不好，也是他父。王家园里做父的，都写得不好，也没见哪个做父的让孩子去写。"仿佛要强化自己的意思，王卫丰又重复了一句，"我是写得不好，但我写得不好，也是他父。"

果然，天明在河边揣测的王卫丰的心理，没有冤枉王卫丰。

这时天明听见陈秀志轻声笑了："把心里话说出来了吧。你是在担心，如果你答应了孩子来写春联，等于在孩子面前承认了你自己字写得不好。你怕你这么一承认，你在孩子心里就变小了。你觉得做父的，在孩子心里就应该大大的。"

王卫丰不说话了，大概在抽水烟。

最后还是陈秀志的声音："可是你也看出来了，你不让孩子写，更加有可能让你在孩子心里变小。"

过了好长时间，王卫丰说："明年，还有以后，都让孩子写吧。"

陈秀志说："你心里面也答应了？"

王卫丰说："嗯。"

陈秀志说："那你还要向孩子道个歉。"

接下来就没有声音了。

天明瞪大眼睛躺在堂屋里。厢房里面王卫丰长时间没有给予陈秀志"道歉"的建议予以应答，令天明感到惊惶。不知道怎么回事，天明现在突然特别怕王卫丰最后会说："好的，我找个时间，给孩子道个歉。"假使王卫丰真的来跟天明道歉了，天明不把头低到脚后跟才怪，尽管，天明并不觉得他之前要求写春联有什么错。但是，他认为自己是对的，并不代表他能欣然接受父亲的道歉。

这样的怕，进而还让天明感到内疚不已。他想，白天他居然在河边那样去想王卫丰，那真是不该，不该啊。

仿佛是为了阻止王卫丰随时会出现的道歉声的到来，仿佛是为了迅速驱走心里的内疚，天明抓紧时间发出了一声大叫——就是那种被梦里什么事情吓到了似的，一个无助的小孩才会发出的惊声尖叫。

王卫丰和陈秀志听到天明在这边叫，飞快地从厢房里跑出来。

"天明，你怎么了？"陈秀志紧张地问。

"天明，你做什么不好的梦了吗？"王卫丰的声音同样紧张。

天明不容置疑地扑到王卫丰怀里，紧紧地搂住王卫丰宽阔的腰杆。

王卫丰身子一紧，然后，他看了陈秀志一眼，咧嘴轻笑的同时，腰杆慢慢地放松了。

"天明，你不要怕。没有什么好怕的。"王卫丰把两只手在天明瘦小的后背交叉起来，用力地勒了天明一下。

天明在王卫丰怀里用力点头："嗯，嗯。"

八

然而，大年初一起床之后，天明站在自家房前，看着正门上那个横批：国太民安——那个不受欢迎的"太"字，他被无法排遣的悔意裹卷了。除了悔意，还有对自己的厌弃。天明想，为什么，凭什么，他昨天晚上不敢接受王卫丰的道歉？更何况，王卫丰根本就不曾答应过要向天明道歉。

天明一个人站在那儿，看着那个"太"字，他觉得自己应该上前把它撕掉。

如果天明在大年初一的这天，撕掉门联，这简直太大逆不道了，但是，只有这种大逆不道之举，王卫丰和陈秀志才能意识到，天明须要让自己取代王卫丰写门联，对天明来说，是一桩多么重要的事。这种重要性，不会因为任何事而改变。

天明最终还是打消了那个可怕的念头。甚或说，那个念头不是天明自己的，它是别人的，留意到天明不开心，就好心好意地过来跟天明来说一声"新年好"的。来了一下，该去哪儿就去哪儿了，跟天明毫无关系了。

所以，当王卫丰从房子里出来的时候，出现在他眼前的天明，是一个面部表情平静的小孩。王卫丰大概还惦记着昨天夜里天明紧紧搂住他腰杆的那种感觉，还沉浸在那种感觉带来的感动中。他跑到天明身边，蹲下来，抬起头，向天明温柔地笑了。

天明想了想，向王卫丰同样温柔地笑了一笑，慢慢转过身，进去屋了。

王卫丰不会知道，天明的这一笑，代表天明心中的一个决策。那就是，他决定此后尽可能省俭地跟王卫丰说话，既要省简说话的量，又要省简情绪。这是天明能想到的对父亲保持足够敬重，又能让自己不太失落的唯一办法了。这样的决策其实是很艰难的，令天明感到难过，却也能让天明觉得自己驾驭了一部分的世界。

　　小晚是个弱智，却能把自己嫁到人人向往的省会南京去，郭金蓝是个生活残缺的女人，却也有办法让自己比王家园里生活完整的那些个女人受男人欢迎，既然天明认为自己是个聪明的小孩，当然也应该有能力找到一种适合自己的方法，同王卫丰相处。虽然这说起来有点儿悲哀，但谁又能说，这不是一个小孩心中隐秘的快乐呢？

（原载《十月》2017 年第 4 期）

图书在版编目(CIP)数据

米粒儿的天堂 / 王棵著. －－北京：中国文史出版
社，2021.3

（中国专业作家作品典藏文库. 王棵卷）

ISBN 978 - 7 - 5205 - 2590 - 9

Ⅰ. ①米… Ⅱ. ①王… Ⅲ. ①中篇小说 - 小说集 - 中
国 - 当代②短篇小说 - 小说集 - 中国 - 当代 Ⅳ.
①I247.7

中国版本图书馆 CIP 数据核字（2020）第 232325 号

责任编辑：牟国煜　　薛未未

出版发行：**中国文史出版社**

社　　址：北京市海淀区西八里庄路 69 号院　　邮编：100142

电　　话：010 - 81136606　81136602　81136603（发行部）

传　　真：010 - 81136655

印　　装：北京新华印刷有限公司

经　　销：全国新华书店

开　　本：720×1020　1/16

印　　张：20　　　　　字数：223 千字

版　　次：2021 年 3 月第 1 版

印　　次：2021 年 3 月第 1 次印刷

定　　价：66.00 元